The
Loyal
Pin

簪定今生

Presented by
Monmaw
with VISE

[上]

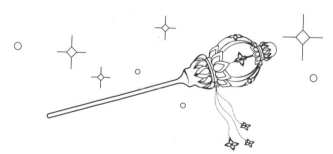

簪定 今生

CONTENTS

給臺灣讀者的話

　　各位臺灣的讀者們好！首先，非常感謝大家對於《The Loyal Pin 簽定今生》這部小說的關注。當初得知即將在臺灣出版的消息時，我感到相當感動，也希望能獲得不錯的反饋。

　　這部小說的靈感來自於我想讀一個關於女性間的時代愛情故事，並且以幸福圓滿的結局收尾。書中的每一位角色都是由我的愛和想像創造而成，期待各位讀者也能夠和我一同愛上他們。

　　之前這部小說只有少部分的讀者群，但自從宣布將被改編成電視劇，並且由 Freen Sarocha 及 Becky Rebecca 領銜主演後，全世界的劇迷們熱烈的支持便將這部小說推廣至更遠的地方，由衷地感謝 Freen、Becky 和各位粉絲朋友們。

　　最後，盼各位讀者們或多或少都能喜歡這部小說。

謝謝大家

Monmaw

作者的話

　　每次我都很開心能為自己撰寫的作品寫自序，因為對於我來說，自序等於小說的最後一頁，必須等整本小說寫完了才能開始動筆。

　　而將小說完整地寫完就是我生命中最大的快樂之一。

　　這是我第一次寫時空背景為20世紀中期的小說，靈感來自於一位美麗的女演員，照片裡的她深深吸引了我。在寫作的過程中，心情真的非常愉悅，直到現在，Anilaphat Sawetawarit公主可說是我的寫作生涯裡最喜歡的角色。

　　在我眼中，這部小說極具吸引力。

　　希望各位也能一同「喜愛」並「著迷」於這本小說。

愛你們的

Monmaw

第一章　肯氏蒲桃

茂盛且巨大的肯氏蒲桃樹上，一名高挑健碩的女孩正攀緣於粗壯的樹枝間，樹上結滿了紅色、紫色和黑色的果實。女孩身手矯健地穿梭於樹隙中，敏捷地左看右看。

樹下另有一名身材微胖且膚色黝黑的女孩，正撩起鮮豔的布裙接著不停被丟下來的果實，裝滿後再倒進一旁的空地，隨後又趕回來重複同樣的動作，直至開始筋疲力盡。

「夠了夠了，公主殿下。」

Prik 在樹下呼喊著 Anilaphat Sawetawarit 公主，對方一副今天就要把樹上的果實摘光的樣子。

「可以下來了殿下，小心待會被別人看見了。」

「我正玩得開心呢 Prik，沒有人會看到啦！」

樹上傳來清脆的聲音，連同掉下一串飽滿的鮮紅色果實。

「誰說沒有，您看！Khunpra Chom 先生在那裡來回踱步啊殿下。」

Prik 不得不提及 Khunpra Chom 先生，因為他是沙德[1]的親信，負責管理 Sawetawarit 家族的大小事，且有權懲處家裡的僕人們。

Khunpra Chom 先生的身形如同巨人般魁武，深褐色的皮膚因日曬過多而顯得粗糙，臉龐被一片凌亂的鬍子所覆蓋，那道犀利的眼神總是令人感到畏懼。

1　เสด็จ（Sadet），即 สมเด็จ（Somdet，頌德）的另一種寫法，對擁有「拍翁昭」頭銜者的尊稱。

別說只有僕人們會怕了，連公主出來玩都得躲避他的視線。

「Anil 公主快下來吧，Khunpra Chom 先生走過來這邊了！」Prik 緊張地催促道。

啪！！！

少女從樹上跌落，在空地上呈現滑稽的姿勢，但 Prik 完全笑不出來，因為摔下來的人正是 Sawetawarit 家族的小女兒，而 Prik 從出生以來便一直依靠這個家族維生。

「完了，完了，完了。」Prik 大叫，聲音大到幾乎能傳到千里之外。

「我還活著，只是膝蓋擦傷而已。」受傷的人還有心情開玩笑。

「殿下不會有事，但在下肯定要被處斷頭刑了。」Prik 焦急萬分的樣子不禁使公主笑了出來。

「別再笑了，在下的背恐怕要被鞭子打到皮開肉綻了。」

「話說，妳剛剛說的 Khunpra Chom 先生去哪了呀？」

「呃……請公主殿下原諒在下。」Prik 變得更加焦躁不安，「關於 Khunpra Chom 先生，在下是騙您的。」

「故意耍我啊 Prik。」公主故意裝出嚴厲的語氣。

「……」

「其他事不騙偏偏拿 Khunpra Chom 先生來騙我，妳也知道比起父親我更怕他。」

「事情都過了，殿下就別再計較了好嗎？」嘴上爭執不休，但 Prik 卻雙手合十，像是在默默乞求原諒。雖然她很愛主人，但此刻更怕被賜死。

「哼，但我的膝蓋都擦出血了，怎麼能不計較？」看到 Prik

全身顫抖地像隻剛出生的雛鳥，Anil公主不禁露出了勝利的微笑。

「這下回到宮裡，所有的僕人們都要遭殃了。」

「……」

「更別說如果父親、母親和大哥看到的話……」Anil公主一一列出Prik的主人們。

「在下怕了，拜託殿下別懲罰在下。」眼看Prik止不住發抖，公主便停止欺負她最親近的僕人。

「不然先去蓮花宮處理傷口好嗎？」最後公主替Prik提出了解方。

「真是個明智的決定啊殿下！」Prik開心地加倍努力討公主歡心。

「謝謝讚美。」公主反諷道，但Prik看似沒聽懂言外之意，因為現在她正忙著轉身撿拾那堆四散在空地的果實。

「扶我起來一下，不要只顧著撿果實。」Anil公主艱辛地試圖撐起身子。「擔心我一下好嗎！」

「來了來了，哎呦！我這是遭了什麼罪，要撿果實還要抱小孩。」

「有本事就真的把我抱起來呀！」Prik每次都愛頂嘴，公主只好邊笑邊下達指令。

如果旁邊有人Prik絕對不敢這樣回嘴，因為她怕會被鞭打或逐出家門，唯獨單獨和公主在一起時才敢，因為她知道公主也喜歡跟她鬥嘴。

公主從不把Prik當僕人對待，而是把她視為形影不離的好友。

　　從起床到睡前，公主第一個找的人都是 Prik，每天的例行公事就是放學後趕緊換衣服，接著到廚房找 Prik。

　　為什麼 Anil 公主身邊一定要跟著 Prik 呢？當然是因為有她在，她們就能每天都做一些不守規矩的事，包含偷吃廚房裡由主廚 Paen 姨所管的零食，例如架上那些罐子裡的米餅，以及故意扮鬼嚇廚娘和守衛，把他們都嚇到生病發燒了。顯然家裡除了公主和 Prik，沒有其他人敢這樣為非作歹。

　　更別提爬樹摘果實這件事，已經數不清是第幾次了，他們總是挑最大棵的樹，在果實結得最茂盛的時節去摘採，然而這些樹是 Khunpra Chom 先生特地細心照料，為了讓沙德來花園散步時觀賞用的。若被 Anil 公主和 Prik 知道沙德最喜歡哪棵樹，它就會變成下一個攻擊的目標，而今天這棵肯氏蒲桃就是本次的受害者。

　　「走慢點，公主殿下。」

　　Prik 攙扶著 Anil 公主走向蓮花宮，這座雙層的木造淺黃色宮殿外型樸素，因宮前有座蓮池潭而得名，目前是 Padmika 夫人的住處。Padmika 夫人雖是遠親，但和 Sawetawarit 家族交情良好，因為她的父親和 Anil 公主的父親是堂兄弟關係。Padmika 夫人的父親娶了非常多妻子，因此家中有許多兄弟姊妹。

　　直到某天，沙德的母親蒙 Klai 由於家裡只有男嬰，且覺得 Padmika 夫人十分可愛，便在她年紀還小時收養回家，所以 Padmika 夫人和 Anil 公主的父親可說是形同一起長大的兄妹。

　　Padmika 夫人小時候一直在央宮服侍庶公主，但公主去世後，蒙 Klai 便依照 Padmika 夫人的心願賜給她一塊 Sawetawarit 家的土地，並建造一棟小小的寢殿。

Padmika夫人獨自和一些僕人們住在蓮花宮，直到兩年後領養了探差 [2] Piya的獨生女蒙拉差翁 [3] Pilanthita，因為她的父母皆死於沉船的意外中。

　　蒙拉差翁 Pilanthita Kasidit，或稱 Pin小姐，長得亭亭玉立、婉約多姿，只是個性有點羞澀含蓄，尤其在 Padmika夫人嚴厲的管教下更是如此，與同年紀的小孩相比，Pilanthita小姐顯得格外寡言少語，和 Anil公主的個性簡直有如天壤之別。

　　「Anil公主怎麼了？為何走路一拐一拐的？」Pilanthita小姐問道，她與 Koi姨和其他廚娘們正在池邊的涼亭下做燒賣，看見 Prik攙扶著 Anil公主走來，清秀的臉蛋頓時充滿了擔憂。

　　「殿下從樹上摔下來了。」Prik忍不住向 Pin小姐告狀。「殿下像隻猴子般在樹上盪來盪去！」

　　「Prik!!!」Pin小姐嚴肅地道，明澈的雙眼正散發出冷峻的眼神。「注意妳的言詞。」

　　Prik瞬間低頭縮起下巴，Pin小姐生氣時，那雙眼睛比 Padmika夫人更令人畏懼。

　　「Anil公主也真是的，只顧著在一旁陪笑。」Pin小姐轉頭看向 Anil公主。

　　「不笑怎麼行呢，如同 Prik說的，我真的想當一隻猴子呀。」Anil公主一副不在乎的樣子，但 Pin小姐依舊神色凝重，使她不滿地噘起嘴。

　　然而話雖如此，Pin小姐仍憂心忡忡地看著對方流著血的膝蓋。

2　ท่านชาย，對擁有「蒙昭」頭銜者的尊稱，中文亦有人稱之為「王子」或「公子」。

3　หม่อมราชวงศ์，蒙拉差翁屬國王的曾孫輩，為「拍蘭特拍翁昭」與「蒙昭」子女，脫離皇族身份。

「待會兒我幫您包紮傷口。」Pin小姐掛著慍怒的神情，但聲音變得稍微輕柔了點。

「Prik，我把藥箱放在宮裡，請Koi姨帶你去拿。」Pin小姐轉頭吩咐Koi姨。

「遵命！」

Pin小姐望著兩人離去的背影，直到確認他們進到屋子裡，才回頭用冷冽的眼神盯著Anil公主。

「Anil真是太不守規矩了。」

「哪有不守規矩呀？我只是想吃大顆的蒲桃果。」

剛認識彼此的時候，每當只有兩人獨處時，Anil公主總是努力說服對方不要對她使用尊稱，也不需使用皇家用語，因為她認為「友人之間莫如此言辭」，於是久而久之便成為了專屬她們的不成文規定。

起初一向循規蹈矩的Pin小姐仍無法輕易適應，但Anil公主個性固執，只要不合她的意，就算費盡九牛二虎之力也要讓對方照做，然而雖然Pin小姐答應了，但偶爾還是會不小心說出皇家尊稱，以致她們的對話聽起來很奇怪、很不自然。

「不管啦，誰叫您要那樣爬樹。」

「我也不知道是誰叫我爬的……我只知道要分一些給妳吃。」

Anil公主微笑著道，嘴角兩側浮現出明顯的酒窩，看起來特別可愛迷人。

對方胡亂盤起的頭髮，清純的臉蛋上滲出大滴的汗水，全身還搞得髒兮兮的，不禁使Pin小姐看了搖頭長嘆，她將公主頭上的枯葉取下後嘟囔道：

「妳什麼時候說過想吃蒲桃果了？分明就是自己想搗蛋而已

吧！我猜一定是有人說沙德最近特別中意那顆盛開的蒲桃樹，還下令讓 Khunpra Chom 先生好好照料，不讓任何僕人偷摘，Anil 才會想要去摘對吧，莫非……」

Pin 小姐邊說邊輕柔地用嬌小的手將 Anil 公主頭上的塵土拂去。

「知不知道沒有任何僕人敢這樣違逆老爺？除了老爺的那位小女兒例外，從小就到處偷家裡的東西。」

Anil 公主不再頂嘴了，只是不停地咯咯笑，一邊在心裡想著：

大家都說 Pilanthita 小姐不太講話，可說是個惜字如金的人，怎麼現在完全沒意識到自己正嘮叨不休呢！

「Prik 駕到～」

Prik 從老遠就扯著嗓門道，一邊抱著醫藥箱跑了過來。至於 Koi 姨眼看 Pin 小姐此刻恐怕沒心情繼續做燒賣，便不打算跟過來了。

「是喔～？」Anil 公主夾著笑聲諷刺道。

「Prik 老是目無尊長，真該打！」Pin 小姐不滿地說。

「應該要用浸過鹽水的鞭子抽！」Anil 在一旁幫腔，嘴角露出了一抹狡猾的微笑。

「真是個好主意啊！」Prik 刻意向主人鞠躬。

「若 Prik 再一直胡鬧，小心被打到失血過多而死。」Pin 小姐不耐煩地又睨了 Anil 公主一眼，但雙手卻忙著輕輕地幫對方清潔膝蓋的傷口，接著擦上消毒藥水，最後再蓋上乾淨的白布。

「好一點了嗎，殿下？」Pin 小姐抬頭看著 Anil 公主的臉龐，擔心剛擦藥的傷口會讓她感到刺痛，然而對方卻含著笑容。

「Pin 小姐停止抱怨後我就好很多了。」

「……」

　　Anil公主的回答讓Pin小姐瞪大雙眼，若現在只有她們兩人，公主早就被狠狠教訓一頓了。

　　「說得好！」

　　「Prik！夠了！」Pin小姐瞪了她一眼，誰叫這個僕人整天沒大沒小的。

　　「我想吃蒲桃果。」眼看Pin小姐的臉色越來越不悅，Anil公主趕緊打岔道。「Prik，去準備辣椒鹽。」

　　「說得妙！」

　　「Prik!!!」Pin小姐嚴厲地叫了一聲。

　　「是的殿下，在下立刻去準備辣椒鹽並洗蒲桃果！」那道怒火中燒的眼神迫使Prik飛快地溜進廚房。

　　「以後比起我，Prik反而更怕Pin小姐了。」公主埋怨道。

　　Pin小姐靜靜地望著Anil公主的臉，明白了為什麼Prik從來不怕自己的主人。

　　因為公主的雙眸總是如此澄澈，充滿了與眾不同的善良，而且她總是笑臉迎人，不曾對任何人發過脾氣。

　　「誰叫妳總是這樣……哪有人會怕啦。」Pin小姐抿著嘴看了一眼Anil公主。「只會對別人好。」

　　「對別人好？」公主疑惑地抬了一下眉尾。「那Pin小姐呢？有沒有想過要對我好？」她笑咪咪地說著，稚氣的臉頰露出了兩顆酒窩，但對方不但不回答，甚至還板著臉迴避她的視線。

　　「在下來啦！」這時Prik恰好端來了一盤滿滿的深紫色蒲桃果，並用碟子裝著剛搗好的辣椒鹽，不禁令人垂涎三尺。

　　Anil公主看到後喜得笑逐顏開，忍不住伸手想抓一顆好不容易才摘到的蒲桃果，怎料Pin小姐突然用力打了她的手，Prik

見狀嚇得趕緊低頭假裝沒看見。

「要先洗手啊，殿下！」Pin小姐迅速地抓起公主的手。「看看您的手，都髒掉了！」

看見對方慍怒的眼神後，Anil公主的臉沉了一點。

至於Prik則默默地嚥了一口口水，預先做好了心理準備。

「Prik。」Pin小姐把Prik叫了過來，但雙眼仍緊盯著Anil公主不放。

「是。」

「去盛水來讓公主洗手。」

「遵命！」Prik接到命令後便加快腳步跑回宮裡，內心佩服自己果然猜的沒錯。

Pin小姐雖然敢毫不遲疑地在Prik面前打公主，卻沒勇氣叫公主自己走回宮裡洗手，事實上，Pin小姐總是順著Anil公主的意，所以才輪到Prik要不停在宮裡和涼亭間跑來跑去。

Anil公主臉上的笑容消失了，她垂著頭，一邊撫摸著被挨打的手背，看起來十分令人同情。

Pin小姐跟著看了過去，赫然發現細嫩的手出現了紅印，瞬間心臟揪了一下。

「會不會很痛？」

她抬起頭和公主對視，手不停輕撫著被打的部位。

「被Pin小姐輕輕地摸過後就不痛啦。」公主道，一邊笑著露出她那迷人的酒窩。「如果打人之後會這樣安慰，」

「……」

「Pin小姐想打幾次都沒關係！」

第二章　毛毛蟲

Pilanthita 的日常十分樸實無華。

週一至週五的上學日，清晨就得起床盥洗，並將烏黑亮麗的秀髮整齊地梳至後腦杓中央，接著下樓享用 Koi 姨準備好的早餐，通常都是清粥、炒青菜、炸豬肉或炸魚等等簡單的料理。

其實沙德曾叫 Pin 小姐和 Anil 公主一起搭家裡的豪車去上學，畢竟她們就讀同一所皇族學校，但 Padmika 夫人卻持反對意見，因為不想讓位階較低的 Pin 小姐看起來和公主太親近，於是另派一位蓮花宮的司機接送 Pin 小姐，而蓮花宮僅有的車，是一輛陳舊的「老爺車」。

然而，夫人不知道的是……Anil 公主時常躲在圍牆外等 Pin 小姐，只為了能和對方一起坐同一臺車去上學。

「殿下，何以同乘一車？Plai 叔叔去何處了？」

第一次看到 Anil 公主打開後車門，若無其事地坐在 Pin 小姐旁，Perm 大哥嚇得一時間手足無措。

「不知 Plai 叔開去哪了，我叫他去 Thewes 那附近繞個三圈再回來。」

「在下不解您的意思。」

「你只需明白我要共乘這臺車去學校就好，若再多問，我就要向父親告狀。」

聞言後，Perm 大哥便立刻打消疑念。

從此以後，每當看見公主笑咪咪地站在圍牆外揮手，Perm 大哥就會立即將車停下，毫無一句怨言。

就連 Pin 小姐也拿她沒轍，因為只要和喜笑顏開的 Anil 公主對上眼，Pin 小姐就會狠不下心，轉而害羞地撇過頭盯著窗外。

畢竟公主安安靜靜地坐在一旁不吵不鬧，完全沒辦法對她生氣……

一到學校，Anil 公主便頭也不回地衝去找朋友們，無論是早上、中午或放學後，她總是被一大群年紀相仿的朋友們圍著，而 Pin 小姐已經對此感到習慣了。

但在眾多皇族的孩子中，對 Pin 小姐而言，就算只用眼角的餘光一瞥，也能看出 Anil 公主特別鶴立雞群，彷彿在人群中閃耀著。

此外，只要她們早上一起上學，通常就會一起回家，有時放學時間常常看到 Anil 公主又在向 Perm 大哥招手。

總而言之，沒有人能掌控 Anil 公主。

回到家後，Pin 小姐才正要開始忙碌的一天。為了讓她當個賢淑的淑女，Padmika 夫人替她準備了許多家事，例如果雕、切芒果梅[4]、做玻璃玫瑰糖[5]、包燒賣、包十折餃[6]，甚至還要坐著串花圈，直到全身腰痠背痛，這樣才有足夠的花圈讓夫人隔天一早拿去布施。

以前 Padmika 夫人會親自鉅細靡遺地教 Pin 小姐如何做這些

4　มะปราง (Maprang)，中文稱芒果梅、枇杷果或糞大利，為東南亞的一種水果，大小跟枇杷差不多，吃起來有淡淡的芒果味，酸酸甜甜的且非常多汁。泰國人會用專用的小刀，以精雕細琢的手法在芒果梅上切出細細的直條紋。

5　กุหลาบแก้ว，一種傳統的泰式甜點，現今較為少見，由大馬士革玫瑰和糖製成，可食用或做為裝飾品。首先將玫瑰的花瓣一片一片取下，接著浸至溶化的糖中，裹上糖水後待其風乾，最後再將花瓣插回原本的花梗上。由於乾掉後的糖衣像是包覆著玻璃般，因此而得名「玻璃玫瑰糖」。

6　ขนมแป้งสิบ，傳統皇室裡常見的泰式小點心，內餡包含搗碎的魚肉、良薑、紅洋蔥、胡椒、魚露、椰糖，將以上食材不斷翻炒至收乾，外皮則是由在來米粉、蒟蒻薯粉、太白粉製成，加水加熱至抱團後趁熱揉捏成表面光滑的麵團，分成 10 克左右的小麵團擀開，包上內餡後將邊緣往內折，大約折十折就能捏成適口的大小，最後再將包好的餃子蒸熟就完成了。

家事，以致Pin小姐絲毫不敢掉以輕心，深怕夫人對她的表現有任何不滿，直到發現Pin小姐越來越嫻熟後，夫人才讓她單獨和Koi姨在蓮花池前的涼亭練習，基本練習時間從傍晚至入夜為止。

然而每到薄暮時分，Pin小姐總是會引頸期盼著某個人，某個老是東奔西跑，在她身邊吵吵鬧鬧的人。

有時在宮裡偷了東西後跑來找藏身之處，有時玩到受傷流血了躲來包紮傷口，有時姿態端正地一起學果雕（雖然時常邊刻邊吃，以致最後幾乎沒有完整的成品好讓Koi姨指教一番），只有很偶爾才會拿著課本來請教作業。

但與其說是來寫作業，不如說是在捉弄Pin小姐，那些成堆的作業就像是用來欺負人的工具，使對方因永無止盡的問題而頭疼不已。

最令人頭痛到快發燒的一次，是Anil公主帶著泰文俗語的作業來找Pin小姐。

「Pin小姐，推木臼上山是什麼意思？」

「意思是做超出自己能力之外的事，必須費盡全力、百般忍耐。」

「木杵也要帶上山嗎？」

「呃……課本沒有說。」

「若沒帶木杵，推木臼上山有什麼意義？」

「……」

「而且如果把木臼和木杵都推到山頂了，接著要做什麼？搗辣醬嗎？」

「……」

「妳怎麼了？怎麼看起來快昏倒的樣子？」

只要是 Anil 公主和其他人（其他是指唯獨 Prik）沒出現的日子，Pin 小姐便會暗自竊喜，慶幸度過了沒有搗蛋鬼來煩人的一天。

然而話雖如此，Pilanthita 還是會不自覺地尋找那兩位女孩的身影，從黃昏時分一直等到夜幕降臨。

每日睡前，Pin 小姐必須和 Padmika 夫人在佛堂誦經和拜佛，持續好一段時間後，夫人才會讓 Pin 小姐回房就寢。

來到蓮花宮的第一天，Pin 小姐便有了屬於自己的臥室。她對這間房間很滿意，室內非常寬敞明亮，夫人還特地擺了許多小女生會喜歡的家具。

至少這間臥室讓她確信，夫人是真心想讓她在這裡好好休息，無論是身體上或心靈上。

睡前 Pin 小姐習慣整理隔日上課要帶的課本，確認一切都備妥後……

她拉開書桌最上方的抽屜，取出一本厚厚的筆記本，並開始小心翼翼地寫下今天的日記。

Pin 小姐將她與自己的對話，緩緩地一字一句記述成文字。

寫完重要的和不重要的事後，她翻閱著以前的內容，突然某個段落使她眉頭一皺，緊接著微微一笑。

Pin 小姐自從父母意外過世後便開始寫日記，在事發後那段悲痛欲絕的日子裡，她發現時間的流逝反而吞噬了和家人相處的記憶，曾經一家人和樂融融的畫面，正迅速地從她的腦海淡去。

比生離死別更令人痛苦的，是明明不想忘記，卻漸漸想

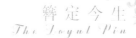

不起那段珍貴的時光，明明非常想念，卻幾乎喚不回殘存的記憶……

於是 Pin 小姐下定決心，無論是好事或壞事，每天都一定要寫日記，以防日後萬一又失去某人，至少能透過翻閱日記想起曾經發生的事和當時的心情。

每晚寫完日記大約八點左右，Pin 小姐終於能進入上床睡覺前的最後程序。

首先要照著夫人所說的將床鋪拍打乾淨，頌一段短短的經文並在枕頭上拜三下，接著躺下後將被子拉到脖子的高度，最後以優雅的姿勢入睡。

不幸的是，Pin 小姐總是難以入眠，常有太多複雜的思緒占據她的腦袋，彷彿攀附在圍籬上的樹枝般不停向外延伸，好不容易睡著時已經夜深人靜了。

Pilanthita 的平日就是不斷重複這些事。

但就算是週六和週日，Pin 小姐還是要清晨就起床，因為夫人不准她睡到日出三竿。

週末時，Pin 小姐常穿著簡單舒適的小碎花裙，看起來乖巧可愛。

每到假日，Pin 小姐最重要的任務就是幫夫人準備布施用的食物，她們會一大早就到後圍牆的城門旁等，結束後再一同用早午餐，但和平日不同的是，假日時 Padmika 夫人會親自監督 Koi 姨做早飯。吃完飯後，Padmika 夫人便會到處辦事。

在城內，夫人負責管理大皇宮廚房的秩序，尤其是當有宴客和遠道而來的貴賓時，夫人便會統籌安排所有事，讓一切照沙德的意順利進行。

至於城外的事則是指到市場採購，例如布市和花市，有時夫人還會和曾經一起當宮女的老朋友們相聚。

　　若是較為悠哉的日子，Pin小姐常做一些較繁複的點心，像是十折餃或寮式卷等等，有時她會找個安靜的地方寫作業，或是在夫人的書房裡讀書。

　　但今天，除了獨自坐在蓮花池前的涼亭裡發呆之外，Pin小姐完全提不起勁做任何事，她長嘆了一口氣，不知為何最近某個人消失地無影無蹤，總覺得已經好幾天沒看到她了……

　　「為什麼Pin小姐看起來心神不寧的呀？」

　　那個熟悉的聲音突然在耳邊響起，Pin小姐嚇了好大一跳，因為Anil公主的臉和她相距不到一掌之間。

　　「Anil……」

　　Pin小姐一時反應不及，用力地推了Anil公主一把，彷彿害怕對方會不小心聽到自己紊亂的心跳聲。

　　「Anil什麼時候來的？連一點聲音也沒有。」

　　「剛剛就來了，坐在旁邊等好久，想說妳什麼時候才要跟我打招呼。」公主的嘴角揚起了一個俏皮可愛的微笑，使Pin小姐也不禁笑了出來。

　　「誰知道……等一下喔。」Anil公主輕輕笑了一聲，接著指向前面一個用深色的布包著的方形玻璃盒。

　　「那是什麼呀？」Pin小姐漂亮的眉毛皺成了一團，公主揭開神祕盒子的那瞬間，她不可置信地睜大雙眼。

　　「毛……毛毛蟲!!!!」

　　Pin小姐嚇得結結巴巴差點說不出話，盒內有隻肥胖的綠色

毛毛蟲正爬在夾竹桃的樹枝上，底端鋪了一張紙接著毛毛蟲的糞便，上頭用一片鐵網將其和一疊日日春的綠葉隔開。

「妳在玩什麼啊！」Pin小姐顫抖著問。

「沒有玩……我很認真耶！」Anil公主深色的眼眸散發著堅定的眼神。

「認真要養毛毛蟲嗎？」Pin小姐仍板著一張臉，看著那隻肥碩的毛毛蟲緩緩地爬向另一根樹枝。

「我是在養蝴蝶啦！才不是養毛毛蟲呢。」公主不滿地道。「看似不起眼的毛毛蟲終究會變成美麗的蝴蝶。」

「課本是這樣說的嗎？」Pin小姐狐疑地彎著頭再瞄了一眼盒子裡的毛毛蟲。

「對，父親書房裡的外國圖鑑是這麼說的！」Anil公主自信滿滿地道。「但我想知道是否是真的……所以就從Som爺爺的日日春下偷了這隻毛毛蟲。」

「……」

「然後再偷摘葉子跟花來給牠吃。」講到餵食這隻大食怪，公主的自信心簡直快滿了出來。

「為什麼不相信書裡說的？」

「不是不相信。」Anil公主思考了一下。「只是想知道是不是事實。」

「Anil真奇怪。」Pin小姐憑藉著自己較大的優勢，趁機嘮叨了一番，但其實她只比公主年長一點點而已。「但有時又很勤學。」

Pin小姐明白，Anil公主的思路十分與眾不同，這輩子尚未遇到任何人能與之匹敵，公主時常提出各種千奇百怪的問題，

而且若是缺乏合理的理由，她決不會輕易地遵循規定。

因此，即便 Pin 小姐在學校和許多貴族的女兒們相處融洽，依舊沒有哪一位的個性和 Anil 公主一樣。有些人表現得高傲自大，有些人則舉止端莊優雅，但如此愛調皮搗蛋的只有 Anil 公主一位。

「Prik 比我更勤學。」提到那位今天連個影都沒看見的好閨蜜，Anil 公主忍不住揚起了嘴角。

「昨天 Khunpra Chom 先生訓了僕人們一頓，罵他們像是『炭灰上的蚯蚓』般不安分，Prik 很好奇那是什麼意思，所以就真的去偷了一隻蚯蚓，並把牠塞進炭灰裡，果真看到蚯蚓不停蠕動，她明白意思後又再來跟我分享。」

「開口閉口都在偷東西……妳真是太頑皮了。」Pin 小姐無奈地嘆了一口氣，但心裡又覺得對方真可愛，不自覺地莞爾一笑。

「開口閉口都在說愛你[7]。」

公主用力地捲舌。「像這樣嗎？」一邊露出燦爛的微笑。

那抹耀眼的笑容使 Pin 小姐突然有點不知所措，連忙找話題化解尷尬。

「結果怎麼樣？」

「什麼怎麼樣？」

「那隻蚯蚓。」

Anil 公主以行動代替回答，她不停地扭動身軀，一邊哈哈大笑。

Pin 小姐也笑得合不攏嘴，公主的動作看起來一點也不像隻噁心的蚯蚓，在她眼裡反而特別可愛。

7　ลัก(Lak)，偷竊／รัก(Rak)，喜愛。兩者讀音十分相似。

　　或許是因為 Anil 公主的臉總是吸引著她的目光，那道迷人的眉毛像是用畫筆勾勒而成，笑咪咪的眼睛散發著閃閃光芒，高挺的鼻子相當突出，臉頰泛著淺粉色的紅暈，肌膚白皙透亮，尤其當在外玩耍時，紅紅的臉總是特別明顯。

　　就連平時十分嘴硬的 Padmika 夫人也曾在 Pin 小姐面前稱讚 Anil 公主，說她這輩子還沒見過比公主更漂亮的女生。

　　「我的臉上髒髒的嗎？」

　　「嗯？」

　　「Pin 小姐盯著我的臉看好久了。」公主搓了搓自己的臉，一邊疑惑地揚起眉頭。Pin 小姐見狀趕緊再換一個話題。

　　「這隻毛毛蟲真的會變成蝴蝶嗎？」

　　「當然……但在那之前會先變成蛹。」Anil 公主用食指輕輕地戳了戳這隻圓滾滾的毛毛蟲。「蛹羽化之後就會變成美麗的蝴蝶。」

　　「真不敢相信，這麼肥的毛毛蟲竟然能變成纖長的蝴蝶。」Pin 小姐依舊很不解。

　　「總而言之……我能先請妳幫忙照顧牠嗎？」

　　一想到要獨自養毛毛蟲，Pilanthita 突然刷白了臉。

　　「什麼意思啊？究竟為何要養這隻噁心的毛毛蟲？」

　　「把牠託付給妳正好，這樣我就能常常來了。」

　　公主的臉上洋溢著得意的笑容。

　　「來找毛毛蟲嗎？」Pin 小姐輕聲問道。

　　「不……」公主咧嘴一笑

　　「是來找 Pin 小姐啦。」

第三章　廟會

「今晚 Padmika 夫人不在嗎？」

聽見 Prik 說夫人要去城外參加朋友的喪禮，Anil 公主興奮地重複問道。

「千真萬確！」Prik 笑著說。「回到宮裡大概已經半夜了。」

「殿下笑成這樣，是不是打算做什麼呀？」Pilanthita 語帶猜疑。

「今天皇宮後方的寺廟有舉辦廟會呀！」Anil 公主眼神中的光芒道盡了她的興奮。「我想邀請 Pin 小姐一起去。」

Pin 小姐驚愕地張大雙眼。

她從來沒那個膽子在深夜時分踏出城門。

更別說是去廟會玩了。

Pilanthita 連想都不敢想居然要在日落後離開宮殿。

「我不敢啦，殿下，感覺太危險了。」

「沒事的，我跟 Anil 公主殿下很常溜出去廟會玩，一點也不危險，很好玩的！」

Prik 跪坐在 Pin 小姐的膝蓋旁使勁勸說著，使 Pin 小姐忍不住忖度了一會兒，確實如大家所說的，Prik 和 Anil 公主過著逍遙自在的生活，因為她們從不循規蹈矩。

但這並不代表她也能這麼做……

「一起去嘛，Pin 小姐，機會難得呢！」

Anil 公主張著水汪汪的大眼看著 Pin 小姐，使她因怕傷了對方的心而不忍拒絕。

最後三位女孩悄悄地從後門溜了出去，對 Pilanthita 來說，

廟會彷彿來到了一個新的世界，會場裡璀璨的燈光、繽紛的色彩、多樣的聲效交織在一起，令她幾乎快睜不開眼。

走道兩側是一整排的攤位，有的賣甜點，有的賣鹹食，例如濃湯椰香米線和炒粿條，但最吸引人的部分，是廣場中在跳舞的人們，Prik 目不轉睛地看著舞臺，她已經迫不及待要上去和叔叔阿姨們一同載歌載舞了。

然而她卻不能這麼做，因為在出發前 Anil 公主特地交代：

「Prik 年紀還小，臺上都是一群酒鬼，萬一遇到好色之徒騷擾妳怎麼辦？一想到就讓人心煩。」

公主都這樣好聲好氣地說了，Prik 怎麼可能敢頂嘴，因此不管有多想上臺同樂，每次來廟會她都只是癡癡地望著開心跳舞的人們。

比起她的爸爸 Plai 叔和媽媽 Yuan 姨，Prik 反倒是最聽 Anil 公主的話，雖然有時公主像個小孩般四處嬉戲，但有時她又能表現得像大人般成熟。

「每個都看起來好值得一試！」Anil 公主興致勃勃地道。

「就是說呀，殿下。」Prik 馬上回道。

「噓！」

Anil 公主將食指放在嘴前，示意對方現在在皇城外不要說出皇室尊稱。

「就是說呀！！」

Prik 立刻換了說法，但 Pin 小姐對於她這種不禮貌的說話方式還是不太同意。

不過 Anil 公主反而很喜歡，因為這樣感覺她們就是真正的好朋友。

「小Pin。」

「是。」

雖然公主的叫法聽起來有點不習慣，但Pin小姐不得不順著回應。

「怎麼了？看起來悶悶不樂的。」Anil公主抬起眉尾道。「想吃棉花糖嗎？」

「誰想吃棉花糖啊，殿…下……呃……我只是怕被宮廷裡的人看見。」

「別怕，有Anil在！」公主抬頭挺胸的樣子不禁讓Pin小姐笑了出來。

Pin小姐覺得公主以名字自稱真的是太可愛了。

「小Pin覺得熱嗎？」

「沒有呀。」

「不熱，那為何臉紅通通的？」Anil公主的個性就是喜歡追根究柢。

「的確有點熱……今天的天氣好悶。」Pin小姐故作鎮定地左看右看，一副周遭都好有趣的樣子。

「熱的話就要喝甜的。」Anil公主嘀咕道。「Prik，我們一起去買飲料！」

「我想喝火箭汽水～」一想到五彩繽紛又沁人心脾的火箭汽水，Prik不由得嚥了一口唾液。

「好啊！」Anil公主開心地說。「今天帶了很多錢～」

「妳每天都很多錢啊，小Anil。」

「今天特別有錢，因為我去偷了很多。」Anil公主笑嘻嘻地說。

「從母親的錢包裡偷來的嗎？」Prik和主人一搭一唱地說著。

「從我的撲滿裡偷來的啦！」

聽到公主的回答後，Prik不耐煩地翻了好大一個白眼。

「Anil很喜歡用『偷』這個字，但明明那些東西從一開始就都是妳的。」Pin小姐忍不住道。「妳只是想當個小偷而已……」

「小Pin真的這麼認為嗎？」公主咯咯笑道。

「對。」

「既然如此……總有一天我會從妳身上偷走某樣東西，等著瞧吧！」

Anil公主泛起爽朗的笑容，使雙頰上的酒窩顯得更為明顯。

「妳只是隨口說說罷了……」

Pin小姐裝作沒事般呢喃著，但她陷入了沉思，Anil公主是在開玩笑，還是真的打算偷走她的東西？

但現在比較苦惱的另有其人，Prik正盤算著該如何在深夜時潛進Pin小姐的臥室，畢竟主人已經下達了準備偷竊的指令。

話說Anil公主想從Pin小姐身上得到什麼？

應該是對方養得胖胖的小豬撲滿吧。

「小Pin，想喝什麼顏色的火箭汽水？給妳選吧。」

她們來到了汽水攤前，檯子上整齊羅列著一排五顏六色的糖水，一個個用方型的玻璃罐裝著，深咖啡色的是可樂，旁邊顏色相近的是沙士（但這個的尾韻喝起來有點像藥膏），深紫色的是葡萄口味，綠色的是蘇打水，最後紅色的是蛇皮果味的。

「我選紅色的吧。」

Pin小姐指著紅色的罐子，腦中卻不斷冒出Padmika夫人的訓誡：

「飲料對身體無益，喝多了還會蛀牙！」

但看到Anil公主和Prik喝下可樂後那般幸福的模樣，Pin小姐便忍不住也想嘗嘗。

甜甜又沁涼的味道使人感到格外清爽，那瞬間，Pin小姐便明白為什麼Prik從一來到廟會就吵著喝火箭汽水。

「啊……」

「啊……」

將整袋的汽水一飲而盡後，Anil公主和Prik先是閉上眼，接著再從喉中發出古怪的聲音。

「Anil，Prik，不要這樣做，一點也不得體！」

Pin小姐甜美的雙眼此刻變得比刀劍還鋒利，但Anil公主和她的僕人卻覺得很有趣，她們雙手交疊放於腰間的高度，故意擺出端莊優雅的樣子。

「哼，Anil真不聽話，繼續唱反調吧，以後我不會再多管閒事了。」

Pin小姐邊說邊斜眼睨著Anil公主，嘟著淺粉色的小嘴生悶氣，然後轉身頭也不回地走向別處。

「等一下，小Pin！」

Anil公主刷白了臉，以前就算再怎麼調皮，Pin小姐也只是瞪個她幾眼而已，從來沒像這樣不理她過。

公主趕緊追了上去，但由於Pin小姐走得飛快，她只能望著對方的背影，以及那不停左搖右晃的長馬尾。

最後Anil公主好不容易才追上，她立刻抓住Pin小姐的手腕使其停下。

「小Pin，不要這麼生Anil的氣嘛……」

看到 Pin 小姐正在發火的眼神，公主突然內心忐忑不安。

「對不起。」

公主柔和地道歉，然而比起聲音，她以更加輕柔的力道握住對方纖細的手。

不僅如此，她還輕輕地左右晃了起來，像是在媽媽身邊撒嬌的小孩。

「夠了 Anil，很尷尬，我沒有真的生氣。」

公主嚥了一口唾液，戰戰兢兢地將手放開。

「看來今天的天氣真的很熱呢，看看小 Pin 的臉，都跟胡椒一樣紅了。」

Prik 湊到 Pin 小姐的臉旁仔細觀察。

「你是想說辣椒吧。」Anil 公主笑著道。

但她突然想到，Pin 小姐恐怕不喜歡她們一直嘻嘻哈哈的，於是趕緊閉上嘴巴。

「那攤就是賣棉花糖的，Anil 妹妹想吃嗎？」眼裡只有食物的 Prik 興沖沖地指著棉花糖機。

「好啊，幫小 Pin 也買一串，總共 4 撒丹 [8]。」

「謝啦！」Prik 伸手拿了硬幣後，朝棉花糖攤飛奔而去。

「我什麼時候說想吃棉花糖了？」嘴上說不生氣，但 Pin 小姐此刻的表情看起來並非如此，搞得 Anil 公主一頭霧水。

「小 Pin 沒有說，但我想讓妳嘗看看。」Anil 公主唯唯諾諾地解釋，但樂觀的她依舊帶著微微的笑容。

「來了來了～」Prik 雙手夾著蓬蓬的棉花糖跑了回來。「藍色的給 Anil 妹妹，黃色的給小 Pin，我的是黃色的。」

8　一銖相等於 100 撒丹（สตางค์，satang）。

「沒有人比妳更懂我了。」

「那是當然，除了我之外沒有人知道 Anil 喜歡藍色。」Prik 道，一邊大口咬下一塊棉花糖。

「我也知道妳喜歡藍色。」Pin 小姐用難以捉摸的眼神看向公主。「而且我不喜歡粉紅色。」

「騙人！」公主和 Prik 異口同聲地大叫。

「小 Pin 喜歡粉紅色啊！」她們不認輸地反駁道。

「誰說的……」Pin 小姐一副無所謂的樣子，她捏下一小塊棉花糖，接著如同淑女般小口小口放進嘴裡。

「妳用的東西都是粉紅色的！」Anil 公主一步也不肯退讓。

「Anil 說的對！」和公主站在同一陣線的 Prik 幫腔道。

「用什麼顏色的東西就代表喜歡那個顏色嗎？」Pin 小姐嘴角輕輕上揚，微微瞇起眼睛，語氣略帶嘲諷。

偶爾逮到機會逗這兩個小鬼挺有趣的。

「Pin 小姐！」

某個低沉沙啞的聲音突然打斷了她們的爭吵。

抬頭一看，那人竟是蓮花宮的司機 Perm 大哥！嚇得女孩們目瞪口呆。

「Pin 小姐真的在這裡啊，Padmika 夫人在找您。」Perm 大哥彎著腰道，但當瞥見 Anil 公主也在場後，他的身子彎得更低，幾乎快整個人貼到地上了。

「啊……公主殿下也在啊。」

「對。」Anil 公主以平淡的口吻回道。「是我約 Pin 小姐一起來的，Perm 大哥別把事情鬧大。」

公主的臉色不曾如此嚴肅過，至於 Pin 小姐則神情緊張地低

著頭，嘴巴使勁地抿成一條線。

「請殿下饒恕，在下必須遵照 Padmika 夫人的命令將 Pin 小姐帶回宮裡。」

Perm 大哥面有難色，連 Prik 看了也不由得感到同情。

「好啊。」沉默了一陣子後，Anil 公主終於開口道。

「既然這樣，那我們就一起回去！」

第四章　懲罰

蓮花宮的外貌有點半新不舊，雙層的建築漆上鵝黃色的外牆，與青瓷綠的屋頂和圓拱窗相襯，看起來如這棟樓的主人般莊重典雅。

室內沒有任何金碧輝煌的裝潢，只有簡單的深褐色木製家具，和沙德一家所住的大皇宮成明顯的對比。

當 Perm 大哥把三位女孩帶回蓮花宮的大廳堂時，Padmika 夫人已經坐在一張刻有精緻紋路的長椅上久候多時了。

夫人有著纖長的眉毛，烏黑的長髮盤成了一個髮髻，將近50歲的年華使她消瘦的臉上浮現了幾道皺紋。因為今晚到城外參加朋友的喪禮，所以夫人仍穿著一襲黑色的蕾絲洋裝。

Pilanthita 和 Prik 怯生生地疊腿側坐在夫人面前，而 Anil 公主則坐在靠近 Pin 小姐旁的椅子上。

Padmika 夫人向 Anil 公主行鞠躬禮，畢竟公主貴為沙德之女，理當畢恭畢敬，但由於以年紀來說夫人仍為長輩，所以 Anil 公主也向 Padmika 夫人行了一個合掌禮。

Padmika 夫人的嘴角揚起了一抹冷冷的微笑，接著看向她的姪女，Pin 小姐此刻縮著身子低頭不發一語，連一刻都不敢對上夫人的視線。

儘管夫人的眼神並沒有散發出明顯的怒氣，但 Prik 只是和那道犀利的雙眼對上一秒，便嚇得低頭瑟瑟發抖，她的額頭甚至已經快碰到自己的膝蓋了。

「Pin 小姐。」

被叫到名字的那瞬間，Pin小姐已經清楚從夫人的聲音中聽出許多不滿，她的嘴唇不斷顫抖著，以致難以出聲回應。

「是的，姑姑。」

「夜已深了，為何未告知我便擅自離開宮殿出去遊蕩？」

Padmika夫人的聲音十分嚴厲，雙眼仍盯著絲毫不敢抬頭的Pin小姐，但夫人的表情卻冰冷得難以解讀。

「請姑姑恕罪。」

Pin小姐抬頭看了一眼夫人，再迅速地將頭低得更低。

「是我自己的錯，Padmika姑姑。」

Anil公主詞嚴義正地道，雖然以血緣關係來說，公主和夫人其實是同輩，但因年齡相差甚大，且蒙Klai像是對待親生女兒般撫養Padmika夫人，連父親都視她為妹妹，Anil公主因此選擇以姑姑來稱呼。

在Anil公主眼中，Padmika姑姑既美麗又端莊，而且待她非常好，但Prik則對夫人避之唯恐不及，因為夫人不僅老是直言正色，重視禮教的程度甚至比沙德還更加嚴格。

「是我逼Pin小姐一起去的。」

「逼她？」夫人的神情變得更加凝重。「殿下拉著Pin小姐去？還是……」

「Pin小姐是靠自己的腳走去的……」

「……」

「對嗎？Pin小姐。」

在場不只有Pilanthita害怕得直發抖，公主的每個回答都讓Prik心驚膽戰。

「姑姑。」

Padmika姑姑的視線仍未離開她的姪女，其實她並無意要責罵或懲罰Pin小姐，因為她知道由於年紀還小便失去父母的關係，Pin小姐脆弱得像一片玻璃，對於她的要求Pin小姐總是默默照做，直到今晚是第一次的例外。

「既然Pin小姐做錯事了……就必須接受懲罰。」

「……」

「Pin小姐知道為什麼姑姑要懲罰妳嗎？」

「因為我犯錯了。」

Pin小姐拚命忍住不要發出嗚咽聲，同時自責地反省……

若早知道今晚和Anil公主一起去廟會，最後會被逮個正著，落得必須面臨懲罰的下場，她還會選擇出門嗎？

但當得出的答案是「會」時，她對自己感到更加埋怨。

「犯了什麼錯？」

Padmika夫人加重語氣問道。

「我不該離開宮殿。」

Pin小姐只想到這個回答，到現在她還是不明白究竟犯了多嚴重的錯。

「Anil公主呢？覺得犯了什麼錯？」

Padmika夫人將目光轉向始作俑者。

「我不認為踏出城門是個錯。」

Anil公主堅定的語氣和明亮的眼神特別吸引人，但Pin小姐卻擔心地看著對方，因為她最不願見到的，就是眼睜睜看著公主也被姑姑教訓。

「只錯在沒有先向姑姑報備，讓您操心了。」

「只有這樣嗎？」

不知不覺的，Padmika夫人似乎覺得和沙德的小女兒對話越來越有趣了，

「還有錯在深夜時分帶她們出去，而且只有女生，看起來太危險了。」

「Anil公主真聰明。」Padmika夫人給了公主一抹溫柔的微笑，她還不太習慣和小孩爭論，因為Pin小姐非常言聽計從且不善言詞。

「看來Anil公主明白道理，為何仍明知故犯？」

Padmika夫人的問題雖然使公主愣了一下，但她的臉上卻不禁露出微笑。

「為何明知故犯？因為我們還年輕，小孩子總是充滿好奇心呀姑姑。」公主臉頰兩側的酒窩瞬間將凝重的場面打散，彷彿一道耀眼的陽光穿過厚厚的雲層。

「但剛剛與姑姑的對話讓我發現，大人們確實有理由擔心我們。」

「公主明白後有何感想？」

Padmika夫人繼續追問，她越來越欣賞這個孩子了。

「仔細思考後，我同意某些部分，也反對一些部分。」

「不同意什麼？」

「不同意的點在於……其實外面的世界很值得探索，小孩們不該被關在皇宮裡……但出去時應該要有大人陪同，讓大人教我們如何分辨好壞和對錯。」

雖然仍在生姪女的氣，但Padmika夫人的嘴角忍不住微微上揚。

Anil公主的思想十分異於他人，但至少她提出的看法都挺

不錯的。

她有許多優秀的特質，大方得體、聰慧睿智、理性思辨且勇於發言。

然而有時 Anil 公主的看法過於前衛，使重視禮教的 Padmika 夫人跟不太上。

沙德甚至曾向 Padmika 夫人提醒他的女兒十分調皮搗蛋：

「要懲罰 Anil 很難，因為她總是愛與人爭論，根本難以捉摸。」

Padmika 夫人輕輕一笑，看著公主的眼神盡是疼愛。

「或許是因為我讓她待在 Anan 王子身邊太久了，他如同親生女兒般照顧 Anil，加上曾在歐洲求學的緣故，觀念比較新，所以才這樣教導她。」

沙德提到的這位王子，全名叫做 Anantawut，是沙德的大兒子，也是位於大皇宮東邊的東宮的主人。

沙德還有另一位二兒子，名叫 Anon，現在和他的皇兄一樣在歐洲求學。

但沙德最疼愛的小孩，其實是年紀比兒子們小一輪的 Anil 公主。

「真值得好好思索！既然小孩不該被關在皇宮裡，那我應該帶著 Pin 小姐和 Anil 公主一起去參加喪禮。」Padmika 夫人笑著道。

「沒關係，不用了。」Anil 公主依舊笑笑的，但臉色白了一階。

誰會想要去喪禮玩啊，一點也不有趣。

「但無論如何，今天 Pin 還是要接受懲罰。」雖然夫人看似

和公主相談甚歡，但她依舊堅守該照規矩行事的道理。

「姑姑……」Pin小姐低著頭道。

「我下令處Pin小姐鞭刑三下，並禁足一週。」

「那我呢？」公主張著明澈的雙眼疑惑地道。

「妳不在我的管束之內。」

Padmika夫人確實不敢干涉。

「如果Pin小姐要被懲處，那我也該受到懲罰，畢竟事情是因我而起。」

公主的回覆不帶一絲猶豫，態度十分強硬，逼得Padmika夫人不得不再想想適合的罰則。

「就算姑姑放過我一馬，我也會和Pin小姐一起禁足在蓮花宮裡七天七夜！」

殿下！！

聽到公主的話後，Prik在內心大叫了一聲。

「……看來我也要給Anil一點懲罰了。」最後Padmika夫人妥協道。

「謝謝姑姑。」Anil公主鬆了一口氣，並向夫人點頭致謝，但一旁的Pin小姐卻全身充滿愧疚感，她拚了命地忍住淚水，不願看著鞭子打在公主的身上。

「變成妳們明天必須一整天禁足在書房裡，不准離開。禁足七天七夜恐怕不可行，沙德肯定會生氣。」

「是的，姑姑。」

Anil公主笑臉盈盈承擔懲罰的樣子，看起來真的頗為古怪。

哼！

仍跪坐在地上的Prik除了在心中抱怨外別無他法。

Anil 殿下啊……Anil 殿下……

為何執意要 Padmika 夫人懲罰您呢？

真是聰明反被聰明誤！

第五章　書房

　　蓮花宮的書房位於一間小小的五角形樓閣，每面牆上都裝了延伸至天花板的青瓷綠大拱窗，中央簡單地擺了一張木桌，從窗戶灑進來的陽光恰好能匯聚在書桌上，一旁有個大書櫃，架上擺滿了已經泛黃的書籍，空氣中瀰漫著一股陳舊的味道。

　　「姑姑叫我們讀書，Anil 怎麼一直在畫畫？」

　　看著 Anil 公主埋首在筆記本上作畫，Pin 小姐忍不住問道。

　　「我覺得很無聊啊，書裡都是密密麻麻的字，為什麼要讀？」

　　Anil 公主張著水汪汪的大眼，瞳孔像是玻璃珠般反射著陽光。

　　「讀一點書，把內容記下，以免出去後姑姑突然檢查。」

　　Pin 小姐托著下巴疲倦地說，一邊想著公主什麼時候才會乖乖聽話，而非一直唱反調。

　　「如果真的要檢查，我就把書裡的內容唸給姑姑聽，我已經記起來了。」說完便立刻低頭繼續塗鴉。

　　「昨天在姑姑面前，我看妳明明還很聽話。」Pin 小姐的好勝心已被激起，於是打算和對方爭個輸贏。

　　「我答應禁足，但沒有答應要讀書呀。」Anil 公主完全沒有要認輸的意思。

　　發現不可能贏過 Anil 公主後，Pin 小姐無奈地嘆了一口氣。

　　出於好奇心，她將臉湊到公主身旁想一探究竟，但看到紙上的塗鴉後，不禁眉頭深鎖。

「在畫什麼呀？看起來好奇怪。」

「在畫Pin小姐的臉。」Anil公主笑得燦爛，眼裡映著一閃一閃的光。

Pin小姐聽到後把臉貼到筆記本上瞧個仔細，白紙的中央畫了一個圓，上方有一坨凌亂的線條，看似是代表頭髮，圓的裡面有兩個小點，不難看出是眼睛的意思，而下方則畫了一條像是微笑的半弧線。

看到自己的臉被畫成這副模樣後，Pin小姐抬起頭斜視著Anil公主。

「我長得這麼醜嗎？」

「哪有，有很醜嗎？我怎麼覺得很可愛。」Anil公主笑道。

「這樣叫可愛？」Pin小姐癟著嘴抱怨道。

「這位Pin小姐很可愛。」

Anil公主用手中的鉛筆指著面前的Pin小姐，欣喜地露齒笑著，臉頰上擠出了甜甜的酒窩，眼睛亮晶晶地閃爍著。

「Anil！」

Pin小姐微微加重語氣，又大又圓的眼珠帶著不悅，但她的髮際線滲出了幾滴汗水，雙頰也泛起了一層紅暈。

Pin小姐趕緊起身拉開距離，並回到座位上假裝繼續看書，她用力地抿著唇，彷彿在隱忍著什麼。

有個東西在胸口不斷加速。

拜託……

……拜託跳慢一點吧！

「那我再畫一次，這次要畫得跟本人一樣可愛。」Anil公主開玩笑道。

「妳想做什麼就做吧。」Pin小姐用眼角睨了一下公主，但嘴角微微含笑著。「反正我說什麼妳都不聽。」

收到Pin小姐的抱怨後Anil公主便不再多說，因為她正笑得合不攏嘴。

Pin小姐又嘆了一口氣，轉過身繼續認真看書，感覺到胸口浮動的頻率變慢後她才放下心來。

正當她以為這個搗蛋鬼準備要看書時，想不到……

「Pin小姐～」那道清脆的聲音已經變得有點討厭。

「嗯？」

「借我看一下妳的眼睛。」

「……」

雖然對公主的要求感到奇怪，但Pin小姐很自然地抬起頭與公主對視，Anil公主正將鉛筆舉至與雙眼水平的高度，並像個畫家般不停前後測量距離。

Anil公主專心地盯著Pin小姐精巧的臉蛋，細長的眉毛呈現漂亮的弧線，翹挺的鼻尖帶著幾分羞澀的韻味，美麗的雙唇透出淡淡的粉紅，柔嫩的雙頰總是泛著一片紅暈，如同小鹿般靈動的淺褐色大眼同時具有甜美和嚴肅的神情。

「Pin小姐的嘴巴和鼻子都小小的，看起來乖巧可愛，真想收來當我的二女兒。」

蒙昭Alisa（也就是Anil公主的母親）每次見到Pin小姐都這麼說，以致Anil公主不用想就知道下一句是什麼了。

她甚至能一字不漏地記下每一個字。

「沒錯，就是這樣。」Anil公主將鉛筆湊近Pin小姐的臉，一邊瞇著一隻眼，看起來更加討人厭。

「Pin小姐笑一個嘛～」Anil公主露出天真無邪的笑容。

Pin小姐不自覺地跟著笑了起來，表面上看似是乖乖聽從指令，但其實是因為覺得對方大剌剌的樣子很可愛。

專心凝視著鉛筆一會兒後，Anil公主開始在紙上勾勒線條，至於Pin小姐則出神地望著公主眉清目秀的臉蛋。

直到……

「這次怎麼樣？」Anil公主將筆記本遞到正拖著下巴發呆的Pin小姐面前。

「很漂亮。」

Pin小姐面無表情地盯著筆記本良久後終於開口道。

「漂亮？」Anil公主興奮地重複了一次。

「漂亮個鬼！」Pin皺著眉不滿地道。「為什麼妳把我畫成四肢瘦弱，又頭大胸部大的樣子！」

「不像嗎？」Anil公主不解地揚起一邊的眉毛。

「一點也不像！」

「那我再畫一次。」公主張著水靈靈的大眼，但Pin小姐卻不領情。

「Anil！」Pin小姐吼了一聲。「妳非但不讀書，還一直來惹我！」

Pin小姐秀氣的臉現在因憤怒而扭曲，她把筆記本向外推開，就像每次吵不贏時鬧脾氣的樣子。

「要是再畫一次，我就要生氣了。」那雙小鹿般的眼睛正在發火。

但是……

「那我畫其他的。」Anil公主一副不在乎地笑著道。

不管 Pin 已經氣到臉紅脖子粗，Anil 公主總是有辦法唱反調。

現在 Anil 公主正忙著低頭作畫，甚至還忘情地哼著聖誕快樂歌。

「不管妳了啦！」Pin 抱著頭一副頭痛欲裂的樣子。

和 Anil 公主一起禁足在書房裡一整天，反而像是在折磨 Pin 小姐的心靈。

Anil 真是太不聽話了！

看著公主咬著鉛筆擺出挑釁的姿態，惹得 Pin 小姐恨不得狠狠捏住對方的手使她大叫。

「哈！」Anil 公主噗哧一笑。「不是說不管我嗎？怎麼一直盯著我看？」

「呿！」

被逮著正著的人緊緊抿著嘴，接著把注意力放回眼前的書上，看來這次絕不會再輕易抬頭。

然而旁邊的人有如天生要來阻礙 Pin 小姐，又開始不停干擾她的注意力了。

「Pin 小姐……看看這個。」那道甜美的聲音瞬間熄滅了方才的怒火。

「……」

Anil 公主再度亮出筆記本，而 Pin 小姐則不耐煩地睨了一眼。

「這是 Anil 夢想中的家。」

用名字自稱這招似乎從不會失敗，因為每次聽到後，Pilanthita 便止不住臉上的笑容，再者，公主現在表現得十分乖

巧聽話，令Pin小姐完全無法扮黑臉。

「這棟房子比大皇宮還小很多耶。」紙上畫著一棟小小的平房，四周有松樹圍繞。「為何您想住在小房子呢？」

「我覺得很溫馨。」Anil公主臉上掛著甜美的笑容。「小小的房子，不管從哪個角度都能看到彼此。」

Pin小姐從沒見過Anil公主此刻說話時的眼神，看起來非常真摯，使她的心跳又加速不已。

看了令人沉醉在夢中……

「如果我真的有自己的房子……」公主的聲音相當輕柔。

「我要邀請妳一起來住。」

咔嚓

筆心斷裂的聲響將Pin小姐從白日夢中拉了回來，她急急忙忙將書本翻到下一頁。

Pin小姐沒有回覆Anil公主的話，她低著頭凝視眼前的書，掌心滲出了偌大的汗水，心臟不規律地跳動著。

「如果把紙弄破了……姑姑會不會生氣？」

Anil公主嘟囔道，一邊對害Padmika夫人生Pin小姐的氣感到內疚。

然而現在Pin小姐絲毫沒有要將視線離開書的意思，公主只好靜如止水地坐在一旁。

坐了好一段時間後，Anil公主的眼皮開始沉了下來，她慢慢地將手靠在桌上，接著低下頭枕在手臂上，沒多久便進入了夢鄉……

直到聽見規律的呼吸聲後，Pin小姐的心跳才漸漸恢復正常……

　　Pin小姐不曾看見Anil公主睡著的樣子，於是托著下巴細細觀察。

　　沉睡中的公主變得乖巧恬靜，纖長的睫毛像兩把別緻的羽扇，她微微張著嘴，看起來十分天真可愛，悶熱的天氣使柔嫩的雙頰旁滲出少許的汗水。

　　Pin小姐不自覺地微微一笑，她將手中的鉛筆放下，繼續托著腮注視著公主，但這次她看得更認真、更仔細，而且絲毫不打算再讀任何書了。

第六章　Ｐｉｎ 小姐的臥室

當 Prik 還在為如何潛進 Pin 小姐的臥室竊取「某樣東西」而苦惱時，Anil 公主已經搶先一步著手執行任務了。

「Padmika 姑姑，我有事想請求您。」

Prik 清楚記得那天 Anil 公主在 Padmika 夫人和父親面前說道。

為了籌辦幾個禮拜後慶祝 Anon 王子回國的宴會，Padmika 夫人正在大皇宮裡忙進忙出。

「Anil 公主有什麼事？」

「應該是和跑出去玩有關的事吧。」

沙德笑道，一邊寵愛地看著女兒。

「才不是呢。」公主的聲音依舊清脆爽朗。「我只是想和 Pin 小姐一起在蓮花宮過夜。」

「有什麼事嗎？為何要一起過夜？」沙德用極為溫柔的語氣問道。

「剩沒幾天就要考試了，我還有很多科目不懂，所以才想請 Pin 小姐幫忙教教我，但如果讀到很晚才走回來大皇宮，我覺得這樣有點危險。」

Anil 公主現在的樣子十分俏皮可愛，深色的眼珠子一閃一閃的，上揚的嘴角擠出了迷人的酒窩。

若提到世界上誰最無法抵擋 Anil 公主撒嬌的魅力……

第一名毫無疑問必須頒給沙德。

第二名則是 Pilanthita 小姐。

「很有道理，很有道理。」沙德喃喃自語道。「Pad夫人覺得如何呢？」

被這麼一問，夫人還有什麼理由反對呢？

「這點小事不會有什麼問題，殿下。」

Padmika夫人恭恭敬敬地低著頭道。

「那麼便煩請Pad夫人負責為Anil準備寢具。」

「是的，殿下。」

Padmika夫人俯首再行了一個禮，接著轉向直視著公主：

「蓮花宮隨時歡迎Anil公主，請再通知姑姑欲何日來過夜，以便做足充分的準備迎接。」

「承蒙姑姑的關愛。」

太棒了，殿下！

一切都完美地照著主子的計畫進行，不禁使Prik暗自在心中拍手叫好。

既然偷溜進Pin小姐的臥室難如登天，只好使出動用沙德這招必殺技，一次排除眼前所有障礙，同時省去多餘的煩惱。

Anil公主真是聰明伶俐，善於把握時機並運用權力，使Prik欽佩不已。

「Prik，妳是打算去住幾天啊？」Prik從早到晚不停地打包行李，把衣服塞進最喜歡的大袋子後又拿了出來，害公主看了忍不住抱怨道。

「在下也不知道，殿下。既然您都沒有吩咐，在下就必須謹慎為妙。」

「一晚就夠了。」早就整理好行李的人說道。「誰敢在蓮花宮待超過一晚啊。」

「但 Padmika 夫人的意思聽起來像是殿下想待多久都可以呀。」

Anil 公主開懷一笑,她的僕人兼好閨密雖然沒有受過正規的教育,卻非常聰明機靈。

說到教育,有時放學後的傍晚,公主會特地撥一點時間教 Prik 識字,以免她被壞人誘騙上當。

令人感到意外的是,Prik 的學習能力不但驚人,甚至還懂得舉一反三。

「那樣說也沒錯……」Anil 公主常常花時間向 Prik 解釋問題,結果反而搞得越來越複雜。

但也因為如此,Prik 的頭腦才會變得越來越靈活。

「但如果去住好幾天,感覺對姑姑很不好意思。」公主用溫柔的聲音道。「難道妳不覺得嗎?」

「怎麼可能!當然不好意思啊,殿下。」Prik 縮著下巴道。

「既然如此,一晚就夠了。」

「是的,殿下。」Prik 嘟著嘴,心中無法決定該割捨緋紅色還是紫黃冠花色的布裙。

「兩件都帶去吧。」Anil 公主的語氣帶著疼愛。「明天再想想要穿哪一件,沒有對或錯,也不會有人因為布裙而鞭妳。」

「殿下所言即是!」正因為如此,Prik 才總是牢記並敬佩著 Anil 公主的行事風格──想做什麼就做,這世上可謂找不到其他比 Prik 更契合公主的人了。

「話說,今晚殿下打算偷什麼東西呢?」

Prik 怕被人聽見所以竊竊私語道。

Anil 公主聞言笑了一下,接著將食指放置嘴唇上後道:

「祕密。」

「這就是……Pin 小姐的臥室？」

Anil 公主睜大雙眼環顧四周，房間裡十分寬敞，涼爽的微風和明亮的陽光從窗戶溜了進來，使人感到舒服自在。

發現到處都是粉色的家具和擺設後，Anil 公主調侃道：

「誰說不喜歡粉紅色的？」露齒的微笑和靈動的大眼帶有幾分調侃的意味。

「妳真是……記憶力太好。」Pin 小姐睨了一眼。「又愛找碴！」

「是嗎？」公主繼續笑著，一邊走到書桌旁的大窗戶邊，抬頭望向窗外。

「那邊的地真廣闊，從這裡看得好清楚。」

公主喃喃自語道，一陣微風輕輕拂過，將公主烏黑的髮尾吹散，隱約凸顯出她迷人的臉龐。

「說不定。」Anil 公主的聲音彷彿能將人帶進夢鄉。「我能在那裡蓋房子。」

「……」

「這樣 Pin 就能隨時看到我了。」

公主的笑容如春風拂面，不禁使 Pin 小姐害羞地將臉撇到一旁。

「誰想要一直看到妳呀。」Pin 小姐的聲音比從窗戶飄進來的徐徐微風還輕柔。

Anil 公主沒有回話，只是繼續微笑著，她走到書桌前的椅子旁，像是在梭巡著什麼。

「打算怎樣複習課業？我看妳一本課本都沒帶。」Pin 小姐對

著淘氣的孩子質問道。

「不需要課本……已經記在心裡了。」

公主對 Pin 小姐的質疑一笑置之，她只顧著將注意力放在書桌上的東西。

「記在心裡？」Pin 小姐皺緊眉頭，小鹿般的大眼現在變得像老虎般凶惡。「我還以為妳真的想讀書，結果只顧著玩。」

「我只是想在妳的房間過夜罷了……」

Anil 公主用真摯的眼神看著 Pin 小姐，嘴角微微上揚。

「……」

「既然知道了，妳就別對我有所期望了吧。」語畢，Anil 公主又把注意力拉回桌上，不管 Pin 小姐正無措得抿著嘴。

Pin 小姐習慣了公主老是愛迴避問題，所以當對方突然老老實實地回答，Pin 小姐反而一時間不知該如何應對，只好默默坐在一旁出神地看著 Anil 公主。

Pin 小姐的書桌上有個書架，架上除了書本外還有一些小東西，全部都擺放得整整齊齊的，因為房間的主人喜歡井然有序。

「Pin 還留著這個紙風車喔？」公主指的是書架最下層，一個被當作書籤夾在一大本書之中的亮橘色紙風車。

「那是妳送的，我怎麼敢丟呢。」

Pin 小姐只是輕輕地提了一下嘴角，甜美的臉蛋便令人離不開視線。

「我還記得剛搬進蓮花宮時，那段日子過得好寂寥，只有妳會來陪我玩。」

回想起初來乍到的日子，Pin 小姐的眼神散發著一閃一閃的光芒。

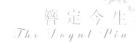

「有一陣子妳和Prik非常著迷做紙風車，還送了我一個。」一想到Anil公主特地把轉最快的風車留給自己和Prik，Pin小姐便止不住臉上的微笑。

而公主則把最漂亮的風車給了Pin小姐。

「很高興還能再看到它。」Anil公主微笑著說，接著好奇地繼續觀察書桌上的東西。

「我沒有看過妳用深藍色的緞帶綁頭髮。」

Anil公主看著一個透明的玻璃罐，裡面裝滿了細細的白色和黑色緞帶，顯得那條深藍色粗緞帶特別顯眼。

「嗯……那條不是我的。」Pin小姐小小的臉蛋紅通通的，她抿著嘴沉默了一會兒，接著才開口：「那是妳的。」

「難怪看起來好眼熟。」

「有一天妳把它掉在回來的車上。」Pin小姐心懷忐忑地看著公主。「我把它帶回來洗，一直想說要還給妳。」

「這樣啊……」Anil公主的嘴角浮現出一道淺淺的微笑，深色的眼珠子清澈而明亮。

「妳的眼神看起來好像覺得我是小偷。」Pin小姐噘著嘴道。

「我哪有？」Anil公主哈哈笑道，然後從上方的架子取下一本厚厚的故事書。

「開始讀書吧。」

Anil公主抱著故事書走向Pin小姐的大床，接著不請自來地躺了下去。

「Anil要睡這裡嗎？姑姑已經為妳準備了一間大客房。」由於出乎意料之外，Pin小姐的臉色瞬間變得蒼白。

「那間就讓Prik去睡吧，我要睡這裡，妳的床這麼大。」

公主回答的同時一邊一頁一頁地翻開故事書，一副完全沒有打算抬頭看對方的樣子。

眼看公主絲毫沒有退讓的意思，Pin小姐忍不住嘆了一口氣，無可奈何地坐到床旁邊的地上。

「上來吧Pin小姐，躺旁邊這裡，然後讀故事書給我聽。」

不光是嘴上說說而已，Anil公主還拍了拍床鋪，示意對方過來躺在一起。

「真任性。」雖然擺出不悅的臉色，但Pin小姐一看到公主可愛的樣子，便無法克制嘴角的肌肉。

然而Pin小姐仍未起身，公主只好積極地幫忙把被子和枕頭鋪好，直到看見某樣東西才停止動作。

枕頭下有一條靛藍色的手帕，上方繡著精美的英文字母「A」。

「這是妳被姑姑罵到哭那天我借給妳的手帕，為什麼它會在枕頭底下？」

「Anil……」

Pin小姐不知所措地張大雙眼，艱難地嚥下一口唾液後，吞吞吐吐道：

「我只是拿去洗後放在床上摺……正打算明天還給妳。」Pin小姐思酌一下後看著Anil公主道：「摺好後恐怕是忘在枕頭下了。」

Pin小姐將那條手帕抓了過去，一臉抱歉地遞給Anil公主。

「不用還了，我送給妳。」

「我沒有想要留著。」Pin小姐背過身抿緊雙唇，但手仍緊握著那條靛藍色的手帕不放。

　　「就算妳不想要，我還是想送給妳。」被 Pin 小姐嚴正地拒絕後，Anil 公主的臉色沉了一點。「留著作紀念，紀念我曾經替 Pin 小姐擦眼淚。」

　　「……」

　　「若妳真的不想要，我就自己收著。」Anil 公主伸出手掌等待對方歸還那條手帕，眼神看起來更陰鬱了一些，然而 Pin 小姐卻將握著手帕的手向後抽了回去。

　　「既然妳決定要給我了，」Pilanthita 的表情十分倔強。「我就收下吧。」

　　「……」

　　「我會竭盡所能好好保護它。」

第七章　音樂盒娃娃

Anon王子的歸國宴舉辦時間是在他回國前的幾個禮拜，由於二兒子在千里之外的城市學習法律好多年，沙德下令要盛大舉辦這次的宴會。

所有參與籌辦的女性們彼此互為親戚關係，並且都曾在大皇宮服侍過，其中當然包含了Padmika夫人，這次她負責管理宴會中的所有甜品。

每一項準備程序都必須按計畫行事，例如招待賓客的食物都得先經過Alisa夫人的挑選，接著再由Padmika夫人嚴格監督烹煮和擺盤。

因此，為了讓Alisa夫人試味道並選出最後的菜單，上禮拜大皇宮廚房裡的僕人們天天焦頭爛額，所有人從白天忙到黑夜，因為Padmika夫人不斷下令做出各式各樣精雕細琢的菜餚。

有些人忙得不可開交，有些人則過得怡然自得。

每當有人披星戴月地工作時，總會有另一群人坐享漁翁之利。

而在這種情況下，Anil公主和Prik毫無疑問屬於後者。

這陣子過得最開心的人非她們兩人莫屬，早上晃去廚房吃沒被Padmika夫人選中的剩菜，下午再回到廚房品嘗更多琳瑯滿目的料理，不說還以為她們跑去參加美食博覽會呢。

過了一整個禮拜來回穿梭於廚房和皇宮的日子，最後終於來到了舉行宴會的這天。

下午時分，沙德、Alisa夫人和Anantawut王子一行人浩浩蕩蕩地前往機場迎接歸國的王子，而Anil公主則因剛放學而必須

待在皇宮裡等家人回來。

怎料……

已經到了該迎賓的時刻了，Anil公主和Prik還開心地躲在木棚旁的壁凹處吃著點心。

「吃得像隻倉鼠……小心把肚子撐破了。」Anil公主擔心地道，而Prik正不停地將藤球豬肉[9]塞進嘴裡。

「若因吃太飽而死，有何不妥呢？」Prik嚼著滿嘴的豬肉抬起下巴道。

「有時妳的言詞可真犀利啊。」Anil公主開懷大笑。

「我的天啊！Anil公主！」

聽到Padmika夫人從背後嚴厲地叫了一聲後，Anil公主嚇得瞪大雙眼，Prik更是不用說，慌亂中她被嘴裡的藤球豬肉嗆得厲害，忍不住舉起拳頭敲了敲自己的胸口。

「姑姑……」Anil公主用手背擦了擦嘴角後，才有勇氣轉過身面對Padmika夫人。

然而此時她才發現，不只Padmika夫人發現了她們的巢穴，夫人身後還跟著許多女僕們，而Pin小姐就站在其中。

「為什麼蹲在這裡偷吃東西啊！真不雅！Prik也是，吃成這副德行，小心把自己噎死！」

Padmika夫人嫌棄地搖了搖頭，一邊狠狠地瞪了一眼Prik。

「請姑姑原諒，我剛從學校回來，肚子太餓了。」

公主閃閃動人的眼神使Padmika夫人無法閃躲。

至於Pin小姐和Prik則膽怯地低著頭，神情緊張地嚥下好幾

9　หมูสร่ง，藤球豬肉或稱豬沙龍，是從大成王朝時期流傳至今的傳統料理。將豬肉剁碎再跟大蒜、黑胡椒、雞蛋等拌勻，然後用麵條繞成藤球狀，最後下油鍋炸成金黃色即可上桌。

口唾液。

「真是的！沒有人替公主準備點心嗎？居然讓殿下這樣自己找東西吃！」

Padmika夫人的聲音非常洪亮且充滿魄力，為了讓廚房裡的僕人們都聽得一清二楚。

所有女僕們紛紛趕緊低頭躲避夫人的視線，但大家心裡都明白，公主不喜歡像其他家人一樣優雅地坐在皇宮裡用膳，而是喜歡偷一些食物後坐在廚房旁的藤椅上，或是躲到木棚邊的壁凹處吃。

如果有人端著食物請公主在宮裡吃，她會馬上改變心意不吃了，一定要自己親手偷到的才行。

「Anil公主先進宮吧，待在廚房邊身上都是臭味。」晚宴即將開始，而且不久前沙德一家已經從機場回來並停好車了，使Padmika夫人變得越來越焦急。

「Pin小姐。」Padmika夫人犀利的眼神射向了她的姪女。

「是的，姑姑。」Pin小姐必恭必敬地回道。

「帶Anil公主去換裝吧。」Padmika夫人的聲音柔和了一點。「再幾個小時宴會就要開始了。」

「是的。」

「至於Prik，妳待在這裡幫忙，不用跟著公主回去。」Padmika夫人下達命令時的聲調嚇得Prik直發抖。

「是的，夫人。」

Pin小姐毫不猶豫地抓起Anil公主的手腕，拉著對方趕緊奔向連接大皇宮的路。

「Anil老是製造麻煩。」發現公主一直回頭擔心地望著Prik

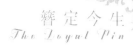

時，Pin小姐甜美的臉蛋透出了一絲不悅。

「Pin老是凶巴巴的。」公主仍笑哈哈的。

「哼！」

Pin小姐悶哼一聲後便不說話了，因為她發現，原本被抓住手腕的那隻手，現在變成和她五指輕輕地交扣。

從指尖蔓延至手心的溫度使Pin小姐的臉泛起了紅暈，她緩緩地將自己的手縮了回來。

「嗯？Pin小姐不想牽我的手了嗎？」Anil公主抬了一下眉毛，可愛的微笑在臉上閃耀。

「妳長大了呀，可以自己走，不需要我牽。」Pin小姐輕聲回道，雙唇抿成了一條直線。

「是嗎……」Anil公主的眼神流露出幾分失落，Pin小姐看到後立刻換個話題。

「今天要穿哪套衣服呀？」

「不知道……母親好像已經請Yoi奶媽準備好放在衣帽間了。」Anil公主提到了那位從小照顧她長大的奶媽。

Yoi奶媽年紀才30出頭，且尚未出嫁，看起來仍十分年輕。剛任職公主的保母時，其實她才剛過20歲，因此每當有人叫她「Yoi奶媽」時，她總是感到有點尷尬。

但時間久了便習慣了，而且她很慶幸Anil公主是個乖巧的孩子，還是個嬰兒時公主情緒穩定又不挑食，總是安安靜靜地睡覺，從來不會像其他孩子一樣哭鬧，只是長大一點後，公主常常在皇城裡東奔西跑，不小心弄得一身傷後再回來找她擦藥。

然而即便如此，Yoi奶媽仍視Anil公主如自己的親生女兒般愛她。

「話說，Pin想讓我穿哪件衣服？」

「我喜歡看您穿白色的。」Pin小姐微微笑道，腦海中想起了去年冬天的宴會上，公主身穿白色的蓬裙禮服，在燈光下光彩奪目的樣子。「但Anil不管穿什麼顏色的衣服都很可愛。」

最後這句悄悄話比較像是在自言自語。

「妳說什麼？」

「沒事。」

女孩們一來到衣帽間，就發現Yoi奶媽已經在這裡等著了，她的神情看起來非常緊張，或許是因為公主來得太遲了。

「趕緊洗個澡吧殿下，動作太慢等會兒要來不及了，在下已經為您準備好衣服了，是您的母親選的。」

Yoi奶媽指向一件靛藍色的無袖洋裝，款式簡單但不失貴氣，上半身繡著一小塊銀色的花紋，輕輕一動便能反射出閃亮的光，至於下半身則是輕飄飄的打摺裙，有別於上次那件像娃娃般的蓬蓬裙。

「母親大人知道Anil最喜歡靛藍色的衣服了～」和奶媽對話時，公主總是以自己的名字自稱。「那Pin小姐的衣服呢？」這句話是對著Pilanthita說的。

「等一下Koi姨會拿來給我。」Pin小姐開朗地道。「姑姑交代我先來盯著Anil著裝。」

「姑姑覺得我是3歲小孩嗎……」

「您覺得呢？一個14歲的小孩爬樹摘果實，還抓毛毛蟲當寵物養，有比3歲小孩成熟很多嗎？」

「說的也是。」Anil公主笑得燦爛。「這樣今天我就乖乖地讓妳看著我換裝好嗎？」

「說到要做到喔。」

可惜還來不及回答半個字，Anil 公主就被 Yoi 奶媽推進浴室裡了。

Pin 小姐換好一襲可愛的白色蓬蓬裙禮服時，恰巧公主從浴室走了回來，伴隨著一股清新的體香和髮香，聞之令人感到心醉，薄如蛋殼的肌膚透著耀眼的光芒，模糊了 Pin 小姐的視線，使其不得不瞇起雙眼。

尤其當公主穿著優雅的靛藍色禮服時，更顯得她的肌膚雪白如玉。

Pin 小姐在讓 Koi 姨盤頭髮的同時，眼神絲毫離不開公主殿下。

兩位女孩在衣帽間裡待了好久，但仍留了不少時間趕在宴會開始前梳妝完畢。

宴會的場地位於大皇宮前的大草皮，場內的每個角落都裝飾著五顏六色的花朵和一叢一叢的花圈，彷彿像個花團錦簇的大花園，沙德一家的主桌位於會場正中央，圍繞在四周的圓桌是其他親戚們的座位，一旁的樹叢上掛了許多條淺黃色的燈串，看起來美不勝收。

宴會尚未開始，大皇宮的廳堂裡只有 Sawetawarit 家的成員陸陸續續集合了過來。

「Anil，是 Anil 妹妹嗎？」Anon 王子開心地走向妹妹。

兩位女孩們起身尊敬地行了一個合掌禮，但 Anil 公主看著 Anon 王子的眼神充滿了疑惑，因為她幾乎快認不得二哥的長相了。

仔細一瞧，她發現哥哥的臉和母親長得好像，尤其當他笑

起來時，完全就是同一個模子刻出來的。

「我出國時，Anil妹妹只有到我的手肘這麼高，現在已經到肩膀了呀！」

「我們用最好的資源來養她，像西方人一樣吃奶製品，Anil妹妹看起來反而像我們家的大女兒呢！」

Anantawut王子開玩笑道，惹得眾人哄堂大笑。

「這位就是Anil妹妹寫給我的信中曾提到的Pin小姐吧？。」

「是的，哥哥。」Anil公主簡短地回應道，她還不習慣這樣的稱呼。

Anon王子向Pin小姐露出了一個紳士般的微笑，這時Alisa夫人正好走進廳堂，一看見Pin小姐便上前給了她一個熱情的擁抱。

「今天Pin小姐好可愛呀，美得像個洋娃娃。」

「母親大人真偏心，您的小女兒今天也非常漂亮呀，怎麼只稱讚Pin小姐呢？」Anantawut王子繼續笑嘻嘻地道。

「因為母親大人最喜歡Pin小姐了呀大哥，每次都說想讓她當二女兒，怎麼可能還會注意我呢？」Anil公主和哥哥一搭一唱。

「其實Anil不是我的親生女兒。」Alisa夫人睨了一眼公主。「調皮得像猴子的孩子。」

「您的意思是……」Anil公主露出狡猾的眼神。

「咳咳！Anil……」Anantawut王子的口吻嚴肅中帶著一抹淺笑，聽起來有點違和。

「別把心中的話說出來！」

　　宴會到後來變得非常無聊，因為所有的賓客們要不是一群年紀甚大的長輩，就是和王子同輩的少女小姐們，在場的長輩及貴賓們一個接著一個，爭先恐後地跑到 Anon 王子面前自我介紹，整場歸國宴不知不覺變成了 Anon 王子的相親大會。

　　幾乎所有長輩都稱讚 Anil 公主和 Pin 小姐美如天仙，聽膩了這些奉承後，女孩們終於決定躲到皇宮旁的涼亭透透氣。

　　這次的宴會有別以往，多了一塊非常華麗的舞池，兩位女孩興致勃勃地看著少女們爭相與 Anantawut 王子和 Anon 王子共舞。

　　「Pin 小姐……要不要一起跳支舞？」看著對方好一陣子後，Anil 公主開朗地問。

　　「在這裡嗎？」Pin 小姐疑惑地張著小鹿般的大眼。

　　「嗯，我今天剛學了一些舞步……陪我練習一下好嗎？」

　　「好呀～」

　　Anil 公主起身站到 Pin 小姐面前，彎腰擺出邀請對方共舞的姿勢，當她白皙柔嫩的手碰到對方的腰時，Pin 小姐不禁害羞地笑了出來。

　　兩個人緩緩地跟著樂聲舞動，看起來就像音樂盒上的娃娃。

　　靛藍色的百褶裙襬和白色的蓬蓬裙隨著律動交織在一起，畫面美得如詩如畫。

　　「如果以後我不和妳一起玩了，妳會覺得寂寞嗎？」

　　現場演奏的古典樂聲來到結尾時，Anil 公主突然問道。

　　「嗯……妳不在的話，就不會有人來煩我了呀。」

　　Pin 小姐半開玩笑地笑道。

　　「我問妳會寂寞嗎？」Anil 公主此刻的眼神格外誠摯且嚴肅。

「不知道耶，還沒經歷過。」Pin 小姐歪頭思索了一下。「現在我每天都能看到妳⋯⋯無法想像會不會寂寞。」

「但對我來說，如果看不到 Pin 小姐⋯⋯」

公主的聲音小到幾乎必須將耳朵湊過去。

「肯定會非常非常寂寞。」

第八章　答案

夏天的艷陽穿越阿勃勒的樹隙映在 Pilanthita 小姐的臉頰，她正優哉地坐在大樹下的白色鐵椅上，四周的土地覆蓋著飄落的淡粉色阿勃勒花瓣，遠看就像一塊白色的地毯，樹上開滿了粉色和紅色的花朵，等時間一到，微風就會將轉白的花瓣吹了下來。

「Pin 小姐在這啊！」

Padmika 夫人在 Pin 小姐對面的椅子上坐下後，臉色變得溫和了一點。

「姑姑。」

Pin 小姐微微笑了一下道。

「在切芒果梅嗎？」Padmika 夫人望著 Pin 小姐前方的大玻璃碗問道，碗中裝有成堆的金黃色芒果梅。

「是的，姑姑。」

和 Padmika 夫人對話時，Pin 小姐的回覆總是非常簡短。

「妳現在……很厲害了，以前我還要一顆一顆帶妳切呢。」

Padmika 夫人欣慰地看著 Pin 小姐手中由黃銅製成的小刀，她一眼就看出碗裡的芒果梅上有著細細的貝殼紋。

「但為何 Pin 小姐準備了這麼多芒果梅？宮裡只有我們兩人而已，打算全部吃完嗎？」

「我只是……想多做一點。」

Pilanthita 低下頭，粉嫩的腮紅比熟芒果梅的色澤還鮮豔。

「多做一點……是嗎？」夫人想到某件事而抬了一邊的眉

毛。「Pin小姐要把刻好的芒果梅分給Anil公主對吧？」

即便Padmika夫人的語調十分平穩，聽不出有任何不滿，Pin小姐仍不自覺地將頭往下低。

「我不是特地為了她準備的，只是如果Anil公主剛好過來，我就能讓她品嘗一些，殿下很喜歡吃芒果梅。」

「但殿下看似比較喜歡躲在木棚旁偷吃點心吧。」Padmika夫人笑道。

「殿下就愛調皮搗蛋呀姑姑。」

Pin小姐含笑著道，腦中想起了公主和Prik偷吃藤球豬肉被抓到的樣子。

「如果Anil公主不在了⋯⋯」Padmika夫人微微瞇起眼睛忖度著，接著緩緩地道：「Pin小姐恐怕會很孤單吧。」

「不在了？」正在刻芒果梅的手停住了。「為什麼公主會不在了？」

Pin小姐又大又圓的褐色眼睛蒙上了一層失落，迷惘和憤怒的情緒迎面襲來。

憤怒⋯⋯

但又不知該生誰的氣⋯⋯

「我聽說Anil公主要和哥哥們一樣到歐洲求學了。」Padmika夫人的語氣依舊平淡得難以解讀，她看著Pin小姐，而Pin小姐只是緊抿著雙唇不發一語。

「原本我以為沙德不會讓公主像哥哥們一樣出國讀書，畢竟小女兒是他的掌上明珠。」

「⋯⋯」

「但殿下認為公主比其他孩子們聰明伶俐，且身邊的親信都

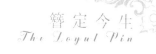

表示，若 Anil 公主沒有出國留學，勢必非常可惜，最後殿下只好下定決心送公主出國，因為不想讓她低於哥哥們一等。」

「二王子去倫敦時是18歲，但 Anil 公主現在才14歲，不是還有好幾年嗎？」

Pin 小姐的雙眼突然像是充滿希望般發光著。

「誰說得準呢，Pin 小姐。」

「……」

「殿下決定讓公主兩個月後就出發……殿下認為越早去，就越能說得一口流利的外語。」

Padmika 夫人的話彷彿一陣風穿過了 Pin 小姐的耳窩，絲毫聽不進任何一個字，她不停在腦海裡複誦著：只剩兩個月了……

「天啊 Pin 小姐！妳的臉毫無血色，別暈倒了啊！」

Padmika 夫人趕緊攙扶 Pin 小姐的手臂，擔心地看著她蒼白的面孔，纖細的手仍緊握著黃銅製的小刀。

「我沒事，姑姑……」Pin 小姐只說了這幾個字後便發不出聲了。

「先休息吧，把東西放著，我怕妳真的暈倒了。」

「是。」

Pin 小姐沮喪地看了姑姑一眼，接著將芒果梅和小刀放下，然後靜靜地坐著……

所謂「靜靜地坐著」是指握緊雙手放在大腿上，眼神呆滯地向下看，僵直著身體動也不動。

看著姪女變成這副模樣，Padmika 夫人的內心更是憂心忡忡。

「Pin 小姐。」耳邊傳來了溫柔的聲音。

「是的，姑姑。」

Pilanthita 依舊紋絲不動，看起來像是顆石頭發出了甜美的嗓音。

「為什麼這麼安靜呢？不用感到灰心，雖然是在泰國，但我一樣會讓妳受到最好的教育。」

因為猜不到為什麼 Pin 小姐會變得如此悶悶不樂，夫人只好試探性地問。

「我沒有覺得灰心。」Pin 小姐終於開口回覆，接著用沙啞且微弱的聲音說：「或許只是天氣太熱了。」

＊＊＊

「天氣這麼熱，吃到 Pin 小姐做的芒果梅後覺得好沁涼啊！」

Anil 公主的聲音依舊非常開朗，若是以前，Pin 小姐願意一直聽見這個聲音。

但此刻……Anil 公主的聲音越開朗，Pilanthita 的心就越難受，彷彿像是被人捐住了心臟。

她愣愣地看著公主，對方正開心地從裝滿冰糖水的玻璃碗中取出刻有貝殼紋的芒果梅，並將果核取出，使其看起來像顆張開嘴的貝殼，然後心滿意足地塞進嘴中。

「對呀殿下，連 Ben 姨的手藝都不如 Pin 小姐。」

Prik 用甜甜的嗓音阿諛道。

「……好吃就多吃點吧，殿下。」

此話聽起來十分微弱且哀愁，彷彿在嗚噎著。

「Pin小姐不一起吃嗎？」

Anil公主微微眨了眨眼睛，臉頰上浮現出迷人的可愛酒窩，無論誰看了都難以抵擋。

然而此刻對Pin小姐來說卻一點用也沒有。

越是想到好幾年都看不見那如陽光般的微笑，也無法聽見Anil公主的嬉笑聲，Pin小姐就表現得越沮喪……

「妳吃吧，我吃不太下。」

語畢，Pin小姐又艱難地嚥了一口唾液。

「Pin覺得很熱嗎？」

Pin小姐搖搖頭以示回答，現在Anil公主才發現對方的臉蒼白得像張白紙。

「肚子痛嗎？」

被詢問者依舊搖著頭，緊閉著雙唇，眼神盡是惆悵。

「Prik！」

Anil公主突然叫了一聲，嚇得Prik連忙跪坐在主人的膝蓋邊。

「是的，公主殿下。」

Prik顫抖著道，她從沒看過公主的臉色如此凝重。

「妳離開一下。」

下達命令的同時，公主的眼睛仍離不開Pin小姐。

「要讓在下去哪呢？殿下。」

Prik習慣性地問。

「哪裡都行，越遠越好！」

Prik瞪大雙眼，但公主的表情看起來絲毫沒有在開玩笑的意思，於是只好乖乖照做。

「遵命，殿下。」

但在悄悄地爬到一旁前，Prik 仍不忘帶走自己的芒果梅，甚至還回頭說了一句：「殿下所言甚是！」

若非此刻嚴肅的情況下，Anil 公主通常都會因 Prik 搞笑的舉動而放聲大笑，但現在公主卻看著 Prik 粗曠的背影叫道：「滾遠一點！」

直到 Prik 的身影消失在視線之外，Anil 公主便移動身子坐到 Pin 小姐旁，語調輕柔地問：

「妳怎麼了？為什麼不回答我？」Anil 公主疑惑地將臉湊近 Pin 小姐。「妳的眼睛好紅，難道發燒了？」

公主伸手碰到對方額頭的那瞬間，Pilanthita 落下了第一顆眼淚……

第二顆，第三顆……緊接著止不住的淚水湧了出來。

直到最後眼簾全被一層厚厚的淚水覆蓋。

「Pin……」

Anil 公主清澈動人的眼神赫然消失了，尤其當 Pin 小姐的眼淚不停撲簌落下，顫抖的身體看起來如玻璃般脆弱時，更加使她不知該如何是好，只能趕緊掏出手帕來幫忙擦眼淚。

然而 Anil 公主仍不明白為何 Pin 小姐會哭地如此傷心，只好用另一隻手緊緊握住對方的手。

「我恐怕會很孤單……」

好不容易止住淚水後，Pilanthita 沙啞地道。

「……」

Anil 公主沉默了，因為這句話使她大概猜出 Pin 小姐哭泣的原因了。

Pin小姐知道Anil公主將出國留學的事了嗎？

「妳曾經問我……如果妳不在了，我會不會很寂寞……」

「……」

「我今天……才終於……知道答案了……」

Pin小姐不斷抽噎道，Anil公主將其瘦弱的身體拉進懷裡安慰，一邊輕輕地撫摸對方的頭髮。

「我會很寂寞……」

「……」

Pilanthita小姐在Anil公主懷中啜泣，努力用嘶啞的聲音道：

「我不想和妳分開……」

第九章 眨眼之間

「為什麼我必須去國外留學啊？」

在東宮的書房裡假裝讀了英文書一會兒後，我突然向大哥問道。

每當四下無人時，我和哥哥就會像平凡人一樣對話，因為我們都對繁瑣的皇家用語感到厭煩了。

「……」

大哥沒有馬上回覆，而是面露微笑，悠哉地翻著泛黃的書本。

「那為什麼 Anil 不想去呢？」回話者仍低頭盯著書。

「因為……」我頓了一下。

「因為……？」大哥將書闔上，揚起眉頭等著我回答。

「因為我還小。」我說。

自從得知父親打算將我送去歐洲留學後，母親就不斷向父親勸說：

「殿下改變心意吧，Anil 的年紀還很小，我還沒做好和女兒相隔千里之外的準備。」

母親大人反覆提到這件事好多次，她的語氣從認真嚴肅，漸漸變成語帶哽咽，然而無論何種語態或神情，都無法撼動父親的決心。

所以我只好先用母親的理由來回答大哥。

並將「我不想和妳分開……」這個原因藏在心裡。

「年輕的時候去很好呀。」

「父親也一直這樣說。」

我失落地嘆了一口氣，就連平時最疼我的大哥也贊同父親和長輩們的意見。

恐怕沒有其他人能反對讓我出國了吧⋯⋯

「如果 Anil 有機會，當然要好好把握呀。」

「如果不是我想要的，那還叫做機會嗎？」

「那個⋯⋯」大哥突然笑了出來。「妳真愛問問題，是像到誰了呀？這樣也好，很適合到國外讀書。」

「喜歡問問題為什麼就一定要到國外讀書啊？」大哥繞著我的問題回答，我就越想知道答案。「為什麼不能在我們國家讀書就好呢？」

「因為如果妳真的在這裡讀書，妳就只會永無止盡的問問題啊！」大哥微笑著道。

「但如果去其他地方讀書，妳就會得到妳想要的答案。」

「⋯⋯」

大哥的回答讓我因明白了什麼而沉默了。

「到暹羅讀書並非代表落後，只是我們國家仍在裹足不前。」大哥平淡地說。

「很多人不敢問問題，更糟的是害怕聽到答案，若 Anil 留在這裡讀書，最後妳很可能會被同化。」

大哥看起來非常正經，但仍帶著笑容回答我窮追不捨的問題。

「因為我太了解妳，所以才不想讓妳失去自我。總而言之，讓妳出國留學這件事，是經過數以百計的衡量後所做的決定。」

我與大哥的對話到此結束。

因為我們各自陷入了沉思，不再爭長論短。

因此大哥自告奮勇陪我一起到英國，並計劃在當地待四個月，確保一切都沒問題後才回泰國。

接下來的一週，為了處理出國留學的事務，我每天都在各個政府部門間奔波，完全沒有像之前能出去溜達玩耍的時間，有時甚至必須向學校請假。

怎麼會有空去找某人……

某個一直躲躲藏藏的人，乃至一大清早就出門上學，怕我像以前一樣把車攔下，甚至還悄悄換了放學回家的乘車位子。

* * *

「Anil 是個從來沒感受過悲傷的小孩。」

母親是第一位這麼說的人，後來父親、大哥、二哥，甚至連我自己都開始這麼認為。

若非那天聽到 Pin 小姐的哭訴，我也不會意識到確實是如此沒錯……

「我會很寂寞……我不想和妳分開……」

這句話夾著一股強大的衝勁刺進了我的心胸，差點使我在 Pin 小姐面前暈了過去。

但因為那時 Pin 小姐虛弱得隨時都可能倒下，我只好裝作沒事般故作堅強。

想不到到了晚上……

從來沒感受過悲傷的小孩回到房間後，將頭埋進枕頭裡嚎啕大哭，從眼睛裡流出的不再是透明的淚水，反而像是鮮紅的血淚。

當一個從來沒哭過的人掉下眼淚時……

就像是把一輩子所積累的淚水通通傾瀉而出。

我哭到必須搗上嘴巴，費力地將淚水吞回肚裡。

哭得泣不成聲，但卻不知道為了什麼而哭。

毫無一絲頭緒……

從那天起，總覺得Pin小姐一直在刻意躲著我，不僅更改上下學的時間，甚至不來蓮花宮前的涼亭一起玩了。

雖然有很多事想跟她談，但我能做的只有請Prik替我照顧她，為此我還特地請求父親的允許，讓Prik在我出國的期間擔任Pin小姐的僕人。

這樣對Prik和Pin小姐都好，有Prik在就沒人敢欺負她，而她也能有朋友在身邊；此外，Prik非常擅長察言觀色，如此一來，在必要時刻就有人能為她撐腰了。

但其實，會到處惹事生非的人，也只有Prik一個人而已。

「公主殿下，自從聽到您要去國外讀書後，Pin小姐就變得非常鬱鬱寡歡。」

在大皇宮遇到剛去照顧完Pin小姐的Prik時，她立刻向我報備道。

「更令人擔憂的是，只要一提到公主殿下下個月就要離開，Pin小姐的眼淚就會立刻刷了下來。」

Prik繼續滔滔不絕地說，而我則靜靜地聽。

「有一次Padmika夫人在吃晚餐時，不小心提到公主殿下已經確定好出發日期，Pin小姐聽到後馬上將湯匙和叉子放下，轉身就跑回臥室裡哭了。」

「妳怎麼知道她躲到房間裡哭？」

「在下偷偷貼在Pin小姐的房門聽到的。」

「妳還是這麼愛管閒事。」

「Padmika夫人交代在下跟上去的，所以在下才敢這麼做。」

「那妳聽到了什麼？」

「Pin小姐不停啜泣，聽起來好可憐啊殿下，害在下好想奔去求公主殿下別出國了好嗎？」

「這麼嚴重啊……」

「是啊，Pin小姐哭得傷心欲絕，在下很同情，但不知該做什麼。」

「那Pin小姐有跟妳說什麼嗎？」

「她曾經問在下如果公主殿下不在了，在下會不會寂寞和難過。」

「那妳怎麼回答？」

Pin小姐剛好問了我想知道的問題，於是我全神貫注地聽著Prik的回答。

「在下只說……當然會很寂寞，但殿下很快就回來了。」

Prik又大又圓的眼珠深深打動我的心，害我差點在她面前又哭了一回。

「妳知道妳指的『很快』其實有多久嗎？」

「殿下這麼問代表Pin小姐說的沒錯，原本在下以為只有兩、三年，但Pin小姐說至少要七年，害我也跟著哭了出來。」

「原來Prik不知道我要去多久啊……」我吃力地嚥下一口唾液，從某人的生命中離開很久本來就不是件簡單的事。

尤其當彼此間有很深的羈絆時……

更是難上加難。

「殿下，結果今天是Pin小姐在安慰哭得唏哩嘩啦的在下。」

Prik面露尷尬的微笑。

「誰能想到殿下要去那麼久啊，七年等於我人生一半的時間耶！」

今年12歲的Prik咕噥著。

「不管幾年，」我疼惜地看著Prik。「我終究會回來的。」

「Pin小姐也這樣安慰在下。」

「既然這麼說，現在Pin小姐應該比較不難過了吧？」

「才不呢，殿下。」Prik努了努嘴。「反而更傷心了，原本Pin小姐就已經話不多了，現在幾乎連一個字都不講，連Padmika夫人都發現她變得異常安靜。」

「那為什麼她會開口安慰妳？」

「為了接受事實呀，在下陪Pin小姐到大皇宮時，只要其他僕人提到必須幫公主殿下準備出國的行李，Pin小姐就會摀住自己的耳朵，用最快的速度離開那些人，看來離接受事實還有一大段距離呢。」

「這樣啊……」

語畢，我們兩人都陷入了沉默。

曾經迴盪在話語間的歡笑，現在只要一提到Pin小姐，便立刻蒙上了一層憂愁。

不知該如何安慰Pin小姐，因為我就連安慰自己都辦不到。

但幸好命運沒有對我太殘酷，這禮拜日下午沒有事要處理，我終於有機會能達成和Prik的協定。

Prik將Pin小姐帶到阿勃勒的樹下，我們約好在蓮花宮的後花園單獨見面。

Pin 小姐看起來瘦了一圈，兩眼依舊毫無生氣。

「妳在躲著我嗎……」

「沒有啊。」

Pin 小姐否認道，但她卻撇過頭東張西望。

左看右看，就是不看我的臉……

「但最近我都沒看到妳。」我抱怨道。

「或許是因為妳的事情太多了。」Pin 小姐低頭盯著腳邊的落葉和小草。「看起來連玩耍的時間都沒有，怎麼會有時間看到我呢？」

「對呀，真無聊，要到處辦事情，我好累、好想休息喔。」

「Anil 還沒離開……我就已經看不到妳了。」

Pin 小姐終於抬頭與我對視，然而面對那道充滿埋怨的眼神，反而使我沒有勇氣直視她的眼睛。

「現在事情都辦完了，妳之後會一直看到我，直到厭煩為止。」

我笑著掩飾心中的忐忑，但 Pin 小姐仍緊抿著嘴唇。

「誰會對妳感到厭煩啊。」說完 Pin 小姐又突然潸然淚下，我見狀立即將她的臉靠在我肩上，並輕輕地撫摸她的頭髮。

「我又害妳哭了嗎？每次看到我妳都在哭。」我在 Pin 小姐的耳邊小聲地說，而她則不停地啜泣。

「就算沒看到妳，也不代表我沒有在哭。」

靠在我肩膀上的人擠出沙啞的嗓音道。

「不是妳害我哭的，而是我自己想哭。」

「……」

看著 Pin 小姐自責的樣子，不禁使我也抿緊雙唇，我的胸口

感到一陣刺痛，溽溼我肩膀的淚水彷彿毒液竄進我的心臟。

因為想不到該如何安慰淚流不止的 Pin 小姐，我只好將她擁入懷中，並在她耳邊不停地說：

「我每天都會寫信給妳，我保證。」

出發前一晚像是浸在淚水的汪洋中，母親大人、Yoi 奶媽和 Prik 都哭得淚流滿面。

除了我之外，所有人都在哭。

我盡可能地安慰大家，但仍心繫著某個人，不知過了今夜她是否還能流出更多淚水，因為她已經哭了整整一個月了……

班機是在白天起飛，所以我在黎明破曉前就起床了，Yoi 奶媽驚愕地發現我居然自動自發地把一切都準備就緒，欣慰地說即便我遠在他鄉也無須擔心了。

時間一到，兩輛閃亮的黑色轎車已經停妥在大皇宮前的噴水池，準備帶我們全家人一同前往機場。

因為母親像個孩子般堅持要和我坐同一輛車，所以大哥只好識趣地換去和父親和二哥坐。

或許是因為 Khunpra Chom 先生下令叫所有僕人們來替我送行，因此噴水池旁看起來熱鬧非凡。

連 Padmika 夫人也來送我最後一程，她坐在大廳裡，然而身邊卻不見她的姪女……

探頭張望等待了許久，終於等到那兩位女孩手勾著手來到廳堂，悄悄地坐在 Padmika 夫人身邊。

是 Pin 小姐和 Prik……

然而我現在已經坐在轎車裡，所以只能努力伸長手臂向眾

人揮手，並盡力擠出一抹燦爛的微笑。

　　而那兩位少女也只是默默地向我揮揮手。

　　接著車子便緩緩發動了。

　　轉眼間，我已離開了 Sawetawarit 的皇城。

　　然而，當車子駛離皇宮的那瞬間，我的腦海裡卻深深映出 Pin 小姐淚水中的面容。

　　無論多久，永遠無法忘懷……

第十章　烏雲

「Pin小姐躲在這啊，我找妳找了好久！」

今年已經是一名少女的Prik從大老遠就扯著嗓門喊道，她氣喘吁吁地跑到Pin小姐面前，對方正坐在蓮花宮後方一棵老鴉煙筒花樹下的長椅上讀書。

「別這樣吐著舌頭，很不好看，已經講幾次了Prik。」Pin小姐不滿地瞪了一眼。

雖然Prik比其他僕人聰明機智，但講到行為舉止，要讓她當個文靜的淑女，可謂是緣木求魚。

儘管如此，這三年來，Pin小姐仍努力不懈地試圖將Prik調教成優雅的女子。

「對不起，Pin小姐。」嘴上說著對不起，但臉上仍掛著大大的微笑。

「手上那是什麼？」Pin小姐盯著對方手中厚厚的褐色資料夾。

「這是Anil公主寄來的信。」Prik將資料夾遞到白皙纖細的手中，嘴角揚起了得意的笑容。

「嗯……」

雖然Pin小姐只簡短地回了一個字，但她臉上的微笑從沒停過，又大又圓的褐色眼珠閃耀著喜悅的光芒，不用問就知道她現在有多開心。

Prik等這一刻好久了……

她比任何人都明白，Anil公主的信對Pin小姐來說，就像沙

漠中的綠洲。

時間的流逝如同白雲輕輕飄過星空，三年過去，好多事都變了，Pilanthita 小姐現在就讀文學系將近一年了，她交到了許多新朋友，過著全新且截然不同的生活。

但 Prik 發現，唯一能讓 Pin 小姐感到快樂的，就是從早到晚閱讀 Anil 公主寄來的信件。

這些信有如一湖湧泉滋潤了乾涸的大地，有著使萬物復甦的魔力。

然而有時只要超過兩週，甚至長達一個月都沒收到 Anil 公主的信，Prik 就會發現 Pin 小姐看起來極為鬱悶，膚色黯淡無光，也不願和任何人來往，彷彿頭頂壟罩著一層烏雲。

不只 Prik 感受到那股陰沉的氣息，連 Padmika 夫人也知道這件事。

「這封是妳的。」Pin 小姐小心翼翼地拆開資料夾後，將其中一張明信片遞給 Prik。

Prik 每次也都會收到 Anil 公主的來信，但因為 Prik 只識得一些簡單的字，所以公主喜歡用帶有圖片的明信片，加上自己畫的圖來敘事。

而 Prik 也會親筆寫下一些簡短的句子，或是請 Pin 小姐代筆回信給 Anil 公主。

每次信件的尾端 Prik 都會留下這句話：

「公主殿下什麼時候才要回來？現在在下身邊都沒有人替我撐腰。

總是思念著妳的好朋友

PrikPrik…」

Prik看著一張明信片，正面印有一棟陌生的灰色大樓，翻到背面則是Anil公主畫的小時候的Prik。

一顆大大的愛心中有一位捲髮的女孩，旁邊留了一串字寫道：

「好想Prik……　Anil」

光是這樣就讓Prik洋溢著巨大的笑容，看了不禁使Pin小姐也跟著笑了起來。

將明信片交給Prik後，Pin小姐一如既往地帶著自己的信回到臥室，獨自靜靜地閱讀。

鎖上房門後，Pin小姐將明信片按右上角的日期一字排開在書桌上。

到英國留學的這三年，Anil公主信守承諾一直寫信給Pin小姐。

「我每天都會寫信給妳，我保證。」

原本聽到這句話時，Pin小姐以為公主只是為了安慰她而隨口說說罷了，然而隨著時間的推移，公主真的說到做到。

反倒是Pin小姐每次回信時總是言簡意賅，甚至從沒自己主動寫信給Anil公主過。

Anil公主每封信的模式都一模一樣，首先是一至兩頁的手寫信，接著是一天一張的明信片，累積七張後裝進資料夾裡，每週各寄一封資料夾回家。

第一張明信片

Sunday

今天早晨已經進入了樹葉飄落的季節，天氣依舊非常寒冷，

幸好今天是星期日，所以我舒服地睡到太陽升起後才起床。今天吃的食物一樣很平常，只有麵包和蔬菜清湯，我好想念Ben姨的手藝啊！

下午我去公園散步，這裡的樹葉一片接著一片在變色，整座公園變得黃澄澄的，但感覺我好像來錯地方了，放眼望去都是老爺爺和老奶奶們。

連一位像我這樣的女孩都沒有。

Anil

讀到第一張明信片最後一段的抱怨後，Pin小姐的嘴角忍不住揚起淺淺的微笑，接著她翻到背面，上頭有著Anil公主用色鉛筆畫的一座公園，公園裡布滿了黃色和橙色的落葉。

第二張明信片

Monday

今天學到了有趣的希臘神話故事，我一直舉手回答老師的問題，還因為答對很多題而收到不少讚賞。

但回到宿舍後我就一直睡，一直睡，晚上醒來後感到有些頭暈，因為在不該睡覺的時間睡著了，整個人有點無精打采，沒有胃口吃東西，所以喝了一些熱牛奶後就又躺回去睡了，直到隔天一早才醒起床。

Anil

讀完這段短短的明信片後，Pin小姐蹙起了眉頭，恨不得跳進明信片中捏一下Anil公主的手臂，誰叫她在不該睡覺的時候

睡覺，而且還不好好吃晚餐，害她現在非常擔憂。

重複閱讀這段文字許久後，Pin小姐將明信片翻至背面，Anil公主在這頁用鉛筆畫了薩莫色雷斯的勝利女神像，雖然缺少頭部，但展翅的翅膀給人一種勝利、自信和充滿力量的感覺。

第三張明信片

Tuesday

有件好笑的事要跟您分享，我今天在教學大樓的路上跌得四腳朝天，朋友們都捧腹大笑，尤其是Emma笑個不停。

幸好我臉皮比較厚，雖然有點失態了，

但我仍不覺得尷尬。

Anil

Pin小姐完全不覺得Anil公主說的「好笑的事」很好笑，她板著臉癟著嘴，緊緊地盯著「尤其是Emma」這幾個字。

當翻到背面看到四腳朝天的公主旁，畫了一個女生在哈哈大笑時，Pin小姐的雙頰更氣憤地鼓了起來。

第四張明信片

Wednesday

今天學校帶我們去博物館看展覽，我好喜歡啊！看著看著，害我以後想就讀美術系了，Pin小姐呢？文學系有趣嗎？明年就要選大學的科系了。

有時我覺得歷史很有趣，有時又對繪畫、寫作和雕刻感興趣，但我大部分都在畫建築物，而且我想設計自己的家，所以覺

得讀建築系也不錯，Pin小姐認為我該讀什麼好呢？

Anil

　　這張明信片的背面是Anil公主正在苦惱的樣子，四周布滿了問號，Pin小姐看了不禁露出欣喜的微笑。

　　剩下幾張明信片都只有短短幾句話，但Pin小姐仍不停地反覆閱讀，一副要把所有內容都背起來的樣子。

第五張明信片

Thursday

今天一整天都陰陰的

倫敦好陰沉、好無聊

就像皇宮裡的那些親戚們

Khunpra Chom先生過得如何？

他還是到處找人麻煩嗎？

Anil

第六張明信片

Friday

　　今天學了樂器，可惜我每種都不太會，但我記得Pin小姐彈得一首好琴，還是我也學彈鋼琴好嗎？

Anil

第七張明信片

Saturday

今天比較晚起，我去了宿舍附近的圖書館，看到喜歡的書所以待了很久。

回家後吃了我最喜歡的牛排！

Anil

讀完全部的七張明信片後，Pilanthita 撕開了銀色的封蠟章，並從靛藍色的信封中取出摺好的信紙。

來自 Anil 的信

敬愛的 Pin 小姐：

Pin 小姐 Pin 小姐 Pin 小姐

近來還好嗎？您那裡已經是雨季末期，準備進入冬天了，外頭應該充斥著樹蛙此起彼落的叫聲吧，您曾說過樹蛙半夜時的叫聲很惱人，令人幾乎無法入睡，而我已經很久沒聽到那種聲音了。

這裡的雨和人們一樣寂寥，不像我們國家的青蛙那樣生氣蓬勃。

我在這裡將近三年了還是不習慣，我喜歡這裡的人不太在乎他人的樣子，但有時又覺得很孤單。

但我很喜歡在這裡學習，這裡不只教課本裡的內容，還會講很多故事，不知不覺我就著迷於讀書了。

雖然我交到了一群新朋友，但我們的思想、文化和語言截然不同，到頭來，我最要好的朋友反而是我自己。

我好想家

想念父親 母親 哥哥

想念Prik

但我最思念的人，有時甚至因此而落淚

……

我好想念Pin小姐

Anil

　　信件的內文到此結束，但Pin小姐仍反覆讀了好多遍，接著才動筆用簡短的幾句話回信。

來自Pin小姐的信

致Anil：

　　這裡每晚都在下雨，而我真如您所說的輾轉難眠，但不是因為樹蛙吵雜的叫聲，而是另有其他原因……

　　這裡的人一切安好，還是雞飛狗跳地準備每日的早餐、午餐和晚餐。若姑姑沒讓我去讀大學，我恐怕會認為皇城內就是我的全世界。

　　但外頭的世界廣闊到令人不可置信。

　　您那裡的天氣一直都很寒冷，別忘了隨時保持溫暖，睡覺時請蓋上厚棉被並穿上襪子，我不想看到您生病，那裡生病時可不像這裡輕易就能獲得治療。

　　您說您在不對的時間睡覺導致頭痛，我覺得很不開心，也不喜歡您只喝熱牛奶就睡覺，萬一腸胃生病了怎麼辦？您要多注意自己的身體，我會擔心。

　　至於跌倒那件事，您的腳有沒有瘀青？有沒有人替妳擦藥？

　　還有 Emma 是誰？

　　關於學業我不太敢給什麼建議，因為我知道您非常聰明，總是知道自己想要什麼、該做什麼，我希望您能照著自己的心意走。

　　而 Khunpra Chom 先生還是一本正經得令人敬畏，總是喜歡到處挑人毛病，江山易改，本性難移。

　　我很贊同您去學鋼琴，因為您的舉止端莊，非常適合彈鋼琴，一想到您挺直後背，手指來回跳動於琴鍵上彈琴給我聽的樣子，

　　我就不禁面帶微笑。

　　Anil 寄來的每一張明信片我都好好地收著，現在累積了好多張，以致必須向姑姑借一個小鐵盒來收藏，但我把最喜歡的那幾張收在書桌的抽屜裡，想看時隨時能拿起來看。

　　還有好多年您才要回國，但我仍在日曆上倒數著那天的到來，某天被姑姑看見後，她斥責說不該把日曆畫得亂七八糟。

　　但我不會停止這麼做。

　　因為我真的是在等待您回來，為什麼不能畫呢？

沒有一分一秒不想念您

Pin

第十一章　松宮

轉眼間，Pin 小姐臥室窗外那片廣闊的林地有了巨大的改變。

茂盛的雜草叢和大大小小的樹木皆被夷為平地，黃色的壓路機將凹凸不平的土地壓得實實的，過了一陣子，不知從哪來的工人們帶著大批的建材和用具，大舉侵入這片空地，天空彷彿瞬間壟罩了一層陰影。

每日從窗戶目睹一切的 Pin 小姐不禁擔憂了起來，那是她最珍惜的一塊地。

Pin 小姐無法不懸著一顆心，因為五年前某個人曾表示要在那塊地上建房子，這樣就能一直待在她的視線內了。

儘管那時對方只是隨口說說，清風早已將誓言和笑聲一同吹散，Pin 小姐卻將其牢記在心中。

「姑姑是否知道沙德殿下打算在那塊地蓋什麼？」

某天吃晚餐時，Pin 小姐由於實在是太好奇了，連一秒都無法忍住，於是終於開口問道。

「什麼……？」Padmika 夫人揚起眉毛反問道：「我以為妳比任何人都清楚。」

「什麼意思，姑姑？」Pin 小姐甜美的聲線充滿了疑惑。

「沙德下令在那塊地建一座宮殿，當作慶祝 Anil 公主殿下學成歸國的賀禮。」

「……」

聽到這則消息的瞬間，Pilanthita 的心顫抖了一下。一直以

來，她總是告訴自己殿下只是愛開玩笑罷了，或許只有她認真看待蓋房子這件事。

想不到……

某人竟然信守對一句玩笑話的承諾。

「Alisa 夫人說，兩個月前他們去英國探訪 Anil 公主時，夫人問公主想要什麼結業禮物，現正就讀建築系的公主，馬上將一棟房子的藍圖交給沙德殿下。」

Padmika 夫人的笑聲中洋溢著關愛。

「殿下想要在蓮花宮的一旁建一座小小的宮殿，採西式的外型，並在四周種植高大的松樹，殿下甚至已經取好名字了，就叫做『松宮』。」

「松宮……」Pilanthita 小姐輕喃了一聲，腦中浮現出當年被關在書房裡時，公主所勾勒的夢中情房的樣貌，一棟小小的房子，四周有松樹圍繞。

「Anil 公主的想法依舊很與眾不同。」

「怎樣不同呀，姑姑？」

「雖然宮殿的外貌很漂亮，但是一棟小小的木造平房，一點也不符合沙德女兒的高貴身分。」

其實 Pin 小姐和姑姑一樣都對房子的大小感到疑惑，她曾經問道：

「為何您想住在小房子呢？」

「我覺得很溫馨，小小的房子，不管從哪個角度都能看到彼此。」公主回道。

「況且還挑了一個最偏遠的位子，我原本以為公主殿下會建在大皇宮的南側，因為 Anan 王子住在東側，而 Anon 王子住在

西側，若公主在南側建宮，就能完美地圍繞在大皇宮旁。」

「Anil公主一直是個難以預料的人呀。」Pin小姐低著頭道，沒有把真正的原因告訴Padmika夫人。

「我也這麼認為。」夫人完全同意這個答案。「但這件事我以為公主殿下會提前在信裡跟妳說，怎麼是妳白己來問？」

「最近的那封信裡，公主殿下只說過不久將有個驚喜。」Pin小姐露出淡淡的微笑，心中想起信件的內容。

『再過不久……有件事會讓您感到出乎意料，若您知道是什麼了，請您明白……那是我發自內心要送給您的禮物。』

「真不愧是Anil公主。Prik，妳是否知道公主殿下的計畫？」Padmika夫人看向側坐於餐桌旁正側耳傾聽的Prik。

「在下大略知道一點，因為在最新的那封信中，Anil公主在蓮花宮的旁邊畫了一棟小房子。」Prik說得鼓舌如簧。

「妳可真聰明！這樣就看出來了。」

「不是的，殿下。」

「……」Padmika夫人疑惑地抬起眉尾。

「在下去問工人們在蓋什麼，他們就說來蓋給公主殿下的宮殿，所以我才知情。」

「妳！我才剛稱讚妳而已！結果居然早就知道了。」

雖然Padmika夫人的話中夾雜著笑聲，但Prik仍貪生怕死地趕緊跪地求饒。

Prik和Padmika夫人之間的關係變得有點微妙，儘管Prik依然非常畏懼夫人，但有時她會不小心露出本性，表現出油腔滑調的樣子，惹得夫人時常發脾氣。

萬萬沒想到……

現在夫人不但沒有生氣，甚至還誇獎Prik聰明伶俐！

「在下該死！」Prik顫抖著身軀道。

Padmika夫人投以疼愛的眼神。

「先別死啊Prik，在我身邊繼續逗大家笑吧，像妳這樣的僕人可不好找。」

聽到這番話，Prik立刻變回甜言蜜語的樣子。

「您說得太好了，夫人！」

自從從Padmika夫人口中得知Anil公主要建造松宮後，只要一有機會，Pin小姐便會滿心期待地趴在窗戶上關注著空地上的一舉一動，每天看著房子一點一滴地成形，她的內心興奮不已。

Padmika夫人說很快就要舉行立柱儀式和大型的布施活動，Prik聞言已經迫不及待地要跑進廚房裡大快朵頤了，因為每次只要有大型活動，廚房裡總是會備齊大量的美食。

一想到如果Anil公主現在仍和Prik一起住在這裡，她們兩人一定會像以前一樣為了美食東奔西跑，不禁使Pin小姐笑了出來。

Pin小姐記憶中的Anil公主，仍停留在兩年前夾在信件中的一張照片。

淺褐色的相片中，Anil公主在中央露齒歡笑，嬰兒般圓滾滾的臉頰消失了，取而代之的是明顯的下顎線，細長的深色眼眸散發著比以前更閃耀的光芒，雙唇上名貴的口紅使她看起來成熟了許多，令人完全離不開視線。

唯一沒有變的，就是雙頰上那兩顆深深的酒窩。

Pin小姐將這張照片珍藏在一個木頭相框裡，並收進床頭櫃

最上層的抽屜，每晚睡前再將其取出直立於櫃子上。

　　她常常在睡前一直盯著照片裡的 Anil 公主，直到眼皮再也撐不住了，便向公主道了一聲「晚安」後，維持側躺的姿勢直到天亮。

　　即便很想知道現在 Anil 公主變成什麼樣子，那幅美如畫像的臉孔變得多麼動人，Pin 小姐仍沒有勇氣寫信請對方再寄一張新的照片。

　　她記憶中的 Anil 公主，已漸漸隨著時間的流逝淡化了。

「Pin。」

「……」

「Pin 小姐。」

「……」

「Pilanthita 小姐！」

「喔……怎麼了，Sunee？我就坐在妳面前而已，為何要那麼大聲叫我？」

　　一棵巨大的雨樹下，嚇了一大跳的 Pin 小姐抱怨道，她的好朋友 Sunee 坐在對面一臉不悅的樣子。

　　「我從小小聲地叫妳，到變成必須用吼的了，還以為會理我……結果也沒有！」Sunee 拖著下巴碎念道。「不信妳問 Thanit。」

　　Sunee 用下巴示意了一下有著小麥色肌膚的小伙子，對方正坐在一旁微笑著。

　　「真的嗎，Thanit？」Pin 小姐不相信 Sunee 的話，於是轉頭質問少年。

「很抱歉,是真的。」Thanit 憋著笑道。「Sunee 叫好多次了,但妳一直在發呆。」

「我也投 Sunee 一票。」坐在 Pin 小姐旁的 Chada 舉起手道。

「相信我了吧,妳是世界上最心神不寧的人。」

「嗯,話說叫我做什麼?」Pin 小姐找不到回嘴的理由,只好癟著嘴道。

「約妳一起去吃冰淇淋呀～下午沒有課了,太早回家很無聊,剛好想到 Kawin 哥要來接我回去,想說我們可以去新開的咖啡廳吃冰,然後讓他請客。」

Sunee 的話才說到一半,Thanit 的臉色瞬間變得鐵青,誰叫 Sunee 明知 Kawin 哥對 Pin 小姐有意思,還想雞婆地當他們的媒人婆,一思及此,Thanit 便忍不住替 Pin 小姐感到委屈。

三年來,Thanit 是這群少女們中唯一一位男生,總是扮演著幫朋友們擋桃花的角色,而且看來不會跨越朋友的界線。

直到後來也漸漸喜歡上 Pin 小姐,Thanit 仍不願變成大學裡眾多追求者的其中一位。

如果他輕率地像其他男生一樣公開告白,他們之間的友誼將瞬間破裂,再也沒有機會以朋友的身分待在對方身邊。

Thanit 極為清楚,Pin 小姐從來不曾給任何人機會。

已經有不計其數的男生向她表白後哭喪著臉回去,因為 Pin 小姐不但不接受,甚至繃著臉擺出厭惡的表情,絲毫不留情面。

然而 Thanit 完全沒有要恥笑或批評那些男生的意思,反而還想捧著花籃景仰他們的勇氣。

無論別人有多勇敢。

但他就是沒這個膽。

待在 Pin 小姐的朋友圈三年了，Thanit 比任何人都明白，在那副美得令人心醉的外表，和如小鹿般靈動的褐色眼珠下，其實充滿了膽怯和冷漠。

因此在 Thanit 眼中，Pin 小姐一直都非常難以親近。

「好呀，沒問題。」

Pin 小姐甜美的聲音就像一灘水，澆熄了 Thanit 心中的希望。

她有個 Thanit 也知道的缺點……

就是非常信任 Sunee。

「妳也有邀請我和 Chada 嗎？」Thanit 嘲諷道。

「當然，你把我看成什麼壞人嗎？」Sunee 笑得十分開心，於是 Thanit 便藉機道：

「好啊，那我要把整間店的冰都包了，讓負責結帳的人哭出來！」

* * *

Pin 小姐完全沒意識到，她正兩眼無神地挖著碗中的香草冰淇淋。

「冰都融化了，Pin 小姐。」Kawin 用低沉悅耳的聲音道，富有且紳士的男子試圖將 Pin 小姐的神智拉回來，然而 Pin 小姐只是微微笑了一下，沒有開口說出任何話。

「不喜歡香草冰淇淋嗎？」男子問道。

Pin 小姐閉著嘴巴，愣愣地看著融化的冰淇淋和一顆偌大的櫻桃，一邊想著，如果 Anil 公主也一起來的話……

她會最喜歡哪一種口味……

Pin 小姐猜肯定是巧克力的，因為公主曾在一封信裡提到：

『這裡的巧克力極為可口！不像泰國的那麼甜膩，我好喜歡苦苦的巧克力，比任何甜食都喜歡，我可以一直吃、一直吃，有時甚至吃到舌頭都麻了！』

「看來這間店不符合 Pin 小姐的胃口，下次試看看我推薦的咖啡廳吧，保證不會像這樣全都融化了。」Thanit 揚起嘴角，挑釁地瞄一眼 Kawin。

「別胡說，Thanit，整個帕那空區找不到比這間更好吃的冰淇淋了。」Kawin 擺出位居上風的架式回嗆。

在兩個男人爭論不休的同時，Pin 小姐又因「好吃」這個詞而陷入了 Anil 公主的信件中⋯⋯

『冬季的降臨，帶來了越來越多熱情擁吻的人們，不只是在老舊的巷子內，連熙來攘往的公園，和圖書館某些堆積著晦澀難解的書的角落，都能看見人們正在接吻的身影。

彷彿這裡的人能在任何地點公開地擁吻，不禁使我好奇⋯⋯

親吻的味道是多麼香甜？

Pin 小姐呢⋯⋯是否曾經和我一樣好奇

親吻的味道是什麼？』

一想到遠方那人所寫下的句子，Pin 小姐的雙頰瞬間變得紅彤彤的，不由得在內心嘀咕道：Anil 啊 Anil，為何要問如此難以回答的問題啊⋯⋯

「看樣子⋯⋯不需要再吵了。」

觀察 Pin 小姐的臉色一陣子後，Chada 突然打斷兩位男子的唇槍舌戰。那張小巧的臉蛋一下子神情呆滯，一下子對著自己

傻笑，一下子又泛起了紅暈，有如一名陷入「愛情」中的少女。

　　但據 Chada 所觀察到的，Pin 小姐從剛認識時就時常有這種舉動，只不過最近這禮拜……

　　Pin 小姐好像變得特別嚴重。

　　「無論去哪一間咖啡廳，Pin 都不會停止走神吧。」

　　那天下午，Kawin 和 Sunee 一同將 Pin 小姐載回皇城的城門旁，一路上兩人不發一語，連如往常般進門向 Padmika 夫人問好都不敢。

　　然而事情卻變得更加棘手……

　　「Kua 少爺在待客廳等 Pin 小姐了。」

　　Pin 小姐踏入蓮花宮的那瞬間，Prik 立刻向她稟報。

　　「又是 Kua 少爺？」

　　Pilanthita 小姐的聲音充滿了厭倦，蒙拉差翁 Kuakiat 和 Anon 王子情同兄弟，在眾多追求者中，就屬 Kua 少爺最難纏。

　　首先，Kua 少爺經常和長輩套近乎，無論是 Anan 王子或 Padmika 夫人都是他的目標，再者，他老是經過 Padmika 夫人的同意後，便賴在蓮花宮的待客室不走，直到見到 Pin 小姐為止。

　　然而就像對付大學裡那些等著她的男生們一樣，Pin 小姐總是裝作沒看見。

　　今天亦是如此，Kua 少爺老早就坐在待客室裡等 Pin 小姐，但一旁卻不見 Padmika 夫人的身影，因為此刻夫人必須去廚房裡監督廚娘們。

　　「Pin 妹妹好。」一見到對方，Kua 少爺立刻露出陽光般的笑容。

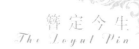

「Kua少爺您好。」Pin小姐禮貌性地回了一個微笑。「您這麼常來蓮花宮，看來總督那裡沒有事讓您忙了是吧？」

「Pin妹妹別這麼說嘛，我只是順道來把母親做的甜點送給Padmika夫人而已。」Kua少爺笑得眼睛都瞇成了一條線，他已經習慣了Pin小姐的毒舌。

但他怎麼可能不知道⋯⋯

Pin小姐是個刀子嘴、豆腐心的人。

儘管有著美麗的外表和端莊的言行，她卻不像其他宮裡的女子缺乏主見、容易被牽著鼻子走。

「若只是來送甜點，送完就可以離開了吧。」Pin小姐語氣平淡地說。

「Pin妹妹別這麼狠心嘛，我只是想和妳聊聊天，一下子而已，接著就要回去上班了。」

Kuakiat依舊掛著迷人的微笑，跪坐在Pin小姐旁的Prik忍不住目不轉睛地看著。

Prik眼中的Kua少爺長得非常帥氣，身材高大壯碩，遺傳自母親的華人血統使他的膚色白皙透亮，五官英俊立體，說話總是柔情蜜語。

Kua少爺幾乎沒有一絲缺點⋯⋯

但Pin小姐依舊看不上眼。

「若真想聊天，不妨說說您的事吧。」

「好，既然如此，請Prik先離⋯⋯」Kuea先生看向Prik，但卻不敢開口。

「Prik留在這吧，若Kua少爺有其他事，請找Koi姨代為處理。」Pin小姐彷彿會讀心術般立即打斷道。

「呃，好，沒問題。」

看到 Kua 少爺尷尬的表情，不禁使 Prik 咧嘴大笑，雖然她是想替 Kua 少爺加油，但看來反倒像是在恥笑對方。

接著 Prik 開始擔任一顆稱職的「電燈泡」，一旦 Kua 少爺問了 Pin 小姐不願回答的問題，Prik 便會挺身而出替主人回答，又或是當 Kua 少爺藉機說情話時，Prik 則會見招拆招，逼得對方節節敗退，不得不轉換話題。

其實過程中 Prik 的內心一點也不從容不迫，她掐指一算，赫然發現七減五等於二……

兩年！剩兩年 Anil 公主就要回來了！

然而 Pin 小姐這麼受異性的歡迎，Prik 該如何完成公主臨走前交付她好好照顧 Pin 小姐的任務。

一邊抵抗 Kua 少爺的同時，Prik 一邊在腦中構思要寫給 Anil 公主的信，她決定今晚就要動筆寫下：

『致在下的主人：

請殿下盡速回來吧！太遲恐怕就來不及了，敵軍已經攻至城門外了啊！

Prik』

第十二章　大王子

對某些人來說，等待意味著時間正朝著永無止盡的路緩慢地爬行。

然而同時，某些東西卻在轉眼間改變了⋯⋯

例如 Pin 小姐桌上的日曆，當她滿懷希望地圈到第六年的這天時，恰巧 Anil 公主的松宮竣工了。

雖然松宮不如大王子的東宮或二王子的西南宮那般氣派，但也不像 Padmika 夫人之前所說的那般「迷你」。

西式的靛藍色平房占地寬廣，屋外圍著一圈陽臺，房子四周種植了高聳入雲的松樹，後頭還有一片花園和一座涼亭，下午時能窩在此處享用茶點。

最特別的是，宮殿的某側在巨大的松樹陰影下，有一座墨綠色的網球場，上頭漆上了顯眼的白色邊線。

「Anil 挺愛玩又挺有錢的呢。」Anantawut 王子來視察松宮的進度，他不假思索地說。

「很符合 Anil 的風格呀。」Anon 王子笑道。

「不知道我們兩個有沒有機會受邀來這裡打網球。」大王子邊說邊前後晃動身體，像是在揮拍的樣子。

「恐怕沒什麼機會，去年底去探望妹妹時，看似我們兩個的順序排在名單的最尾端。」Anon 王子抓了抓下巴忖量著。「看來我們要留長鬍子去嚇嚇男生們了，Anil 現在長得明眸皓齒。」

「這麼說也沒錯，但我覺得 Anil 長大後變得越發漂亮貴氣，回國後要找到一位敢來追求她的男人，恐怕是大海撈針啊。」

「聽您這麼一說，我腦中已經有畫面了。」Anon 王子的笑聲響徹整座網球場。「但西方的男人可不一定這麼想。」

「就是說啊，那些白人比泰國的男人勇敢好幾百倍。」

「妹妹已經有訂親的對象了嗎？」

「還沒，父親認為 Anil 還小，那些和她同輩的貴族們都不怎麼樣，有些太老，有些太頑固，還有些長得太醜，沒有任何人選讓父親滿意。」大王子搖著頭道。

「身為皇室成員已經夠麻煩了，身為皇室的女性更是難上加難，至少我們不像妹妹，可以自由選擇自己的配偶。」

「是嗎？」大王子的眼神彷彿閃過一絲暗芒……

儘管只有一瞬間，但還是被 Anon 王子發現了。「過不久您就要和 Parvati 小姐成婚了，別再為過去的事煩惱了。」

大王子看著弟弟，對方不但遺傳了俊秀的臉龐，連笑容都和母親如出一轍。

「說好了不去想，下定決心對 Euangfah 死心，但我就是做不到。我們家族間的血緣關係那麼近，若執意要在一起，一定會對我們的孩子造成傷害，我好不容易去國外求學得到這些知識，要我該如何忽視現實？」

提到蒙拉差翁 Euangfah，也就是他的表妹時，Anantawut 王子的眼中盈滿了悲傷。

Euangfah 小姐年紀比 Anan 王子小將近一輪，是一名面貌清秀、端莊嫺雅的蘭納少女，自從 Alisa 夫人帶 Anan 王子去清邁拜訪 Dararai 阿姨，見到 Euangfah 小姐的第一眼後，王子的腦中便無時無刻浮現出對方的身影。

當時 Anantawut 王子只把愛慕藏在心中，因為他認為過不了

多久，那股悸動的感覺就會消失了，然而，每當後來在皇家的聚會上再度遇到Euangfah小姐時，他的愛意又會油然而生。

雖然不常見面，但只要一想到Euangfah小姐稱呼大王子「皇兄～」時，甜美的嗓音便又撥動了他的心弦。

「就當作沒那個緣分吧。」王子微笑著，但仍難掩悲傷。「Ueang小姐不知道這件事，也不應該知道。」

「但是，Anil妹妹知道。」Anon王子不敢直說，其實Anil公主早在六年前的那場歸國宴就發現了。

「她用眼角瞄一眼就知道了，Anon，人家可聰明的呢。」

「若已決定要娶Parvati小姐，您就必須死了這條心。」對Anon王子來說，無論Ueang小姐有多麼溫婉動人，仍無法和喝過洋墨水且才思敏捷的Parvati小姐媲美。

「我明白……」大王子英俊的臉蛋蒙上了一層陰影。

「不用擔心，我一定會死心的。」

＊ ＊ ＊

「為何要在公主殿下回國的前兩年就將松宮蓋好呀？」Prik好奇地問Pin小姐，她們正在松宮裡邊視察邊打掃環境，因為Padmika夫人交代：

「Pin小姐替姑姑去看一下，如果有哪裡不夠完善，才能來得及處理。」

「或許是因為沙德非常想念女兒，所以才想趕快把Anil公主的寢宮蓋好吧。」Pin小姐環顧四周，一邊猜想著答案。

松宮內裝飾著許多西式的家具，中央的客廳有一座顯眼的

壁爐，長得跟童話故事書裡畫的一樣，壁爐前有幾張排列成U字形的米色沙發，看起來十分舒適柔軟，令人忍不住想躺上去好好放鬆。

連接陽臺的落地窗旁有一張煙灰色的沙發，以及用來看書的圓桌，主臥室簡單乾淨，以海軍藍和藍綠色為主色調，寬大的床鋪上了米白色的床單。

客房雖採同樣的色調，但房間的大小只有主臥室的三分之一，再往前走是英式的廚房，裡頭點綴著大大小小的裝飾品，松宮的東側則是一間靛藍色的辦公室，四周全是擺滿厚厚書籍的書架，最後，連浴室都是西式的風格，甚至還擺放了幾株綠色的植栽。

僕人的小屋相當寬敞舒適，一看到這，Prik開心雀躍不已，心想這勢必就是她以後的房間了。

「Anil公主的寢宮太漂亮了吧，Pin小姐。」仔細參觀完每個角落後，Prik默默呢喃道。

「妳的主人親自設計的呀，怎麼可能會讓妳不喜歡。」Pin小姐用極微小的聲音說。

「您說的對！」Prik附和道。

「殿下已經像是個西方人了。」Pin小姐嘟嚷道。「還沒出國前就已經異於常人了。」

「為什麼要跟別人一樣？Anil公主比大家聰明多了。」Prik僵直著脖子為主人反駁。

「妳也一樣，老是愛頂嘴！」Pin小姐眱了一眼瞪大雙眼氣呼呼的Prik。

「不知道啦，我會識字、會寫字都是因為Anil公主犧牲玩樂

的時間，甚至比我的父母更認真地教我，我能變得好看，就是因為公主殿下一直稱讚我漂亮，並給我各式各樣布裙、項鍊和手鍊，讓我在眾多僕人中脫穎而出。Pin小姐別隨便講Anil公主的壞話，我可能會勃然大怒且絕不善罷干休！」

「Prik！」Pin小姐吼了一聲後便安靜了，剛才那些讚揚Anil公主的話縈繞在她的腦中。

「人在我身邊，卻一直替Anil公主講話，妳知道妳有多偏心嗎！」

Prik假裝沒聽見，畢竟她確實比較偏愛Anil公主。

就算過了五年或六年都不會變。

她永遠不會忘記這一生前十二年公主對她的恩惠。

「別只說我了，Pin小姐也偏愛Anil公主啊。」

「我不想和妳吵了。」Pin小姐的臉頰漸漸泛起紅暈。「以後妳就常常來打掃吧。」她假裝東看西看，但只有一樣東西不敢看……

就是Pri那張笑得促狹的嘴臉！

「是！我會每天都來打掃的！」Prik露齒大笑。

「不需要那麼頻繁，這週就是大王子的婚宴了，最近妳應該要去大皇宮支援。」

「您說的對，我還要跑去廚房找東西吃呢……但我還是會每天都找時間來打掃！」

「隨妳的意吧。」Pin小姐鄙視地瞪了一眼Prik，但對方一點也不在乎，因為她正忙著衝去打掃僕人的小屋。

「開心得像是明天公主就要回來了……」

Pin小姐看著Prik粗壯的背影，無奈地獨自嘀咕道。

Anantawut 王子和 Parvati 小姐的婚宴的前一天，為了布置典禮會場，也就是大皇宮的大廳，Padmika 夫人召集了許多僕人幫忙製作大量的香花串，其中的幫手也包含了 Prik 和 Pin 小姐。

當大廳裡忙得人仰馬翻時，Pin 小姐的視線突然捕捉到 Anantawut 王子的那輛黑色高級轎車停在噴水池旁的空地，從她的角度望過去，王子並非獨自一人坐在後座，而是身旁跟著一名少女。

心想著那名少女肯定就是王子的未婚妻 Parvati 小姐，於是 Pin 小姐又低頭忙著串花串了，儘管身旁充斥著僕人們喧嚷的笑聲，她仍全心全意地專注在手中的花串。

直到 Prik 將整串花串掉在她面前，Pin 小姐才終於抬頭……

這下她才發現那名少女不是 Parvati 小姐，而是另一名膚色白皙的女子，身材高䠷纖細，四肢和脖子相當修長，微尖的鵝蛋臉凸顯出漂亮的下顎線，細長的深色眼眸散發著璀璨奪目的光芒，高挺的鼻梁襯托著磚紅色的雙唇，那張熟悉的臉蛋令 Pin 小姐的心臟亂了節奏，直到對方與她相視，並露出了一抹淺淺的微笑，以及雙頰上兩顆可愛的酒窩。

那一刻，Pin 小姐終於確信……

不可能會錯……

而且這不是夢……

站在她面前的，真的就是 Anilaphat Sawetawarit 公主。

第十三章　陌生人

「Anil公主只是回來參加Anan王子的婚宴，並沒有要長期留下，不需要那麼歡天喜地，Prik。」

聽Padmika夫人這麼一說，Prik立刻停止手舞足蹈，但明白公主在畢業前突然回國的原因後，不只有Prik看起來像株瞬間枯萎的花朵。

連Pin小姐也跟著垂頭喪氣。

「所以Anil公主只會待幾天而已是嗎，姑姑？」Pin小姐氣若游絲地問。

「嗯？聽說會待幾個月，現在是英國學期結束的長假，跟妳的大學同時間放假。」

一聽到「幾個月」，Pin小姐便又笑逐顏開了。

「真巧啊，姑姑，大王子舉辦婚宴的時間正好公主在放長假。」

「這不是巧合，Pin小姐，因為Anan王子想讓妹妹回國參加他的喜宴，所以才特地選在這個時間。」

「原來如此，大王子真的很疼愛妹妹呢！」

「殿下如同親生女兒般愛護Anil公主，沙德曾開玩笑地說：『到底誰才是Anil的父親？』」

Padmika夫人笑著道。

「不只選定婚宴的日期，大王子還做了萬全的準備，包括訂機票和加速讓松宮在公主歸國前就建好。」

Pin小姐和Prik幾乎同時點頭，這下她們終於明白為什麼要

在公主回國前兩年就將松宮蓋好。

「姑姑早就知道公主殿下會提前回國對不對？」

「我是叫你們去打掃松宮那天才從大王子口中得知的。」

「但為什麼Alisa夫人事先不知情呢？」

Pin小姐反問道，想起今天下午突然在大廳見到公主時，Alisa夫人喜出望外的樣子。

「Anil！親愛的，為什麼沒先跟媽媽說要回來啊？」

話音剛落，夫人不等Anil公主回答，立馬將女兒擁入懷中，並在她的額頭和臉頰上落下好幾個吻，彷彿她仍只是個小孩子，夫人的臉上盈滿了笑容，雖然去年才剛去探望過女兒，但仍因過於思念而落下感動的淚水。

Pin小姐記得目睹這段畫面時，她的內心百感交集，她既同情Anil公主被又親又抱時瞇著眼、皺著眉的表情，又覺得一切很不切實際，她不斷反覆思考，眼前的公主是真的存在，還是自己正在作夢⋯⋯

直到她發現自己正在羨慕Alisa夫人能輕易地接近Anil公主，而非像自己一樣只能遠遠地看。

「Alisa夫人完全不知情，因為王子和公主對此事保密到家，為了給夫人一個驚喜。」Padmika夫人緩慢且清晰的聲音將Pin小姐的神智拉了回來。

「人家稱之為『賽普拉斯』對不對呀，夫人？」Prik笑得像一朵綻放的花，她天真地問道。

「哼，那個叫做Surprise啦！」Padmika夫人又難得再次和親愛的僕人鬥嘴。

「喔～原來叫『塞帕萊』啊！以後不會再講錯了。」

「妳真厲害啊！」Prik努力吐著舌頭發音的樣子不禁使Padmika夫人含笑道。

「Pad夫人，Anil公主請求拜見夫人。」

突然間，蓮花宮的僕人Phin焦急地跑來告知Padmika夫人。

「殿下來了嗎？」

「是的。」

「快請殿下進來吧，別讓殿下久等了。」

Padmika夫人欣悅的語氣促使Pin小姐心跳加速，以致快跳出胸口。

除此之外，當看見身型修長的Anil公主優雅端莊地跟在Phin後頭時，Pin小姐不自覺地屏住呼吸。

「Anil向Pad姑姑請安。」Anil公主微笑著向Padmika夫人行了一個屈膝禮。

「請坐吧，殿下，非常謝謝您特地來蓮花宮問候我。」

Padmika夫人邊說邊伸手扶著Anil公主，讓對方坐在自己旁邊的一張木椅上。

「這是我從英國帶來的一點小禮物。」Anil公主恭敬地伸出雙手，將包裹著藏青色包裝紙和銀色緞帶的盒子遞給Padmika夫人。

「謝謝Anil殿下還惦記著姑姑。」Padmika夫人的眼神散發著藏不住的喜悅。

「剛才在大廳裡失禮了，因為母親大人把我抓去又親又抱，接著又將我拉回臥室，所以才沒機會向Padmika夫人、Pin小姐和Prik行禮。」

「沒關係，沒關係，您的母親好不容易才等到您回來，會有

那番舉動也是人之常情，姑姑明白。」

Padmika夫人非常能理解過去的五、六年來，Alisa夫人因和掌上明珠相隔遙遠而過得惆悵無比。

「姑姑過得還好嗎？」Anil公主笑著問道。

「很好。」Padmika夫人一邊打量著Anil公主。

公主小時候就很漂亮了……現在更是婀娜多姿，她的每一個動作和步伐都極為優雅，不禁令Padmika夫人忍不住讚嘆。

簡單地問候幾句後，Anil公主彬彬有禮地向Padmika夫人行禮告退。

「今天請容許我帶Pin小姐和Prik到松宮作客一下，姑姑。」

Anil公主柔美的聲線使Pin小姐和Prik抿緊雙唇，因為她們已經迫不及待了。

「Anil殿下不需要這麼麻煩。」夫人慈愛地笑著道。「就算沒經過允許……我也會同意讓她們去。」

「啊哈！啊哈！咳咳咳……」

「嗆到什麼了嗎，Prik？」雖然是在和Prik講話，但Anil公主的視線卻停留在Pin小姐紅撲撲的臉上。

「沒有沒有。」Prik回道，然後畏畏縮縮地低下頭。

「我本來就打算讓Pin小姐在殿下回國期間至松宮照料殿下的起居。」

「承蒙姑姑的關愛。」

「Pin小姐覺得如何？」Padmika夫人的一個眼神就讓Pin小姐全身顫抖了一下。

「我沒有問題，姑姑。」

「很好，那Pin小姐就先跟Anil公主離開吧，至於Prik先留

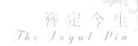

下幫我的忙，等等再過去。」

「多謝姑姑。」

語畢，Anil公主又對Pin小姐露出映著酒窩的笑靨。

「Pin小姐。」

Anil公主從遍布著禮品的大行李箱中抬起頭來，箱子裡有許多上等的圍巾、名貴的香水、各式各樣的巧克力以及一些小小的雜物。

「嗯？」

Pin小姐應了一聲後又抿起了嘴巴，從Anil公主將笨重的行李拖到壁爐前的羊毛地毯上後，Pin小姐便一直維持這個動作。

公主埋首將箱子裡的東西都掏出來，一邊沉浸在自己的世界對著行李講話，彷彿它們都有生命一樣，直到方才抬頭叫了一聲Pin小姐。

「怎麼了？進來松宮後，Pin小姐就一直用那種眼神看我。」

Anil公主暫停手邊的工作，澄澈的褐色眼珠直勾勾地盯著Pin小姐，害對方忍不住迴避那道目光。

「哪種眼神？」

「一種彷彿我是別人的眼神。」

「……」

Pin小姐承認，她現在很不習慣公主那雙比以前更閃耀動人的眼睛，因此只好選擇默不作聲。

「妳像是……一副不認識我的樣子。」

「……」

「但我明明有一直寫信給妳，所以覺得有點傷心。」

Anil 公主微弱的聲音和靈動的眼珠透著一絲委屈，有如一把鋒利的刀刺進 Pin 小姐的心房。

「只是太久沒見到 Anil 而已。」

Pin 小姐顫抖著道。

「雖然每個禮拜都能收到妳的信……但那只是文字而已。」

Pin 小姐湊近正坐在地上的 Anil 公主，並坐在她的對面，接著靜靜地直視著對方深邃的眼眸。

「我對妳的印象，仍停留在妳兩年前夾在信件中的那張照片。」

Pin 小姐緩緩地說。每天睡前望著的那張面孔，依稀和眼前的公主重疊在一起。

但此刻眼前的這個人充滿了血色，跟褪色的照片比起來，顯得更加風姿綽約。

「但此刻在我面前的妳變成了婷婷玉立的少女，完全超乎了我的想像。」

Pin 小姐艱難地嚥下一口黏膩的唾液。

「很抱歉，請恕我直言，現在的妳對我來說就像個陌生人，我依然在為記憶中小時候的 Anil 公主的離去而難過。」

「……」

Pin 小姐說完話的那瞬間，周遭降下了一陣沉默。

尤其當她發現公主漂亮的臉蛋變得黯淡無光時，恨不得立刻收回自己冷酷的發言，並將之塞回腦袋裡。

更別說當公主的嘴角掛上一抹愁容時，Pin 小姐簡直恨透了自己……

「是這樣嗎……」

Anil 公主愣愣地低頭看著手中的圍巾。

「我明白了。」

「妳生氣了嗎…？」

令公主傷心的人反而變得更加心痛。

「沒有。」

公主的聲音很平淡，視線固定在成堆的行李上。

「只是有點難過。」

「因為什麼事難過？」

Pin 小姐不由自主地湊到 Anil 公主身邊，兩人的肩膀幾乎快碰在一起。

「因為我把小時候的 Anil 帶走了呀。」

公主輕輕地笑道。

「我也需要成長，所以不能繼續當妳以前認識的 Anil 了……請原諒我吧。」

「別這麼說。」聽到公主哽咽的聲音，Pin 小姐的心像是往下墜般難受。「因為我也不是妳熟悉的小 Pin 了。」

「我可不這麼認為。」公主終於願意與 Pin 小姐對視。「剛才初次見到妳時，我一點也不覺得疑惑。」

公主的嘴角揚起了甜美的微笑。

「能再次見到妳我很開心、很興奮……開心到差點給妳一個大大的擁抱。」

「……」

「無論是小時候的 Pin，或是夾雜於文字間的 Pin，抑或現在在我面前甜美可愛的 Pin 小姐。」公主柔和的聲音令人陶醉。

「我全都愛……」

「……」

聽到這番話的瞬間，Pin小姐不可置信地瞪大了雙眼，然而，她的後方突然傳來了某人巨大的腳步聲。

「是Prik嗎？」Anil公主原本愁苦的眼神頓時明亮了起來。「為什麼在門後鬼鬼祟祟的不進來啊？」

「可以嗎，殿下？」

Prik扶著巨型的門框探出一顆頭來，但仍不敢踏進室內。

「為什麼不行？進來吧，我有很多禮物要送妳！」

「真的嗎，殿下？」

Prik像隻小狗般活蹦亂跳地跑向主人，Pin小姐忍不住用餘光睨了一眼。

「Prik過得怎麼樣？還記得我嗎？」Anil公主的微笑就像夏日的豔陽。「我好想妳啊！」

「在下也很想公主殿下。」Prik的雙眼泛起了清澈的淚液。「公主殿下離開後，在下的人生就變成黑白的了。」

「我也是，在那裡好孤單、好寂寞。」Anil公主心疼地笑著。「沒有什麼朋友。」

「因為全世界您的朋友只有我而已呀，殿下。」Prik大笑道。

「哈哈對呀，我真的只有妳而已。話說，Prik有另一半了嗎？」

「我還沒有老公啦，殿下！」

「是喔？」Anil公主滿意地笑道。

「是啊，殿下。有時候會想要有，但想一想還是不要好了，男人真討厭。」

之後Pin小姐就像個外人，只能默默地看著主人和僕人促膝

長談。公主準備了一條色彩鮮艷的圍巾和一大把的巧克力送給 Prik，一收到禮物後，Prik 立刻抱著東西衝向僕人的小屋，因為 Anil 公主在她的耳邊悄悄地說：

「那間小屋是妳的。」

Prik 跑走後，兩名少女間的空氣又安靜得令人窒息。

Anil 公主看著對方甜美的臉蛋，纖細的彎眉，高挺的鼻子依舊帶著一絲倔強，嬌滴滴的雙唇透著微微的緋紅，然而眼神中卻流露出慍怒的神情，又大又圓的眼珠從如同松香的咖啡色，轉變成陰鬱的墨綠色，看起來心情十分不悅。

「Pin 小姐怎麼了嗎？看起來悶悶不樂的。」最後 Anil 公主終於先開口道。

「是嗎……我不知道。」Pilanthita 小姐繼續生著悶氣。

「難道是 Prik 說了讓妳不開心的話？」Anil 公主張著水汪汪的大眼問。

「若問是誰說了讓我不開心的話，那個人就是妳。」

「嗯……怎麼說？」

「算了，不重要。」Pin 小姐失落地癟著嘴。

「怎麼可以算了？我不想看到妳生氣的樣子。」

「我生不生氣很重要嗎？」

「很重要啊……」Anil 公主開心地笑著。「妳生氣的時候，我也會不開心。」

經過一番你一言，我一語的鬥嘴後，Pin 小姐覺得小時候的 Anil 又回來了，公主還是一樣能言善道。

「我比較想讓妳笑，妳笑起來很漂亮。」

「讓 Prik 笑就夠了吧，很想念彼此不是嗎？」Pin 小姐的眼神

相當冷漠，同時存在一股讓 Anil 公主感到畏懼的力量。

「喔……Pin 小姐是在生這件事的氣嗎？」

「……」

Pin 小姐不發一語，正準備要起身逃跑，卻被公主緊緊抓住。

「等一下，先別走。」Anil 公主散發出請求的眼神。

「我真的很想念 Prik 沒錯。」

「我知道，妳已經講很多次了。」被抓住手的人不耐煩地道。

但其實她自己也不清楚……這股不滿的情緒是在為何而生氣。

尤其當現在公主正輕柔地用大拇指撫摸她的手背時，就越搞不懂自己內心的想法。

「對於 Prik 只是朋友間的思念。」

「……」

「但對於妳……」

Anil 公主將纖細的手放到自己的臉頰上，接著張著水靈靈的大眼道：

「我的感覺不僅是朋友而已……」

第十四章　追問

「我的感覺不僅是朋友而已……」

那串輕柔優美的聲音彷彿迴盪在峽谷間，不停縈繞在Pilanthita的耳邊。

而她的手仍被牽著，輕輕地放在Anil公主的臉頰上。

即便腦袋下令立即將手抽回來，她的心卻想繼續多感受一點對方漸漸發燙的雙頰。

況且身體貌似也偏向跟隨心之所向，於是Pilanthita的纖纖玉手仍被某人輕柔地握住。

「還有什麼感覺？」

Pin小姐向前湊近公主，彼此近到幾乎快聽到對方的呼吸聲，她認真地追問，眼神十分堅定。

「嗯……」

「妳說不僅是朋友……不然是什麼？」

一切變得寂靜無聲，Anil公主艱難地嚥下一口唾液，接著囁嚅道：

「我也不知道該怎麼定義……」

「……」

「只知道……等待妳回信的日子過得特別漫長，有如時間在一點一滴地掏空我的心，直到再次收到妳寄來的信後，即便只是些簡短的句子，我的心彷彿又恢復了心跳，同時充滿了幸福和希望，但在那之後，又是一輪無期限的等待，過去的這五年一直重複著這樣的循環。」

「……」

「只知道……光是閱讀妳寫下的文字遠遠不足以彌補我對妳的思念，我想和妳見面，想聽見妳的聲音，想知道妳變成什麼樣子了，但因為我什麼都沒辦法做，所以只能每天睡前畫下妳在我想像中的樣子。」

「……」

「只知道……不能參與妳人生許多重要的時刻讓我感到很失落，包括高中畢業典禮，以及妳知道考上文學系而開心不已的那天，還有去年生日時朋友們為妳在大學旁的餐廳辦派對，這些重要的日子我一天都沒參與到。」

「Anil⋯不要難過嘛……」

雖然明白對於 Anil 的失落自己也無能為力，但 Pin 小姐還是想盡力安慰對方。

「其實妳無時無刻都在我身邊。」

「……」

「還記得我常寫給妳什麼嗎？」

Pilanthita 不由自主地抬起另一隻沒被抓住的手，輕撫著 Anil 公主的眼窩，像是在拭去從深色眼眸滲出的憂傷。

「沒有一分一秒不想念您……」

「既然這樣，妳應該明白了。」

這次換成 Anil 公主向前靠近一步，她將 Pin 小姐的雙手放在自己的大腿上，深情地看著對方。

「我不斷問自己……如果此生必須無時無刻想著某人……」

「……」

「從早……到晚……」

「……」

「這樣還能叫做『思念』嗎……」

話音剛落，Anil公主輕輕地將Pin小姐擁入懷裡，溫暖的觸感從身體表層傳遞至內心，Pin小姐沒有將對方推開，而是緩緩地將臉埋進溫暖的懷抱中……

公主誘人的體香奇異地時而使她心跳暫停，時而心跳加速……

然而，貼在她耳畔的悄悄話，剪斷了最後一條理智線。

「對我來說。」

「……」

「比起思念……我更想擁有妳。」

「……」

明明不想逃離，但身體卻不自覺地在聽到這句話後將對方推了開來。

Pin小姐這幾年來也反思過同樣的問題，而公主直戳心臟的回答讓她明白。

多年以來，那不只是思念……

而是想擁有對方嗎……

「Anil……我……」

「妳不用回答，我也不需要妳的回答，我只是在回答妳剛剛問的不僅是朋友，不然是什麼。」

Pin小姐如藝術品般美麗的臉蛋蒙上了一層憂傷，以致公主不忍心地看向了別處。

就算迷人的笑容重新回到了Anil公主的臉上，Pin小姐對於將那個翹首期盼已久的擁抱推開，依舊感到無比內疚。

「來看看妳的禮物吧⋯⋯」Anil公主從行李箱內掏出一盒香水給Pin小姐，藉機轉換話題。

「我很喜歡這個味道，不知道妳會不會喜歡。」

Anil公主將「因為我不認為有哪個味道能像妳的身體一樣芬芳」這句話藏在心底，因為不想再看到Pin小姐像剛才那樣不自在的樣子。

「我會試用看看的。」

Pin小姐也將「在誰身上聞過這個味道嗎？不然為什麼很喜歡？」這句話留在心中。

「還有一個禮物是妳的畫冊。」

「我的畫冊？」Pin小姐疑惑地從公主手中接過一本小巧的筆記本。

「用這個代替我剛才的回答。」

Anil公主眼神中悲傷的微光和嘴角旁迷人的酒窩呈現明顯的對比。

「我很想妳，非常想妳，所以每天睡前都畫了一張妳在我腦海裡的樣子。」

「⋯⋯」

Pin小姐難以置信地翻閱筆記本，從第一頁至最後一頁，全部都是一張又一張精美的素描。

畫中那道美麗的身影，絕對就是自己沒錯。

就是小時候的Pin擺出各種姿勢的樣子。

筆記本裡的人物全是Pin小姐，連公主自己的影子都沒有。

「為何皺著眉頭？不喜歡嗎？」

「喜歡⋯⋯我只是⋯⋯」

　　由於Pin小姐一直低頭躲避她的視線，公主只好溫柔地解釋道：

　　「筆記本畫滿了，所以我只是想把它還給畫中的主人，別想太多了。」

＊　＊　＊

　　照料殿下起居的這項任務，看樣子變成了只是準備並配送早餐及晚餐飯後的甜點至松宮而已，至於午餐和晚餐，Anil公主會到大皇宮和父母一起吃。

　　由於時隔多年終於回來泰國，且過不久又要出國完成學業，因此剩餘的時間裡，Alisa夫人按照禮俗不停帶著她的小女兒四處拜訪親戚和長輩們。

　　即便這幾天晚上，Anil公主的話一直侵蝕著Pin小姐的心，使她輾轉難眠，今天她仍起了個大早，為了替公主準備一桌完美的早餐。

　　但她付出的努力卻與收到的回饋相當不成正比……

　　「怎麼剩這麼多，Anil不喜歡嗎？」

　　Pin小姐看了一眼桌上的餐盤，今天的早餐包含烤麵包、煎培根、荷包蛋、烤泰北腸、番茄和烤香菇，以及特地請西南宮的廚娘Chuen姨幫忙製作的茄汁焗豆，Pin小姐非常欣賞Chuen姨製作西餐的手藝，因為比起重口味的泰式料理，Anon王子更喜歡吃西餐。

　　因此，發現Anil公主的食物剩了一大半後，坐在公主對面一同享用早餐的Pin小姐不禁感到焦慮不已。

「還是說味道不如英國的好吃？」

Pin 小姐擔心地問，而公主正將刀叉放到一旁，接著小口啜飲著橘子汁。

「味道還行，只是我已經吃膩西餐了。」

Anil 公主說完便拿起餐巾優雅地擦了擦嘴角，像是沒有什麼好抱怨的。

這兩天來，今年已經 20 歲的 Anil 公主在 Pin 小姐的眼中，舉手投足盡是端莊、柔美，尤其當她臉上總是掛著淺淺的微笑時，Pin 小姐更是願意盯著 Anil 公主一整天。

「那妳喜歡吃什麼？我下次準備。」

「想吃撒上很多炸蒜頭和香菜的粥。」

Anil 公主出神地吞了一口唾液的樣子，不禁使 Pin 小姐想立刻衝進廚房煮一碗粥，只可惜身為一位淑女不能這麼魯莽。

「那我現在去請 Koi 姨煮粥給妳。」

「明天再說吧，晚點我和母親有約了。」

「妳喜歡吃豬肉、雞肉、魚肉還是蝦子？」

「蝦子。」

「飯後點心呢？喜歡吃什麼？我去準備。」

Pin 小姐張著小鹿般的褐色大眼滿心期待地等著答案。

「魚肉餡的十摺餃。」

「想吃蒸的還是炸的？」Pin 小姐這次不想再失誤了，對她而言，精心準備的餐點只吃了一半，就如同孩子拒絕母親的餵食般令人心痛。

「蒸的好了。」

Pin 小姐一聽到後，馬上急急忙忙地跑去準備食材了，直到

對方瘦弱的背影消失在視線範圍後，Anil公主才慈愛地向跪坐在膝蓋旁的Prik說：

「Prik上來坐吧，Pin小姐不在了，妳不是想吃嗎？」

「可以嗎，殿下？」Prik畏畏縮縮地探頭看了看Pin小姐離去的方向。說也奇怪，她並不怕僕人和公主同桌吃飯會不妥，而是怕萬一Pin小姐知道後會氣得火冒三丈。

「可以啊，如果妳不嫌棄我已經吃過的話。」Anil公主笑道。

「既然如此，那我就不客氣了。」

「請享用。」Anil公主張開雙臂歡迎Prik來坐她旁邊的椅子，並且將大盤子推到貴賓的面前，接著服務周到地遞來一副新的刀叉。

「如果吃不飽還能再加喔。」Anil公主暗示道，但Prik一聽就懂了。

「殿下想知道什麼事嗎？」Prik邊說邊大口咬下一條香腸。

「妳真聰明。」Anil公主露出狡猾的微笑。

「跟殿下一樣聰明呀。」Prik自豪地道。

「那妳說說吧，那些桃花有誰，他們人怎麼樣？」

Prik聞言後舉起叉子直直往Pin小姐用心烹煮的半熟蛋中央戳了下去，表情嚴肅得像是要上戰場一樣。

「有好多人啊，殿下。包括Pin小姐的好朋友Thanit，我一瞄就知道他完全愛上Pin小姐了，還有那位好朋友的哥哥Kawin公子，老是愛跟在Pin小姐身邊接送她，卻從不敢正式向Padmika夫人請安。」

「這樣啊……」Anil公主不太高興地蹙緊眉頭。

「還有大學裡一堆不知道名字的男生，這個是有一次Pin小

姐的朋友 Sunee 和 Chada 小姐來家裡作客，我偷偷趁他們在樹下看書聊天時聽到的。」

「Pin 小姐真的是 so hot。」Anil 公主喃喃自語道。

「嗖哈……是很受歡迎的意思嗎？」Prik 挖了一勺茄汁焗豆塞進嘴裡，接著開朗地問。

「沒錯，真聰明！我突然一直想不到泰語該怎麼說。」

「呵，關於腦袋很靈光這一點我是不否認啦。」

「但妳還漏了一個人。」深色的眼眸如同在探案般瞇成了一條線。「那個妳稱之為敵軍的人。」

「喔……Kua 少爺啊。」Prik 低下頭，用烤麵包將剩餘的醬料刮乾淨後送進口中，像是在模仿西方人的餐桌禮儀一樣。

「您指的是蒙拉差翁 Kuakiat Kankua，即 Kobkiat 王子的兒子，兼 Anon 王子的好友，和 Pad 夫人的愛將對吧？」Prik 抬起沾滿了蛋黃的嘴角。

「嗯，對啦，就是那個人害我好幾天都睡不好覺。」

尤其現在知道更多關於 Kuakiat 少爺的背景後，Anil 公主更忍不住感到焦慮不安。

「Kua 少爺很會靠人際關係，擅長與人套近乎，每次都用各種藉口來接近 Pin 小姐，他們家族的地位很高，長得又一表人才，講話伶牙俐齒，但眼神散發著花花公子的氣息。」

Prik 一口氣將對方的優缺點列完，因為盤子裡的食物已被一掃而空，沒什麼能再分散她的注意力了。

「Prik，那妳挺誰。」Anil 公主的臉瞬間冰冷得像一座雕像，美麗，但難以解讀……

「當然挺公主殿下呀！」碰！Prik 太急著低頭，額頭不小心

撞到了餐桌，不得不趕緊揉一揉。

「那妳回答我，少爺和公主誰的地位更高？」

「當然是公主殿下呀！」

「這樣還能說他的地位很高嗎……」

「不能，殿下。」

「下一個問題，Kua 少爺和我比起來誰比較好看……」

「當然是公主殿下呀！打從我出生以來，從來沒見過比 Anil 殿下更漂亮的人了，殿下小時候就很漂亮，長大後更是比以前漂亮好幾百倍，Kua 少爺根本比不過。」

「真的嗎？」Anil 公主斜眼看著 Prik。

「千真萬確，殿下。」

「以後不准在我面前稱讚 Kua 少爺長得好看……」Anil 公主揚起嘴角，世上只有 Prik 明白這道笑容意味著什麼。

「是的，殿下。」

「沒了吧……還有誰嗎？」

「沒有了，殿下。但最重要的是，Pin 小姐從來沒給任何人機會。」Prik 抬起胸膛自信地笑著。

「那就好……」

Anil 公主自豪地抬起下巴，雖然 Prik 說的話聽了令人生厭，但還是必須蒐集完整的情報，因為若再晚一點知道，有些事就來不及了。

「我有重要的事想問殿下。」

「說吧。」公主預料這將是個嚴肅的話題，纖長的眉毛再度打了一個結。

「您說如果吃不飽還能再加。」

「⋯⋯」

「要去哪裡加呀⋯⋯」

＊ ＊ ＊

松宮的客廳亮著柔和的黃光，Anil公主坐在落地窗旁的一張單人煙灰色沙發上，此時Pin小姐端著飯後點心走了過來。

盤子裡裝著白皙晶瑩的蒸十摺魚餃，底下鋪著生菜，再用些小辣椒點綴，看起來令人垂涎三尺，不用說就知道費盡廚師多大的心力才製作而成。

Anil公主抬頭示意Pin小姐坐在對面和她隔著一張小圓桌的沙發，Pin小姐驚愕地發現公主穿著一身西式的家居服，淺藍色的襯衫袖子向上捲起，下班身則是一條杏色的短褲，長度只到大腿的一半，露出了光滑細嫩的雙腿，尤其當公主悠哉地翹著腿時，Pin小姐只能緊張地左顧右盼，彷彿徹底敗給了眼前光芒四射的景象。

「看起來好好吃喔，是妳自己做的嗎？」

「妳怎麼知道是我做的？」Pin小姐緩緩地調整呼吸後問道，但眼睛仍盯著窗外，嘴唇甚至快抿出血了。

「包得這麼漂亮，除了妳之外只有Pad姑姑做得到。」Anil公主微笑著說，那道亮晶晶的眼神連天上的星星都為之遜色。

「妳總是言過其實。」嘴巴上這麼說，但能從Anil公主的口中聽到讚美，Pin小姐心裡其實感到相當自豪。

「我是認真的，難道妳要否認這不是妳做的？」公主臉上可愛迷人的酒窩不禁令Pin小姐想咬一口，但她一個字都不說，因

為只要一開口便有可能不小心說錯話。

「也有可能是 Koi 姨呀，但無論是誰做的，今晚妳一定要把這盤十摺餃吃光，不然我會很難過。」

又大又圓的褐色眼珠散發著真誠的目光，今天早上 Anil 公主或許不知道她有多傷心。

但公主肯定不知道她隨口說的幾句話，竟然能使 Pin 小姐從早到晚忙得不可開交。

除了親自到市場採買食材外，由於不放心讓教她做菜十多年的 Koi 姨掌廚，Pin 小姐甚至自己完成所有的步驟，包括從零開始準備麵粉，經過多道複雜的程序炒餡料，以及沉住性子並運用多年累積的經驗包餃子，Pin 小姐對於每個步驟並非點到為止，而是投入畢生所學的經歷謹慎地對待這道料理。

「Pin 小姐的手藝真棒，很好吃。」

不管有多勞累，一聽到公主的讚美，所有的疲勞瞬間煙消雲散了。

「喜歡的話就多吃一點呦！」

Pin 小姐露出了燦爛的微笑，使 Anil 公主看了也不自覺地笑了出來。

「好。」Anil 公主應了一聲後便繼續專心低頭看書，不禁使 Pin 小姐感到悶悶不樂。

「明明說喜歡，但只吃了一點點。」

Pin 小姐癟著嘴。

「想要我吃的話，妳來餵我呀，我的手在忙著翻頁。」Anil 公主笑嘻嘻地道。

「吼……真自命不凡啊妳。」公主的回答令 Pin 小姐忍不住

瞪了對方一眼。

「才沒有。」Anil公主的視線依舊停留在書上的文字間。「我只是在專心看書。」

「這是我忙了一整天做的，如果妳不吃的話我真的會生氣。」Anil公主的冷漠惹得Pin小姐說話時不停發抖。

「所以這是妳做的，不是Koi姨嗎？」

Pin小姐第一次這麼討厭公主的賊笑，最後不得不認輸道：

「如果我餵的話，妳就肯乖乖吃是嗎！」

「嗯，對。」Anil公主洋洋自得地笑道。

「好，我餵妳。」Pin小姐的臉色變得更加惱怒。

「啊嗯……」

Anil公主不但一點也不覺得不好意思，反而還張大嘴滿心期待地等著吃十摺魚餃，Pin小姐看了真想狠狠捏一下對方，讓她知道什麼叫做痛。

然而Pin小姐仍毫無怨言地餵了對方吃一口魚餃。

「這個十摺魚餃好甜啊……」

從來沒感受過悲傷的Anil公主故意悶悶地嘟嚷道，以致Pin小姐不由得板著一張嫌棄的面孔。

接著便開始了一場無聲的較勁。

Anil公主一邊看書，一邊慢慢地咀嚼口中的魚餃，至於Pin小姐只要一發現對方停了下來，便會立刻塞下一顆魚餃到公主口中，直到所有她親手做的魚餃都被吃光了才肯善罷甘休。

「妳在看什麼？」Anil公主突然問道，因為她發現每次被餵食時，Pin小姐總是望著別處。「臉好紅啊。」

「……」

Pin小姐原本打算直到魚餃吃完前都不要和對方對視，因此公主的話使她嚇了一大跳。

「我……呃……」

「如果妳不回話，剩下的那兩塊我就不吃了。」Anil公主淺淺地笑了一下，因為現在她知道對方的弱點在哪裡。

「妳的衣服的領口……」

「……」Anil公主疑惑地揚起眉頭。

「太低了……」Pin小姐說完不禁感到懊悔。

「是嗎……？」Anil公主像是勝券在握般笑著說。

「對……」Pin小姐低頭懦懦地道。

Anil公主見狀後喜笑顏開，接著解開下一顆鈕扣，露出美得令人屏息的鎖骨。

「Anil！就已經說太低了，為何要再解開一顆扣子！」

Pilanthita小姐的臉變得紅彤彤的，雖然心跳正紊亂地跳著，但仍無法克制地偷看那個令人想入非非的鎖骨。

「太低了是嗎？」Anil公主笑嘻嘻地繼續低頭看書，一副無所謂的樣子。

「解開這顆之後才發現，剛剛的領口還太高了呢。」

第十五章　貴賓

　　Anantawut 王子的婚禮辦得非常盛大，消息在城裡傳得人盡皆知，早上舉行隆重的聖水祈福儀式，下午則有許多繁文縟節的迎娶環節，到了晚上還有一場盛況空前的宴客。

　　人們閒聊的話題包含了 Sawetawarit 家的奢華氣派，畢竟為了兒子的這場婚禮，沙德又下令增添了好幾處的裝飾。

　　至於賓客們全部都是社經地位非凡的人們，人數頗為可觀。

　　有些人的重點則在於帥氣又高貴的大王子，和穿著禮服倩麗動人的 Parvati 小姐，真是一對絕配的金枝玉葉。

　　但最多人提到的，絕對非 Anil 公主風姿綽約的姿態莫屬。

　　說到這件事⋯⋯Euangfah 小姐（許多人稱亦之為 Chao Euangfah）代替父親蒙昭 Chakkham，和母親 Dararai 夫人遠從清邁前來參加喜宴，Euangfah 小姐從小就認識 Anil 公主，不過小時候的公主雖然長得很漂亮，但個性極為調皮，以致 Euangfah 小姐幾乎不敢相信賓客們讚賞有加的那位小姐，居然就是指 Anil 公主。

　　直到今天早上在儀式裡親眼見到本人後，Euangfah 小姐才終於意識到那些讚美一點也不言過其實，甚至只能說是冰山一角。

　　Anil 公主早上穿著珍珠白的花邊蕾絲上衣，搭配一件煙灰色的半裙，典雅端莊的身影深深地映在 Euangfah 小姐的腦海裡。

　　但過沒多久，她腦中的畫面又被同一個人取代⋯⋯

　　Anil 公主換上了一襲飄逸的磚紅色晚禮服，雙頰上泛著相同顏色的紅暈，恬靜優美得像一幅畫，彷彿一天之內又激起了

一波令人暈眩的巨浪。

　　然而 Euangfah 小姐無法輕易將 Anil 公主的畫面從腦中揮去，因此她決定在婚禮隔天去松宮造訪 Anil 公主，不知卸下華麗的裝飾後，公主的容貌是否會依舊徘徊在她的心中。

　　結果 Euangfah 小姐發現，穿著白色襯衫和杏色短褲的家居服，以及臉上沒有過多化妝品的 Anil 公主，反而比穿著磚紅色禮服或珍珠白上衣時更令人驚艷。

　　這下她突然明白，今天來拜訪 Anil 公主，就像是掉進了某種異樣的情愫的漩渦。

　　「Anil 妹妹的寢宮就像外國雜誌裡的圖片一樣漂亮又溫馨。」

　　Euangfah 小姐坐在公主對面的一張緊靠窗戶的灰色單人沙發上，興味盎然地四處觀察松宮的廳堂。

　　「Euangfah 姊姊喜歡嗎？」Anil 公主用溫柔的聲音說道。

　　「喜……歡。」

　　水汪汪的大眼對著細長的深色眼眸說。

　　「雖然父親的宮殿確實很大，卻非常莊嚴肅穆，一點也沒有溫馨的感覺。」

　　「但以建築學的角度來看，那棟宮殿相當華美且高貴。」

　　「因為您是學建築的，所以才會這麼覺得。」Euangfah 小姐微微低頭謙虛地道。

　　「就算沒有學過建築，我還是覺得很華美呀。」

　　Anil 公主邊說邊打開放在圓桌上的白瓷壺茶蓋，輕輕地倒出一杯茶後，優雅地端給了 Euangfah 小姐。

　　「這是我從倫敦帶回來的英國茶，您喝看看，是我親手泡的呦！」

「非常謝謝您，Anil妹妹。」Euangfah小姐將茶杯貼近嘴邊啜飲一口後，滿足地笑著道：「味道真棒呀……」

「真的嗎？」Anil公主露出淺淺的微笑。

「是呀，莫非因為是妹妹親手沖的……所以味道才如此香醇。」

Euangfah小姐的聲音婉轉動聽，以致Anil公主不禁想起了大王子。

她知道大王子仍深陷於Euangfah小姐的魅力中，就連在昨晚的婚宴上，大王子仍不停偷瞥笑得十分甜美的Euangfah小姐，眼神默默地湧起悲傷和失落。

他還是放不下Euangfah小姐……

而且恐怕無法輕易放下，今年22歲的Euangfah小姐除了是大王子的表妹外，花容月貌有如一朵盛開的花朵，泰北姑娘的優雅氣質深深吸引著大王子的目光。

Anil公主望向Euangfah小姐精緻的鵝蛋臉，彎彎的眉毛襯托著水靈靈的淺色眼珠，夕陽穿過落地窗灑在潔白的肌膚上，看了不禁令人悄聲讚嘆。

此時此刻，Anil公主突然有點同情哥哥的新婚妻子。

「Euangfah姊姊的讚美真是誇大其辭……」

「說得像是我在甜言蜜語般，但這杯茶的味道真的很好，所以我才忍不住誇獎。」

只是和深色的眼眸對視一眼，Euangfah小姐便害羞地連忙喝了一口熱茶以掩飾尷尬。

「看來我得經常沖茶給您喝了。」Anil公主笑著在嬌嫩的雙頰上擠出了深邃的酒窩，使Euangfah小姐像是中了咒語般看得

目不轉睛。

Euangfah 小姐這輩子已經習慣男士們總是對她投以癡情的眼神，為了不惹上麻煩，她學會了該如何漠視，但在溫柔甜美的姿態背後，其實她的心就像被隔絕在一道沒有人能跨越的高牆之內。

她從來不曾理睬任何男人……

然而現在反倒是她正癡情地看著 Anil 公主……

Euangfah 小姐反覆捫心自問，究竟是哪一個環節出了差錯……

同時提醒著自己，雙眼正直勾勾地盯著的人，是血緣親近且身分高貴的表妹。

況且，最重要的是，對方和自己一樣都是女生……

憑什麼期待彼此能有什麼關係呢？根本就看不見任何未來……

「姨丈的身體還好嗎？母親大人說他的身體不太舒服，必須有人照顧，所以不得不缺席大王子的婚禮。」Anil 公主發現 Euangfah 小姐不知為何突然變得好安靜，於是主動換了一個話題。

「父親的身子每況愈下，而且這幾天他的病情又惡化了，母親出於擔心，所以決定留在清邁照顧他。」一想到父親的病情，Euangfah 小姐忍不住皺緊了眉頭。

「自從回國以來，我還沒去拜訪阿姨和姨丈，看來得找個時間去一趟了。」

「如果您來拜訪我們的話，我想帶您去清邁城裡逛逛。」

「那就麻煩您了～」Anil 公主甜甜地笑了一下，使 Euangfah

小姐又頓時感到手足無措，只能默默地再抿了一口熱茶。

＊＊＊

「Anil～我拿了……」

Pilanthita 小姐的前腳剛踏進松宮，然而看到 Euangfah 小姐的那瞬間，她像是石化般突然動也不動。

Anil 公主和 Euangfah 小姐同時望過來的眼神使 Pin 小姐感到很不自在，彷彿在告訴她此時此刻不應該出現在這裡。

以致 Pin 小姐懷疑自己是否打斷了她們兩人的對話……

但令她感到匪夷所思的是，現在這個黃昏時刻，身為 Alisa 夫人相當寶貝的外甥女，Euangfah 小姐應該會和夫人一起待在大皇宮才對，怎麼會獨自來松宮找 Anil 公主？

「Pin 小姐您好。」發愣了幾秒鐘後，Euangfah 小姐微笑地打了聲招呼。

雖然 Pin 小姐像是隨時都能進出松宮一樣突然冒出來，甚至還不帶敬語地稱呼 Anil 公主，使 Euangfah 小姐同樣感到十分意外，但相較起來，她算是成功地維持住優雅的形象。

「Euangfah 小姐好。」Pin 小姐的嘴角抬起了一抹非常淺的微笑，同時用眼角瞥了一眼 Anil 公主。

Pin 小姐冷淡的微笑使 Anil 公主疑惑地皺了一下眉毛，但她卻不敢開口多問，以免惹得對方不開心。

「我還沒看過妹妹的宮殿，所以才想說來看一下。」Euangfah 小姐主動向 Pin 小姐解釋為什麼自己會在松宮。

「明白了，Euangfah 小姐。」Pin 小姐只簡短地回了一句。

　　Anil公主見狀立刻端起茶壺移動到壁爐前的桌子，接著坐在杏色的大沙發上，不需多說一個字，Euangfah小姐也默默地換成坐到公主旁的座位。

　　因為只要Anil公主坐在正中央的位子，其餘的兩人就必須各自坐在左邊和右邊的沙發上。

　　雖然Pin小姐處在原地好一會兒，但最後為了不失禮貌，她還是坐到了一旁。

　　「明天Euangfah姊姊可別忘了來打網球喔，如果邀請人來結果一個人都沒有，我會很難過的。」空氣寧靜得彷彿能聽到彼此的呼吸聲，於是Anil公主想辦法開了一個話題。

　　「好呀！」

　　「Pin小姐也是，不能放我鴿子呦！」

　　「好。」

　　Pin小姐簡短的回覆和不太開心的表情引起了Euangfah小姐的困惑，雖然Pin小姐本來就惜字如金，但是她一直以來都笑笑地對待Euangfah小姐，直到昨天的婚宴，Euangfah小姐很明顯能看出Pin小姐總是對她擺出一張冷酷的表情。

　　「我得先告退了，今晚和Alisa夫人約好要去逛中國城。」

　　「原來是這樣啊，難怪母親今天沒有帶我出門。」Anil公主笑道，然而Pin小姐仍沉悶地瞪著壁爐前的羊毛毯。

　　「其實是我請阿姨帶我出去玩的。」Euangfah小姐向公主展露出甜美的微笑。

　　「我先告辭啦妹妹、Pin小姐，明天見！」後面這句Euangfah小姐特地對著正向她合掌行禮的Pin小姐說。

　　「好，Euangfah小姐。」Pilanthita漠然地回道。

「我送您到車上。」公主起身站到 Euangfah 小姐旁，此時 Euangfah 小姐才發現，原來自己的身高一直都只到妹妹的肩膀而已。

如此微小的發現，卻又在心裡掀起了一陣波瀾。

「沒關係，車子就停在陽臺前而已。」Euangfah 小姐微微低頭以示感謝，接著便坐上了停在松宮前的一輛高級轎車。

「如果您要一直看著 Euangfah 小姐直到消失在視線之外，要不今晚一起去逛中國城吧？」

這句話的聲音聽起來既乾澀又冰冷，然而 Pin 小姐琥珀色的眼珠此刻正散發著更加冷冽的眼神……

「誰想去中國城啊。」Anil 公主連忙坐到蹙著眉頭的 Pin 小姐旁，兩人的肩膀緊緊地靠在一起。

「我只想和妳待在一起，才沒有想出去玩呢。」

公主撒嬌的聲音令 Pin 小姐的嘴角不禁抬了一下，但瞥了一眼桌上的茶壺後，又接著垂了下去。

Pilanthita 仍不明白為何眼前的白瓷壺會如此礙眼，她只知道 Prik 一整個下午都和自己待在一起，而且 Anil 公主很愛護自己的東西，松宮沒有任何僕人會用那組茶具。

代表 Anil 公主自己沖茶來招待那位貴客。

「是嗎？」

Pin 小姐的語氣依舊非常冷淡。

「才回來沒多久就這麼受歡迎，很快松宮就會被賓客們塞滿了吧。」Pin 小姐雙手插在胸前，板著臉一直盯著壁爐。

「妳太誇張了。」Anil 公主笑道。「所謂的賓客就只有 Euangfah 表姊一人而已。」

說到表姊這個詞時，Anil公主特別加重語氣，終於讓Pin小姐繃著的臉色緩和了下來。

「明天不是也有很多賓客嗎？」Anil公主像是沒有筋骨般緩緩倒向對方，然而Pin小姐見狀後則小心翼翼地往旁退。

不是因為不想靠近，而是不想在彼此靠得太近時，讓Anil公主聽見了她劇烈跳動的心跳。

「只有大王子、二王子、Vati嫂嫂和Euangfah小姐，但不知道哥哥們還會不會邀請其他人。」

光是這個名單就足以讓Pin小姐憂心忡忡了，雖然她也不知道為什麼要感到焦慮。

「或許……這次我有機會能見到Kua少爺。」

「……」

Anil公主平淡的語氣令聽者低頭緊抿著雙唇，腦袋裡的思緒混亂地交織在一塊。

她知道自己一點也不愛Kua少爺。

但公主知道嗎……

「那是什麼啊？」Anil公主發現Pin小姐一直低頭盯著自己的腳，於是妥協換了一個話題。

「我串了一串老鴉煙筒花來給妳。」小巧的臉蛋終於浮現出一點笑容。「我記得妳很喜歡老鴉煙筒花的味道，最近蓮花宮旁落了一地的花，所以我和Prik就拿來串花串，睡覺時放在房間裡應該很香。」

不知不覺地……Pin小姐變成了與公主四目相對，嬌滴滴的雙唇向上形成了一條美麗的弧線，不禁使Anil公主也跟著笑了起來。

「看起來真可愛！」Anil公主看著銀色托盤裡那三串花朵，花環的主幹用樹枝取代一般的棉線，展現了精緻的手藝。

「這樣掛著可以嗎？」Anil公主哈哈大笑道，她將花環當成手鍊掛在白皙纖細的手腕上，像個孩子般上下晃動。

「妳想掛就掛著吧。」Pin小姐和悅地笑道。「我已經送給妳了，想怎麼做都可以。」

「是嗎？」不知Pin小姐的話戳中了什麼笑點，現在的公主正笑個不停。

「為何Pin小姐髮髻上的花串看起來特別可愛呀？」Anil公主邊說邊更加靠近Pin小姐，甚至伸手好奇地摸了摸對方頭上的花，以致某人的臉蛋漸漸紅了起來。

「騙人，我跟Prik一起串的花串每個都長得一樣，如果可愛的話就全都很可愛，難看的話就全都很難看。」Pin小姐不服氣地噘著嘴。

「是這樣嗎？」Anil公主笑道。「對我來說……在Pin小姐身上的一切，遠比在其他地方的更美麗。」

溫柔的聲音和閃爍的眼睛使Pin小姐的心臟像是瞬間墜落於腳邊，尤其當Anil公主的臉龐越來越近……越來越近……鼻尖輕柔地撫過她的臉頰，接著停留在髮髻上的花串時，Pin小姐的心彷彿在這一刻停止跳動……

Anil公主在Pin小姐的髮髻旁嗅聞老鴉煙筒花的芬芳一陣子後，再度將鼻子緩緩地湊到對方的臉頰旁……

此刻的每一秒都猶如永恆般漫長。

在深色的眼眸與自己的臉龐距離不到一個指節時，Pin小姐不自覺地屏住呼吸。

「老鴉煙筒花的味道真香。」最後 Anil 公主終於帶著甜美的
聲音說道。

「但妳的臉更香……」

第十六章　網球場

Prik 張著又圓又大的深褐色眼珠，眨了眨眼睛不可置信地看著眼前的畫面，這不是媽媽常在她小時候時講的床邊故事，而是切切實實發生在真實世界裡的場景。

對 Prik 而言……主人們身穿亮白色的運動服，前前後後來回穿梭於深綠色的網球場上，同時映襯著天藍色的晴天，看起來就跟一群來自天上的仙女和天神們一樣美不勝收。

Anantawut 王子今天的造型特別正式，長袖的 Polo 衫配上白色的修身長褲，身旁跟著新婚妻子 Parvati 小姐，後者穿著淺粉色背心以及白色的百褶短裙，頭上點綴著桃紅色的運動髮帶，看起來十分亮眼。

Anon 王子就顯得較為休閒，他同樣穿著長袖的 Polo 衫，但下半身是白色的短褲，以及白色的布鞋，至於他旁邊站著的那位，則是他的好朋友蒙拉差翁 Kuakiat，這位的穿著幾乎和 Anon 王子雷同，看起來就像一對雙胞胎。

另一對穿著十分相似的就是 Pilanthita 小姐和 Euangfah 小姐，兩人都穿著短袖 Polo 衫和及膝的百褶短裙，盡顯泰國淑女的儀表。

最與眾不同的非 Anil 公主莫屬，她的上半身是一件淺藍色的短袖 Polo 衫，下半身則是一條非常短的白色短褲，露出了白皙光滑的大腿，使兩位王子看到後不禁一同蹙起了眉頭。

Prik 今天也穿得很漂亮，她身上的白色連身褲是 Anil 公主從英國買來送給她的禮物。

「在下不會打網球啊，殿下。」Prik收到禮物的當下這麼說道。

「我打算趁這個長假把妳教到會。」Anil公主和藹地笑著。

「那不是應該先學會怎麼打才能穿這套衣服嗎？」Prik感到惋惜而嘟著嘴。

「誰說的？這套衣服只是讓妳穿來撿球，等妳會打了之後，我就讓妳換成穿百褶裙。」Anil公主笑著道。

然而Anil公主回國後忙碌不堪，哪裡有時間能教Prik打球，別說學得會了，Prik連球拍都沒碰過，所以今天她很識相地穿了那套負責撿球的連身褲。

「Prik今天好可愛啊！」

Prik一到網球場，Anil公主馬上衝上前讚美了她一番，並且捏了捏她的臉頰左看看右看看。

公主的舉動不禁使Prik緊張地到處尋找Pin小姐的身影，發現目標人物沒有看過來後，Prik才大大地鬆了一口氣。

因為她比誰都明白，自從Anil公主回國後，每當任何有生命的東西靠近公主，無論是有意或無意地，Pin小姐就會從原本如小鹿般清澈的大眼，轉變成散發著鬱悶的眼神。

除了面對Anil公主時才會恢復原本的樣子……

即便如此，每次看到Alisa夫人不停地擁抱和親吻Anil公主的臉頰，彷彿她仍是個小女孩時，Prik總是能發現Pin小姐的眼中泛著一絲羨慕的微光。

因此，此刻的Prik怎麼可能不畏懼Pin小姐呢？

「三位男生和四位女生該如何組隊比賽呀，殿下？」Prik環顧球場，疑惑地用手指算了算。

「就是說啊，二哥說還約了一位朋友，但過了好久都還沒看到人影。」公主的話還沒說完，一位古銅色肌膚的男子恰好從球場門口笑著奔向他們。

「Surprise！殿下。」

Anil 公主朝著那名男子露出燦爛的笑容，臉上洋溢著滿滿的喜悅。

「一直在猜二哥的朋友是誰，原來就是 Pranot 啊，什麼時候回來的？」

「昨天剛回來的，我還有去參加大王子的婚禮。」Pranot 興高采烈地說著。

以 Prik 的角度來看，二王子的這位朋友看起來很真誠和善，而且不知道為什麼總覺得是個很好親近的人。

「Pranot 也有來嗎？為什麼我沒見到你？」

「我來的時候宴會已經快結束了，雖然想要找您，但大王子說您被 Alisa 夫人抓去和諸多長輩們見面了。」Pranot 說完大笑不止，Anil 公主一想到那晚混亂的場面，也忍不住跟著笑了出來。

雖然剛剛稱之為二王子的朋友，但現在看起來 Pranot 反而和公主更親近，因為他在和 Anil 公主同一所的大學就讀法律系，所以受二王子的委託負責在英國照顧 Anil 公主。

Pranot 可說是擔任了朋友和諮商師的角色，有時甚至算是 Anil 公主的死黨之一，他們相處得非常融洽，後來 Pranot 幾乎變成了 Anil 公主的第三位哥哥。

「我好想你啊。」Anil 公主微笑著道。

「我也很想念殿下，雖然我們只是一個禮拜沒見而已。」Pranot 喜笑顏開，然而站在他們兩人中間的 Prik 卻笑不出來，因

為她的眼角感受到Pin小姐正朝著他們投以犀利的眼神。

Pin小姐不滿的樣子並沒有讓Prik感到意外，奇怪的是，剛剛還笑容滿面的Euangfah小姐，此刻臉上居然也充滿了嚴肅的神情，以致Prik為了確定不是自己眼花又再看了一次。

「咳咳！夠了夠了，Pranot，別忘了她是我妹妹欸。」一聽到Anon王子正經的口吻，Pranot燦爛的笑靨瞬間縮成淺淺的微笑。

「請殿下恕罪，我只是和Anil公主開開玩笑罷了。」沒意識到Anon王子就站在他身後，Pranot連忙轉身恭敬地行了一個禮。

「那就好。」成功地阻止對方後，Anon王子的嘴角也揚起了一抹微笑。

「看來二王子很呵護妹妹呢，不像大王子。」Parvati小姐嘲諷了一下只顧著看著Pranot和Anil公主笑的大王子。

「二王子只是在裝模作樣，他也知道Pranot只把Anil視為朋友的妹妹，沒有任何非分之想啦。」Anantawut王子說道，同時用充滿威權的眼神看著正在乾笑的Pranot。「對吧，Pranot？」

玩笑中夾雜著威嚇的聲音迴盪在空氣中，很明顯能看出在大王子方才的笑聲和笑容背後，其實他比二王子更加愛護自己的妹妹。

「千真萬確，殿下，Anil公主對我而言只是朋友的妹妹，而我則是忠誠的屬下。」

Pranot的回答引來了響徹整座網球場的笑聲，連搞不懂事情來龍去脈的Prik也忍不住放聲大笑，除了那兩位少女⋯⋯依舊面無表情。

「時候不早了，開始打球吧，Anon有先想好怎麼分組嗎？」

「想好了。」Anon王子回覆大王子，接著揮揮手叫大家來雨樹的陰影下集合。

大樹的樹枝向四周伸展，剛好能為網球場旁的休息區遮蔭，看似是大自然的巧合，但其實是Anil公主特地策劃的位置。

「男生和女生一組，為了公平起見，我把打得好的人分散在不同組別。」所有人都到齊後，二王子開始公布分組名單。「大哥和Vati小姐，Anil和Pranot，Kuakiat和Pin小姐，至於我則和Euangfah小姐一組。」

「分得真好啊，Anon。」雖然大王子真心地稱讚了弟弟，但Prik看了一圈主人們，有的人開心地面露微笑，例如Kuakiat和Pranot，有的人則不滿地緊皺眉頭，例如Pin小姐，然而Euangfah小姐的表情卻平淡得令人難以捉摸。

唯一只有Anil公主笑得像是得到了大獎般開朗，看了不禁使Prik感到一股不祥的預感。

公主此刻的眼神Prik再熟悉不過了……那道眼神和以前公主約她一起玩古怪的遊戲，或是捉弄廚娘和守衛時如出一轍。

Prik有一股強烈的預感，這回公主的目標肯定就是Kuakiat少爺。

「怎麼比賽呀Anon？」

「比賽總共兩輪，第一輪每組互相對打，勝利的一方接著進到第二輪比賽。」

「想得真周到，話說第一輪誰要跟誰打？必須由公正的一方來決定，否則有的人一開始就佔了上風。」大王子思索著道。

「讓Prik決定好嗎，大哥？」Anil公主擠出酒窩笑著問。

公主淺淺的微笑看起來非常可愛，但Prik明白，公主此刻

的微笑並不是一般可愛的微笑……

而是暗藏了一股狡猾的笑意。

「說得對，但能確定Prik不會站在妳那邊嗎？」王子馬上就識破了妹妹的詭計。「但沒關係，反正Prik還不知道每個人的實力如何，讓Prik決定應該是最公平的。」

「是的，哥哥。」

「那麼Prik打算第一組讓誰和誰對打？」Anon王子興奮不已地問Prik。

Prik艱難地嚥下一口唾液，她知道自己現在做的每個決定，都會牽動著Anil公主的下一步棋，公主未經討論就將如此重大的責任交給她，所以更不能讓公主失望。

「第一組我想讓Anil公主和Pranot對上Pin小姐和Kuakiat少爺。」小心翼翼地忖度一番後，Prik做出了決定。

Anil公主喜上眉梢，一副很滿意的樣子。

Prik會這樣決定有兩個原因，首先，她早就料到公主想要和誰對打，所以首局就把他們安排在一起，這樣就不用擔心第二輪會不會遇到的問題。

再者，如果第一局公主贏了，公主就有時間能在場邊好好休息，並準備拿下下一場比賽的勝利。

今天可說是Prik將Anil公主畢生所教她的一切都運用到了。

「這樣第二局就是我和Euangfah小姐對上哥哥和Vati小姐，就照Prik說的！」二王子大聲地宣布。「這局我自願當裁判，可以開始比賽了！」

Anil公主聽到後咧嘴一笑，她高興地輕輕和Pranot拍了一下手，接著走到場中央和對手Pin小姐及Kuakiat少爺打聲招呼。

「請Kuakiat少爺別手下留情。」

Anil公主笑著向正在低頭表示敬意的Kuakiat少爺喊話，儘管他和Anon王子是莫逆之交，甚至還能互開玩笑，但是對於年紀小很多的Anil公主，他反而變得有點畏畏縮縮。

「我會盡力的。」

這時Pin小姐抬頭與Anil公主對視了一眼，接著又低頭悶悶不樂，她不知道為何現在的天空明明非常晴朗，卻覺得頭頂壟罩著一團沉悶的烏雲。

「Anil先發球。」擲了一枚硬幣後，二王子張手指示Anil公主和Pranot的隊伍先發球。

除了Prik在場上張開雙腿，摩拳擦掌做好撿球的準備以外，其餘的人都坐在場邊的座位上期待著球賽開打，這區剛好有雨樹的樹蔭遮蔽，所以頗為涼快。

Euangfah小姐看著高瘦的Anil公主在左半場準備發出第一顆球，公主低頭將網球往地板彈了幾下，接著向上高高拋起，在球落到腳邊的那瞬間用盡全力揮拍。

啪！！

「Ace，Anil得一分！」

二王子大聲報數，而Kuakiat則因Anil公主又快又猛的發球而嚇得臉色蒼白。

其實少爺完全沒做好要來比賽的準備，他只是為了想看看Pin小姐而來的，開賽前他甚至認為贏過柔弱的Anil公主簡直是易如反掌。

怎料……

球場上的Anil公主竟然充滿幹勁，把Kuakiat的魂都嚇飛了。

看來 Anil 公主非常認真看待這場比賽，因此 Kuakiat 也必須打起精神來了。

啪！！

「Ace，Anil 得一分！」

Kuakiat 付出的努力似乎毫無收穫，這次 Anil 公主發的球又像第一次那樣飛過了他的腳邊。

啪！！

啪！！

「Anil 認真得像是在打世界級的冠軍賽。」Anantawut 王子默默感嘆道。

Anil 公主和 Pranot 靠著連續三發 Ace 球，以及後來猛烈的殺球再得一分，輕輕鬆鬆就拿下上半場的勝利。

「不知稱之為雙打對不對了，Pranot 和 Pin 小姐連球都還沒碰到。」Parvati 小姐笑咪咪地補充道。

「如果 Anil 都沒有要放水的意思，以後誰還敢來打網球啊？」Anantawut 王子覺得妹妹現在的樣子很可愛，於是開玩笑道。

「我就是不敢來的其中一位。」Parvati 小姐的話音剛落，她的丈夫立刻爆出響亮的笑聲；然而場邊的 Euangfah 小姐卻不管一旁喧鬧的觀眾，她正饒富興致地看著 Anil 公主的每個手部動作。

下半場即便是 Kua 少爺和 Pin 小姐那方先發，依舊被火力全開的 Anil 公主攔截，最後就和 Prik 一開始所預料的一樣，由 Anil 公主和 Pranot 獲得第一局的勝利。

Anil 公主毫不手軟的進攻，不僅把 Kuakiat 嚇得魂飛魄散，

甚至還讓他留下了諸多瘀青。

「擦臉巾，Anil妹妹。」公主一坐在椅子上休息，Euangfah小姐立刻優雅地遞來了一條白色的毛巾。

「謝謝您。」Anil公主用甜美的微笑道謝，但Pin小姐見狀後感到很不順眼，於是轉頭迴避了視線。

賽後遞毛巾這件事其實是蓮花宮的僕人Phin的職責，因為Padmika夫人特地派她來照料貴賓們，因此看到Euangfah小姐不請自來地端著金色托盤和白色毛巾時，Pilanthita實在搞不明白為何她要搶僕人的工作。

更令人煩悶的是，Anil公主選擇坐在Pin小姐身旁的位子，但卻從一早在球場見面到現在，靜默地連一個字都不和她說。

「打贏大哥吧，Euangfah姊姊！」聽見Anil公主用婉轉的聲音為Euangfah小姐加油，Pin小姐瞬間板起了臭臉。

「先祝我能打得到球吧，Anil妹妹。」Euangfah小姐輕柔的聲音傳進了Pin小姐的耳裡，後者忍不住斜眼瞪了一下那張眉開眼笑的臉孔。

越看越不順眼……

於是Pin小姐只好轉移視線。

「這場換我自願當裁判。」Pranot雀躍地道，準備迎接大王子和二王子的對賽。

這場包準是一場令人熱血沸騰的兄弟之爭。

Anil公主從頭到尾緊盯著整場比賽，雙方實力不相上下，她不斷在預測究竟哪一方會勝出，不過令人感到意外的是，Parvati小姐展現出超乎公主想像的實力，而且大王子的技巧很明顯比二王子更高超，然而即便如此，很可惜大王子接球時犯

了不該犯的失誤，漏接了Euangfah小姐揮來的低速球。

　　Anil公主的眉毛打成了一個結，看就知道大王子仍無法將視線從Euangfah小姐的魅力中移開……

　　至於Pin小姐則完全不在乎場上的動靜，她坐在公主旁不斷偷瞄對方的臉色，從一開始的興奮之情，變成了神情嚴肅的樣子，雖然公主沒有開口說任何話，Pin小姐仍不禁擔憂了起來。

　　無論如何，Pin小姐都不願Anil公主傷心難過……

　　「這局二王子和Euangfah小姐勝出！」Pranot宣布比賽結束後，所有人休息了十分鐘，接著便進入了冠軍賽，由Anil公主和Pranot對上Anon王子和Euangfah小姐，裁判則由Anantawut王子擔任。

　　這局Anil公主明顯放了很多水，但她仍靠著精準的擊球輕而易舉地拿下勝利。

　　毫無疑問，本次的網球賽由Anil公主和Pranot獲得冠軍，然而最後的這場勝利，公主竟然不如打贏了Kuakiat少爺那般高興，和Pranot擊完掌後，她直徑走回原本坐在Pin小姐旁邊的位置，而Kuakiat少爺正笑嘻嘻地跟在Pin小姐身旁。

　　「Kuakiat少爺……」Anil公主冷冷地道。

　　「是的，殿下……」Kuakiat少爺慌忙地應了一聲。

　　「我要坐這裡，請您去坐其他地方。」公主面無表情的樣子使Kuakiat少爺突然感到不知所措。

　　「是的，請殿下恕罪。」Kuakiat少爺微微顫抖著道，然後以最快的速度換了位置。

　　「喝點水吧，殿下。」Anil公主因為剛打完球賽而滿頭大汗，Pilanthita見狀一臉擔心地端來了浮著茉莉花瓣的水杯。

「謝謝您，Pin小姐。」如此簡短的一句話竟神奇地驅走了Pin小姐一早的陰霾。

不免使她感到有點好笑，從頭到尾唯獨她在悶悶不樂……

結果突然就不生氣了，而Anil公主也沒察覺到她的脾氣……

由於今日的比賽由主場拿下勝利，大王子忍不住打趣地道：「如果Anil每次都這麼拚盡全力的話，以後恐怕很難再約賓客們來打球了。」

「這次不是因為大家都讓著我嗎？下次或許有人就不打算放水了，對嗎，Kua少爺？」Anil公主深色的眼珠掃射到正恭敬地低著頭的Kua少爺。

「我必須勤加練習才敢再來和殿下比賽。」

「Kua少爺能展現一點球技已經算不錯了，哪像我，只能呆呆地站在球場邊緣，連球都碰不到。」

Pranot的話再度引來了哄堂大笑，這時Phin姨和Koi姨端來了Padmika夫人製作的荔枝甜湯[10]，並將其放在網球場邊的桌子上。

「能品嘗Padmika夫人製作的荔枝甜湯真是太榮幸了！」Anon王子張著發亮的雙眼看著精緻的玻璃碗內，細心地去掉果核的荔枝、紅毛丹和龍眼浸泡於沁涼的茉莉花糖水中，上方點綴著綠苦橙皮、嫩薑絲、紅蔥酥和金箔，忍不住大大地讚揚道。

「味道非常好，吃了感覺全身清爽了起來。」Anantawut王子吃了一口後笑著道。

---

10 ส้มฉุน (Sohm Choon)，為泰國的一種甜品，將新鮮的荔枝放進由糖、鹽、香蘭葉和綠苦橙皮製成的糖漿中，常見的做法會再加入芒果青等酸甜的水果，以及茉莉花、嫩薑絲和油炸的紅蔥酥。

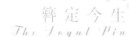

「我也很喜歡。」Parvati 小姐點頭稱是。

「聽說 Pin 小姐做的芒果梅甜湯也很好吃。」吃了好幾口的荔枝甜湯後，Anon 王子突然說道。

「對呀，我也聽說過。」大王子立馬附和。

「謝謝您的讚美，王子殿下。」Pin 小姐虛心地接受讚美後又把頭低了回去。

「聽了害我也想嘗嘗看 Pin 小姐的手藝了，下次如果再做芒果梅甜湯，可以讓我試吃看看嗎？」Kuakiat 少爺不只趁機提出請求，甚至還直勾勾地看著 Pin 小姐。

「Kuakiat 少爺別浪費時間等了，我很少有機會做，雖然有時會做給姑姑吃，但都是很偶爾。」Pin 小姐毫不猶豫地回絕，令 Kuakiat 少爺尷尬地左看右看。

「咳咳！」Prik 從 Anil 公主手中接下甜湯，但卻被剛塞進口中的荔枝嗆了好大一口。

「慢慢吃啊 Prik，小心又嗆到了。」Anil 公主心知肚明地笑著道。

「是的，殿下。」主人眼中一閃一閃的光芒不禁使 Prik 感到有點不安。

「很少做給姑姑吃是嗎？好可惜喔，我也想吃 Pin 小姐做的芒果梅，好久沒吃了，好想念那股滋味啊！」Anil 公主用嗲嗲的嗓音說道。

Pilanthita 和公主細長又楚楚可憐的眼眸對視的那瞬間，不由自主地輕聲脫口而出：

「若 Anil 公主想吃芒果梅，明天一早我就去準備。」

Anil 公主聽到後馬上露出了甜美的笑容，而 Prik 則一邊低頭

吃著自己的荔枝甜湯，一邊在心裡想著……

哼！

這兩個人是怎樣

一個人愛搗蛋

一個人很偏心……

第十七章 雨下不停

「為何妳要讓Prik跟著姑姑去北碧呀？」

一個下雨天的午後，Pilanthita在踏進松宮的那瞬間突然問Anil公主。

「為何Prik不能跟著姑姑一起去？」

Anil公主坐在落地窗旁的沙發上抬頭反問道，她高高地抬起眉毛，因為Pin小姐美麗的臉上充滿了令人難以解讀的憂慮。

「就……如果Prik不在，妳不會很困擾嗎？整個松宮就只有Prik一個僕人而已。」Pin小姐纖長的眉毛皺成了一團。「Prik不在的時候，誰能來照顧妳啊？」

「這件事一點也不麻煩。」Anil公主笑嘻嘻地道。「其實……我反而比較喜歡自己來。」

「但是……」

「妳可別忘了我是個留學生，在國外連半個僕人都沒有，所以我已經習慣一切都自己來了，而且姑姑只是去參加朋友的喜宴沒幾天而已，順便讓從來沒離開皇城的Prik出去開開眼界難道不好嗎？我看蓮花宮的僕人每天都有好多事要忙，除了Prik整天無所事事到處吃喝玩樂，所以讓她去服侍姑姑沒什麼不好的。」

Anil公主講了一大串的理由，絲毫不讓Pin小姐有插嘴的機會，害她仍不滿地癟著嘴。

「我不想讓人一直來處處關照我。」

「……」

「我只需要Pin的關心……」

Anil公主笑咪咪地對著Pin小姐說，對方聞言後馬上把視線轉移到窗外。

「我又不會從早到晚都待在妳身邊。」Pin小姐嘟囔道。

「那有什麼難的。」

「……」

「妳晚上都跟我在一起就好啦。」

那雙深色的眼眸閃亮得令Pilanthita感到有點惱怒。

Anil公主小時候就已經夠難以掌控了……長大後更老是不按牌理出牌。

「今天的下午茶是什麼呀？」發現Pilanthita不再與她鬥嘴後，Anil公主只好換了一個話題。

「司康，前幾天聽妳說想吃司康和熱茶，所以我請Chuen姨去做的。」

Pilanthita的聲音婉轉動聽，她正忙著張羅公主的下午茶，盤子裡裝著烤得金黃酥脆的四塊司康，一旁配上一壺熱呼呼的熱茶，看起來相當精緻。

「看吧……我這輩子只需要妳一人就夠了。」Anil公主打趣地說，而Pin小姐則狠狠地瞪了一眼。

「最好是啦……」

「……」

「以後就不要讓我看到妳在找其他人……」

「……」

來自Pilanthita的恐嚇和冷峻的眼神夾雜著一股猛烈的能量，使Anil公主全身的血液像是中了魔咒般瞬間凝固了。

這下換成公主在迴避視線了……

她端起了陶瓷茶杯啜飲了一口熱茶來緩解尷尬，接著夾起一塊司康放到小盤子，並用刀子挖了一點果醬抹到司康上，最後再加上一坨鮮奶油，重複調味兩塊司康後，將其裝到另一個盤子並遞給 Pin 小姐。

「謝謝妳，Anil。」

Pilanthita 的臉泛起淡淡的紅暈，雖然她已經習慣男生們總是圍繞著自己獻殷情，但收到公主精心裝飾著果醬和鮮奶油的司康，即便只是小小的甜點，卻令她感到格外貼心。

或許這就是這口司康吃起來特別美味的原因。

尤其當她看到 Anil 公主又為她製作更多塊時，口中的司康便顯得無比香甜，而這甜味並非來自果醬的甜……

兩位少女彼此靜靜地吃著司康和喝著熱茶好一會兒，各自望著窗外的綿綿細雨，雨季後的下雨天彷彿將大地蒙上了一層更深厚的沉悶。

「雨下個不停，先別回蓮花宮好嗎？」吃完下午茶休息一段時間後，Pin 小姐正準備起身回蓮花宮，但卻被 Anil 公主留了下來。

「但是……」

轟隆！！

話還沒說完，窗外突然響起一陣巨大的雷聲，把易受驚嚇的 Pilanthita 嚇得渾身顫抖，Anil 公主見狀立刻伸手將她輕輕地擁入懷中。

「沒事的，別怕哦～」Anil 公主的手輕柔地撫摸著 Pin 小姐烏黑的秀髮，好不容易才讓對方止住發抖的身體。「妳還是像小時候一樣怕打雷呀。」

「……」

Pilanthita 沒有反駁任何一個字，但下一聲雷響襲來時，她卻更加用力地抱住了公主纖瘦的身軀。伴隨著這聲雷響的是一陣磅礡大雨，窗外的景色變成了一片灰暗。

「看來還要很久 Pin 小姐才能回蓮花宮了。」Anil 公主邊說邊把 Pilanthita 帶到壁爐前的沙發，接著握住對方的手試圖安撫她的情緒。

屋外的大雨使 Pin 小姐感到一股刺骨的寒意，她沒意識到自己正不斷往 Anil 公主的身上靠，只為了從對方的身體上汲取一絲絲溫暖。

或許是因為某段藏在回憶中的記憶使然。

她的父母在某個下雨天意外身亡……

那天和今天一樣雷雨交加，她父母乘坐的船隻被湍急的水流和猛烈的暴雨所吞噬……

「我想回去幫妳準備晚餐，但恐怕得等雨漸緩些。」Pilanthita 低聲道。

「妳滿腦子只想著要餵食我啊。」Anil 公主笑道。「今天先休息吧，如果餓的話，我來做簡單的沙拉和洋蔥湯配麵包給妳嘗嘗。」

「妳會做嗎？」Pin 小姐琥珀色的清澈大眼透出吃驚的模樣。

「不怕雷聲了嗎？」Anil 公主的聲音低迴婉轉，但仍不如撫摸著對方的頭的力道那般輕軟柔和。

「嗯……好很多了。」

「那就好。」

「但……我還想這樣待著一下子。」

Anil公主聽到對方好很多後，正打算將手收回來，但Pin小姐卻用乾啞的嗓音說道。

「好。」

Anil公主微微笑著，同時移動身體使兩人更貼近彼此。

Pin小姐很自然地將臉靠在Anil公主的肩膀上，光是這樣就足以讓剛才的恐懼和寒意煙消雲散了。

Pin小姐放鬆地閉上雙眼，公主沁入心脾的體香伴隨著規律地打在屋頂上的雨聲，撫慰了她的心靈並將她的思緒帶入了夢鄉，在夢裡，她躺在五彩的芬芳花田上，一旁還有Anil公主躺在她的身邊牽著她的手。

或許這段畫面就是Pin小姐睡著時，甜美的臉蛋上不斷掛著微笑的原因。

＊＊＊

Pilanthita睡醒時，外頭依舊下著傾盆大雨，然而夜幕已低垂，她發現自己枕在一顆大枕頭上，而非Anil公主的肩膀，她的身上蓋著一條厚度剛好的棉被，和公主最愛的那張沙發是一樣的煙灰色，壁爐旁的架上有一臺留聲機正在播著西洋歌曲，從廚房飄來的香味聞之不禁令人感到飢腸轆轆。

Pin小姐尷尬地立刻撐著沙發彈了起來，她明明要負責照顧Anil公主，但卻不小心睡著了，甚至變成公主在照顧她。

「妳起床啦？」Anil公主對著睡眼惺忪的Pin小姐道。「我剛好做好晚餐了，去洗個臉刷個牙後一起來吃吧。」

「對不起。」Pilanthita的表情像是快哭了。

「為何要道歉？」

「我不小心睡著了……造成妳的麻煩。」Pin 小姐漂亮的嘴唇向下垂成了一條下彎的弧線。

「哪會麻煩，雨下這麼大，我本來就不會讓妳在這種天氣走回蓮花宮，而且我已經說要做菜給妳吃了，讓我展現一下廚藝吧。」

「是。」

Pin 小姐的回答相當簡短，但身體卻很聽話地照著 Anil 公主所說的去做，她走去浴室洗了一把臉，並把蓬亂的頭髮梳成原本整齊的樣子，在浴室裡待了好久後，回到廚房時便發現餐桌上已經擺好了美食和餐具。

桌上有一碗淋著巴薩米克醋的雞胸肉沙拉，一旁還有一鍋洋蔥湯冒著熱騰騰的霧氣，以及一些切成適口大小的法國麵包，正中央還有不同大小的麵包籃和奶油抹醬，供想要再多加一點的人自行取用。

「看起來好好吃喔！」Pilanthita 微笑著道。

「不知這些夠不夠，只有一些簡單的食物。」

「已經很夠了，我晚餐本來就吃不多。」

Anil 公主聞之便笑著不再多說了，她安靜地品嘗自己做的料理，而 Pilanthita 則不停稱讚眼前的佳餚，此刻的 Pin 小姐就像一位小女孩，正在被從小一直追尋的那個人細心照料。

這下可好了……今天她來這裡是為了代替 Prik 照顧 Anil 公主，怎料從踏進松宮的那一刻起，反而變成了是公主在照顧她。

晚餐後，Pilanthita 藉由主動去洗碗來彌補內心的愧疚感，即便公主一直表示要幫忙，Pin 小姐堅決的態度最後只好讓公主作罷。

此刻已是半夜時分，然而雨勢仍相當大，單靠一支單薄的雨傘無法走回蓮花宮，於是在Anil公主三番的請求下，最後Pin小姐決定先在松宮留宿一晚。公主提出的理由包括客房非常寬敞舒適，況且今天Prik不在，萬一晚上突然被那些看不到的東西嚇到怎麼辦，但其實Pin小姐知道公主天不怕地不怕，怎麼可能會怕鬼，現在這個口口聲聲說自己怕鬼的人，小時候甚至扮鬼嚇過廚娘和守衛呢……

明知落入了Anil公主狡猾的圈套，Pin小姐依舊心甘情願地踏進陷阱裡。

洗完澡換上公主準備的睡衣後，Pilanthita發現客廳的天花板夾層中灑下了柔和的燈光，同樣洗完澡的Anil公主自在地坐在中央的沙發上，從壁爐漫開來的暖黃色光線使客廳充滿了溫暖的氛圍。

「很晚了，還不睏嗎？」Pilanthita邊說邊和公主坐在同一張沙發上，彼此的肩膀靠在一起。

「還沒，妳難得來這裡過夜，我恐怕很難睡著了，因為我一直想和妳聊天。」

Anil公主閃亮的眼神不禁令Pin小姐抿起了雙唇，害羞地低頭盯著自己的腳。

「還想聊什麼呀？我們不是已經聊一整天了嗎？」

「妳是指說夢話的部分嗎？今天妳都在睡覺。」Anil公主大笑不止，惹得Pin小姐忍不住狠狠瞪了她一眼，公主見狀只好努力憋笑。

「不要一直取笑我嘛。」Anil公主沒想到Pin小姐上一秒仍非常犀利的眼神，一眨眼竟轉變成像是在撒嬌般的小鹿大眼。

「不笑了不笑了，我還想好好跟妳聊天呢！話說，妳不覺得睏嗎？」Anil公主邊說邊牽起對方的手，接著輕輕撫摸Pin小姐的手背，她相信……只要Pin小姐沒有制止，她肯定能一整晚都這樣輕撫Pin小姐纖細的手。

「不會，我可能真的睡太多了。」這次變成Pin小姐自己笑了出來。「所以現在一點也不想睡。」

「那先一起坐這裡休息吧。」

「好。」

Pilanthita簡潔地回答道，雙眼愣愣地盯著正在撫摸著她的手背的大拇指，腦中想起了某件事。

某件不知是否該問，卻又不經意地脫口而出的事。

「Pranot先生明明是二王子的好朋友，為何看起來反而跟妳比較親近？」Pin小姐低聲問道，眼睛依舊離不開手背。

「嗯……」Anil公主困惑地抬起眉頭。「什麼意思？」

「我只是想知道……Pranot先生對妳有什麼意思。」

「Pranot是我的好朋友……」Anil公主掛著微笑。「二哥請Pranot在國外照顧我，他就像我的另一個哥哥，但他的個性很活潑開朗，喜歡和人聊天又總是笑嘻嘻的，所以看起來不像哥哥而像我的好朋友。」

「真的嗎？」

Pilanthita用難以解讀的眼神看著Anil公主。

「當然是真的，我為何要騙妳？」

「前幾天我看到Pranot先生親妳。」一講出這句話，Pin小姐瞬間板起嚴肅的面孔。

「親？親哪裡？在哪親的？為何我一點印象也沒有？」Anil

公主難以置信地瞪大雙眼。

「網球比賽那天，他要回去的時候親了妳的手背。」光是想到那個畫面，（但她一點也不想記得），Pin 小姐纖長的眉毛就已經蹙成了一團。

「喔～那個 hand kiss 啊！」Anil 公主哈哈笑道。「Pranot 喜歡開玩笑把我當成歐洲的公主，所以才像歐洲人一樣親手背以示尊重。」

「不知道啦，無論如何親就是親。」Pin 小姐任性地說道。

「誰說的？」Anil 公主毫不在意，她抬起 Pin 小姐的手背後，親親地在上方親了一下，眼神直勾勾地看著對方。

「其實親吻有很多種類和意義。」

Pin 小姐的臉燙得像是發燒了，她應該要趕快把手抽回來，卻選擇繼續將自己的手交付在眼前這個人的手中。

「這個叫做 hand kiss，用來表示尊重對方。」公主說道，然後又俯身親了一下 Pin 小姐的手背，但這次變得更加輕柔。

Anil 公主的身體迎向自己時，Pin 小姐的心跳瞬間亂了節奏，公主身上的白色睡衣漸漸鬆開了結，隱約露出了白皙透亮的肌膚。

這時公主突然將臉湊近 Pin 小姐的雙頰，使 Pin 小姐忍不住屏住了呼吸，公主眨了眨眼睛，纖長的睫毛輕輕地來回刷在對方粉嫩的臉頰上。

這般挑逗的舉動激起了 Pin 小姐內心的一陣悸動，她吃力地咬緊雙唇，以致快要滲出血來。

「這個叫做 butterfly kiss，常常用於和可愛的小朋友玩時。」Anil 公主說完便用鼻子蹭了蹭 Pin 小姐的臉頰，使 Pin 小姐全身

僵硬得像一顆石頭。

最後 Anil 公主的雙唇輕輕地落到了 Pin 小姐淺粉色的唇瓣上，接著低聲說：

「這個叫做 lip kiss，用來表示愛意，或和親密的朋友打招呼。」

Pilanthita 費力地嚥下一口黏膩的唾液，儘管知道事情已越發不可收拾，其中一人勢必得停下，然而公主完全沒有要停住的意思，而她自己也沒有開口制止……

於是一切繼續照主使者的計畫進行。

Anil 公主秀麗的臉蛋向後退了一點，細長的深色雙眸深情款款地望著她，大拇指像在念魔咒般不停地摩娑著她的下唇，光是這樣就已經將 Pin 小姐拉進了欲念的漩渦。

下一秒便發現公主又落了一個吻在她的唇上……

濃烈且炙熱的深吻，每一回感受到彼此溫熱的舌頭交纏在一起時，Pin 小姐的心跳幾乎快要驟停。

公主不放過任何換氣的空隙再度貼上了她的雙唇，口腔中充斥著香甜的氣味，融合著喘息的呼吸聲……

當 Anil 公主輕慢繾綣地在她的耳畔說：

「這個叫做 French kiss。」

「……」

「情侶間藉此來傳達欲望。」

Pin 小姐的心跳差點完全停止。

第十八章 雨仍未歇

外頭雨聲不絕……但天還未亮，Pin小姐便堅持冒著雨走回蓮花宮，因為她說今天無論如何一定要好好準備Anil公主的正餐和點心。

一開始公主不停勸她留下，但由於Pin小姐心意已決，公主也就不再多說了。

「我撐傘送妳回去吧。」Anil公主從門後的傘架取出一把大黑傘。

「我可以自己回去，不用麻煩妳了。」Pilanthita悶悶地低著頭，同時將雙唇抿成一條細線。

Anil公主聞之抬起下巴，眉頭緊皺，深邃的雙眼彷彿在探詢著什麼般盯著Pilanthita的臉龐，然而最後仍妥協地長嘆了一口氣。

「那我就送妳到陽臺前面好嗎？」公主微弱的聲音就像綿綿細雨，Pilanthita不小心對上了公主哀求的眼神後，立刻將視線轉移至別處。

「好。」

Anil公主有點累地輕輕笑了一下，隨後帶著Pin小姐來到連接著陽臺的客廳門口，推開門的瞬間，雨滴滴答答地打在她們的臉上，冰冷的空氣圍繞著Pilanthita，使她不禁揉搓手臂以增加一點溫暖。

Anil公主先把雨傘撐開後才遞給Pin小姐，後者又大又圓的眼睛擔心地盯著公主深邃的雙眼一會兒，接著不經意地往下看

了一眼對方的雙唇。

「地上溼滑，小心走路喔。」

「好……先進去室內吧，我怕妳這樣淋雨會生病。」Pin小姐的聲音像是在跟小孩子講話。

「我要先目送妳回到蓮花宮再回去。」

「妳真固執……」

「……」

但因為Anil公主真的沒有要進屋子的意思，所以Pilanthita只好決定頭也不回地走回蓮花宮。

Anil公主坐在一張和陽臺同樣為靛藍色的木椅上，怔怔地望著瘦弱的身子急忙地走在比較不溼的路上，過不久便消失在蓮花宮的圍牆內了。

Pilanthita的身影離去了，但Anil公主依舊坐在長椅上，美麗的臉面無表情，她靜靜地忖思了良久。

看來昨晚炙熱的深吻好像讓Pilanthita受到太大的刺激了……

退開那個吻後，Pin小姐驚恐的表情深深烙印在公主的腦海裡。

「我先去睡覺了。」

Pilanthita回過神後瞬間站了起來，慌慌張張地衝進客房裡，房門火速關上的聲響像是在大聲宣布不准任何人闖入她的世界。

直到現在，門板的撞擊聲依舊縈繞在Anil公主的腦中。

究竟是哪個環節出錯了……

難道多年以來，Anil公主如同守護一塊易碎的玻璃般細心

呵護著 Pin 小姐，這份情感到頭來卻變成了轉眼即逝的泡沫。

莫非至始至終都是 Anil 公主一廂情願……？

太陽漸漸升起，然而雨仍未歇，Anil 公主依舊待在長椅上……

「Anil 公主殿下，Pin 小姐託在下前來呈上您今日的早餐。」

Anil 公主疑惑地揚起眉頭，照理來說每次都是 Pin 小姐送早餐來，為何今天換成是 Phin？

「Pin 小姐去哪了？」

聽見 Anil 公主嚴肅的聲音後，Phin 趕緊將餐盤放到客廳的桌上，接著手忙腳亂地跪坐在公主腳邊，因為她從來沒看過公主臉上掛著如此鐵青的神情。

「在蓮花宮裡，殿下。」

「為何 Pin 小姐不自己來，她有什麼急事嗎？」

「沒有，殿下。」Phin 誠實地道。

「還是因為下雨生病了？」

「Pin 小姐身體無恙，這碗粥就是她親手做的，殿下。」

Phin 的微笑反而像是一把刀刺進 Anil 公主的心臟，反覆證實著她所擔心的事是真的。

「把早餐放到餐桌上吧，待會我會去吃。」

「是的，殿下。」

「謝謝。」公主向 Phin 道謝，但卻出神地盯著 Pin 小姐臥室的青瓷綠窗戶。

看見那扇窗戶緊緊閉上時，Anil 公主忍不住長嘆了一口氣。

Pilanthita 的心房恐怕也是如此吧。

＊　＊　＊

「Pin小姐請在下告知殿下她今日不方便會面。」

Koi姨苦惱地照著Pin小姐的吩咐低聲傳話道，不管多麼努力說服，Pin小姐始終不願下樓和親自前來蓮花宮的Anil公主見面。

「這樣啊……」

Anil公主費力地嚥下一口唾液，今天又是被Pilanthita毫無理由拒絕的一天，公主勉強擠出一抹微笑，接著委婉地道：

「請Koi姨轉達Pin小姐，我下次會再來找她。」

Koi姨一聽，心臟差點直落到腳邊，不由得替Pin小姐感到很對不起Anil公主。

就算到了傍晚時分……依舊是Phin端著晚餐去松宮給Anil公主，這次公主只是用眼角瞥了一眼盤中的燒賣，便不再多說什麼了。

等到Phin回去後，Anil公主回到固定的座位上，也就是陽臺上那張能看見Pin小姐的臥室的木椅。

事情有了一點轉折，Pin小姐臥室的窗戶微微開了一個小縫，隨風飄逸的白色窗簾間透出了室內柔和的黃光。

然而在Anil公主昂首拚命尋找某人的身影那瞬間，窗戶又突然關了起來……

一同將Anil公主內心飄忽不定的希望熄滅。

對Anil公主來說，Pilanthita現在的舉動不僅是避而不見……而是將她多年來的愛戀撕成碎片並拋諸腦後。

公主繼續像座石像般坐著，愣愣地望著從窗戶縫隙鑽出來

的光線，任由雨水噴灑在她纖瘦的身體上。

深更半夜了……Anil 公主仍坐在落地窗旁的煙灰色單人沙發上，埋首用鉛筆勾勒出某位少女在她記憶中的模樣，以前由於相隔太遠無法見面，公主時常藉此方法來抒發對 Pilanthita 的思念。

沒想到那人近在眼前時……心卻在千里之外。

此刻兩人彼此間的距離遠到使 Anil 公主想起了從前的 Pin 小姐，只好畫下對方在各種姿勢中的神態。

可惜無論畫中的人有多麼像 Pilanthita，依舊是張沒有血沒有情感的畫，不僅如此，一顆顆如同雨水般連續滴在紙上的淚珠，模糊了線條的邊界，使其漸漸消淡……

Anil 公主用顫抖的拇指將浮在紙上的眼淚拭去，最後忍不住掩面放聲痛哭，直到隔天一早，乾涸的雙眼已無法再擠出更多淚水……

＊＊＊

「Phin。」

Pilanthita 凝重地盯著絲毫沒動過的早餐，接著立刻把 Phin 叫了過來。

「是的，Pin 小姐。」

「妳沒有把早餐端去松宮嗎？為何看起來沒有人動過？」Pilanthita 蹙著眉，又大又圓的眼珠發著怒光，使 Phin 完全不敢直視。

「Anil公主命令在下將早餐端回來，在下不敢違背殿下的命令。」

「那她有說想吃什麼嗎？」Pilanthita變得十分焦慮，害得Phin也跟著緊張了起來。

「殿下什麼都沒說。」

「還是因為妳沒有問？」Pin小姐態度強硬地道。

「在下問了，但殿下一直搖頭，一句話都不說。」

Pilanthita瞬間刷白了臉，失神地看著裝著早餐的碗盤，接著用極為微弱的聲音道：

「晚上我會做公主喜歡的藤球豬肉，請妳再拿過去。」

「遵命。」

「請幫我告訴公主……」

「……」

「那是我用心做的。」

天色已暗……然而Phin仍端著餐盤在蓮花宮的廚房後門邊躊躇不前，她不知該如何處理手中的藤球豬肉，總覺得自己吃掉或拿去倒掉都對Pin小姐很失禮，畢竟親眼看到Pin小姐花了多大的心力在製作這道公主「最愛的點心」。

更何況Phin是個非常真誠善良的人，對她來說實在是進退兩難。

「Koi姨。」

「是的，Pin小姐。」

「Phin還沒回來嗎？」

一聽到Pin小姐在找她，Phin嚇得立刻端著托盤衝進廚房裡。

「來了！來了！」Phin 畏畏縮縮地道。

Pin 小姐首先看到的不是 Phin 的臉，而是對方手中剩了一整盤的藤球豬肉，她的臉色瞬間沉了下去，連 Phin 看了也不禁難過了起來。

「有跟公主說這是我用心做的嗎？」

「在下說了，但殿下命令我拿回來。」

「公主還有說什麼嗎？」Pilanthita 的聲音開始顫抖著。

「只有說明天和後天不吃蓮花宮準備的食物了，殿下要去大皇宮住個兩三天。」

「嗯。」

Pin 小姐簡短地回了一個字，放著 Koi 姨早就為她準備好的晚餐不吃，轉身就上樓回自己的臥室了，留下 Phin 和 Koi 姨一頭霧水地面面相覷。

＊＊＊

兩天後，Padmika 夫人從北碧帶回了大量的美食，許多天沒吃晚餐的 Pilanthita 忍不住和姑姑一起用餐。

「我不在的這幾天一切都還好嗎？」

「很好，姑姑。」

Pin 小姐輕聲回道，漫不經心地挖著盤子裡的飯。

「為何松宮這麼安靜？Anil 公主去大皇宮了嗎？」

「……」

Pin 小姐纖細的手緊握著湯匙，眼睛泛著血絲，她低頭看著盤子不發一語，直到 Padmika 夫人開始察覺到不對勁，但還來不

及開口問發生什麼事，Prik就先闖了進來。

「怎麼了Prik？大老遠就看到妳慌慌張張的。」

「在下趕著傳Alisa夫人的話給Padmika夫人。」Prik連忙側坐在Padmika夫人的椅子旁。

「有什麼事？我正打算要去拜訪夫人，順便帶禮物過去。」

「Anil公主發燒了，所以去大皇宮住了兩三天，大王子請了西醫來治療，現在雖然好很多了，但還沒完全康復，不過殿下堅持要回來住松宮，且已經在臥室裡休息了，Alisa夫人才請在下來通知您一聲。」

Pilanthita聞之突然定住了。

「天啊！Anil公主平時很健康，從來不曾生病，怎麼會無緣無故發燒了？難道是因為最近天氣忽冷忽熱的？」

Padmika夫人十分擔心Anil公主，而Pilanthita則用力地抿著雙唇，以致快滲出血來。

「聽說是下大雨的時候淋太多雨了。」Prik邊說邊張著深褐色的眼珠，用眼神示意Pin小姐。

Pin小姐立刻放下手中的湯匙和叉子，雖然盤中還剩下很多剩菜。

「怎麼了，Pin小姐？吃飽了嗎？才吃一點點而已。」

「吃飽了，姑姑。」

Pilanthita壓抑著喉中的哽咽，接著費力地說：

「最近我吃不太下……」

第十九章 病而胡言

Pilanthita 焦灼的心幾乎無法等到明天才去找 Anil 公主，一聽到公主已經病了三天，而她卻完全不知情，便再也坐不住了，一心只擔憂著公主的健康。

此刻見不到 Anil 公主的每一秒，都像是永恆般漫長。

要數到多少明天才會到來呢⋯⋯

在房間像隻掉入陷阱的老鼠焦慮地或坐或站好一段時間後，Pilanthita 決定半夜就出發去松宮探望 Anil 公主。

當然這時間陽臺的大門已深鎖，但能自由進出松宮的 Pin 小姐知道另有其他入口，於是她來到了連接廚房和 Prik 房間的一扇小門前。

抬頭一看，廚房的窗戶透出了明亮的燈光，而 Prik 正忙著準備什麼東西，因此她決定先敲敲門而非直接用鑰匙開鎖。

「是 Pin 小姐嗎？差點嚇死我了！」

「就是我啦，不然 Prik 以為是誰？」Pin 小姐不疾不徐地和 Prik 開玩笑道，但時隔好幾天再度聞到松宮的味道時，Pin 小姐的心跳差點漏了一拍。

「因為 Pin 小姐沒有在這個時間來松宮過呀，所以還以為是⋯⋯」

「是⋯⋯？」

「是鬼來敲門，想把我抓走。」Prik 戒慎恐懼地左看右看。

「聽妳亂講。」Pin 小姐斜眼睨了一眼 Prik。

「話說 Pin 小姐來松宮有何事？」

「我來看 Anil 公主……睡著了沒。」一提到某個不停縈繞在腦中好幾天的名字，Pilanthita 褐色的眼珠瞬間亮了起來。

「還沒，儘管生病發燒了，Anil 公主依舊習慣晚睡，我正準備拿溫水和毛巾去給殿下。」

「要讓公主自己擦身體嗎？」Pilanthita 的聲音變得低沉。

「是的，殿下不願讓任何人碰到自己的身體，就連 Alisa 夫人也不能碰。」

「東西都準備好了嗎？」

「準備好了，正要端去給殿下。」

Pin 小姐用手背沾了一下大盆子中的溫水，發現水溫剛剛好後，下一句對 Prik 說的話聽起來像是溫柔的請求，實則是令人無法拒絕的命令。

「既然這樣，妳去休息吧，這個我自己拿去。」

儘管 Prik 的臉上充滿了為難，但還是毫無怨言地曲身接下指令。

「是的，Pin 小姐。」

Pilanthita 望著 Prik 的背影消失在僕人的小屋後，她端著毛巾和銀盆來到了公主的房間，從門縫透出的柔和黃光代表房間的主人應該尚未進入夢鄉。

Pin 小姐小心翼翼地打開房門，床頭櫃上的檯燈將西式裝潢的房間圍繞在溫暖的照明中，公主正側躺在床上看書，Pin 小姐見到這不熟悉的畫面後，心臟不禁揪了一下。

「Prik，把毛巾和溫水放在桌上後就出去吧，我不需要其他東西了。」Anil 公主低著頭面無表情地說，Pilanthita 呆愣在原地不知該如何開口。

由於一直等不到 Prik 的回應，Anil 公主困惑地抬起頭，當她發現站在門邊踟躕的人變成了多日不見的 Pin 小姐後，她的雙眼只是愣愣地注視著對方。

「喔……」

語畢，公主若無其事般繼續低頭專注看書。

她的舉動像是把眼前的 Pin 小姐當成了空氣……

「……」

Anil 公主簡短的回覆和冷漠的態度猶如一把鋒利的刀捅進了 Pin 小姐的胸腔，反覆撕裂她的心臟，獨留一座千瘡百孔的軀殼。

雖然 Pin 小姐已經做好了心理準備，仍無法抵抗這股猛烈襲來的劇痛。

Pin 小姐這輩子從來沒有被 Anil 公主這般忽視過……

Pilanthita 褐色的眼珠熱得發燙，但內心過度的關心卻牽引著她的步伐，一步一步朝房間內走去，然而房間的主人依舊沒抬頭，Pilanthita 未經答應徑直坐在床邊靠近公主的位置。

現在公主終於肯抬頭看她了。

當兩人的臉只剩一個掌距時，Pin 小姐才發現那道曾經散發著光芒的深色眼眸，此刻卻烙印著悵然的傷疤。

彼此沉默了許久後，Pilanthita 鼓起勇氣摸了摸 Anil 公主的額頭。

「妳的身體好燙，應該要好好休息，為何一直看書呀？」

Pin 小姐的聲音溫柔婉約，她將公主手中的書取走並放到一旁的桌子上，像是在逼對方停止手邊的工作。

「妳吃藥了嗎？」Pin 小姐美麗的雙眼明顯充滿了擔憂。

「吃完一陣子了。」儘管 Anil 公主的聲音因生病而變得沙啞，但依舊十分迷人。

「妳的燒還沒退，我來幫妳擦身體。」Anil 公主燙紅的臉令 Pilanthita 看了心痛不已。

「不用，我可以自己來。」對方有氣無力的眼神使 Pilanthita 內心有如一團火球般焦急萬分。

「讓我來吧，妳看看妳，眼睛都瞇成這樣子了，哪來的力氣做其他事。」

Pin 小姐又碰了一次公主的額頭，接著往下撫摸了她的臉頰、下巴、脖子、手臂和手掌，對 Pin 小姐來說，公主現在的每一吋肌膚都燙得令人擔心。

「妳燙得跟著火一樣。」Pilanthita 的眉毛皺成了一團，臉上擔憂的神情猶如世界正在毀滅般。「讓我為妳擦擦身子吧。」

「……」

Anil 公主的腦內掀起了一陣嗡嗡巨響，使她無力多做反駁，只好放任 Pin 小姐任意地觸摸她的身體，沾溼的毛巾從額頭移至溫熱的臉頰，然後慢慢地擦過脖子和鎖骨，直到來到了衣服底下，公主忍不住虛弱地問：

「為何妳的表情變成這樣？」

「……」

「有什麼不該看的嗎？」Anil 公主邊說邊緩慢地解開睡衣的扣子，騰出了足夠的空間好讓對方擦拭她的身體。

「沒有……」

然而事情卻朝著反方向發展……Pilanthita 正拚命地撇開視線，但 Anil 公主纖瘦白皙的肌膚卻深深吸引著她的目光。

「這樣的意思是很好看嗎？」

「⋯⋯」

Pin小姐沒有再回話了，小巧的手顫抖著從公主的胸口擦過了肋骨、腹部、腰間至後背。

對Pilanthita來說，擦拭Anil公主猶如碧玉石像，猶如天神打造般的完美身軀，簡直是難如登天，公主白皙透亮的肌膚充滿了某種魔力，使她的心跳時而加速，時而暫停。

「覺得好一點了嗎？」

儘管一直有股窒息的感覺，Pilanthita最後還是完成了任務。

公主看著Pin小姐扣上睡衣的最後一顆扣子後，用溫婉的口吻說道：

「好很多了⋯⋯」

「那妳趕快睡吧，我也該回去了。」

明明是自己先告別的，但Pilanthita清澈的淺褐色眼珠卻盈滿了依依不捨。

聽到Pin小姐要離開了，公主立刻將額頭靠在對方的肩上，像是在哀求她留下。

「頭好痛⋯⋯」

公主簡短的一句話瞬間令Pin小姐心軟，她溫柔地拈了一縷頭髮將其放到公主的耳後。

「很痛嗎？」Pilanthita看著靠在自己單薄的肩上的人，憂心忡忡地問。「我該做什麼妳才會覺得好一點？」

「可以先在這裡陪我嗎？」那道乾啞無力卻像是在撒嬌的聲音，彷彿更加吃勁地掐住了Pilanthita的心。

「那我陪妳直到妳睡著為止。」

「我可以睡在妳的大腿上嗎？」

只要妳不再那樣無視我……就算是比枕大腿更過分的事我都願意。

Pilanthita內心這麼想著，但卻不敢說出如此煽情的話。

她只是默默地不發一語，因為她明白，只要不明確地拒絕，最後公主還是會主動躺在她的腿上。

當那張秀氣的臉靠在自己的大腿上時，Pin小姐突然感到一陣溫暖……

這瞬間像是在守護著某樣遙不可及的東西，而她從來沒想過會有這種機會。

Pilanthita怯懦地摩娑著Anil公主的頭，那張因發燒而漲紅的臉頰令她只敢使出最輕的力道。

「怎麼會生病了呢？我從來沒看過妳病倒。」

Pilanthita細柔的聲音像是在跟小女孩講話。

「或許是因為淋雨吧。」Anil公主嘶啞地道。

「哪天？」

「送妳回去蓮花宮的那天，那天我幾乎半天都坐在陽臺上。」

「……」

一知道原來害公主生病的罪魁禍首就是自己時，Pilanthita陷入了一陣沉默。

「為何妳好多天都不來找我？」

Anil公主沙啞的嗓音和不間斷的咳嗽彷彿毫不留情地搧了Pin小姐一記耳光。

「為何妳要每天都來找我？」

嘴上不服輸地回道，但纖細的小手卻不停小心翼翼地撫摸

著公主滑順的秀髮。

「就⋯⋯我想每天都看到妳。」

「為何妳想每天都看到我？」

「沒有為什麼。」Anil公主低聲說道，接著因疲憊而闔上了雙眼。

「說的像是在耍性子。」

「⋯⋯」

「或許是因為有人一直對妳好，所以才這麼任性。」

Pilanthita回答的同時，手像是無法控制般摸了摸公主的嘴角。

「大家都喜歡妳。」Pin小姐不自覺地輕拂著蒼白的雙頰。「因為妳是個惹人憐愛的萬人迷。」

「但有人就是不愛我⋯⋯」Anil公主否決道。

「誰不愛妳？」

「Pin小姐啊。」

「⋯⋯」

Anil公主閉著雙眼虛弱地回答，因此看不到另一人炙熱紅腫的眼眸。

「妳怎麼知道我不愛妳⋯⋯」

躺著的人光靠聲音就能聽出來Pilanthita的話語中瀰漫著反諷和哀傷。

「或許愛吧。」

Anil公主的聲音充滿了不確定。

「但我們的愛可能不一樣。」

「那妳的愛是哪一種愛？可以告訴我嗎？」Pilanthita明知這

個問題會使自己陷入對方的圈套，但最後還是說了出來。

「我的愛……就是妳佔據了我所有的思念。」Anil公主像是在吟詩般娓娓道來。「每次想到妳，我的心便產生了一股莫名的悸動。」

「……」

「我的愛……就是渴望待在妳身邊，渴望與妳相見，渴望一起談心，渴望輕觸著妳……」

「……」

「不想要任何人圍繞在妳身邊。」

「……」

「我的愛……充滿了對妳的欲望。」

「……」

「那妳呢，Pin……？」Anil公主深情地和沉默不語的Pin小姐對視。

「妳對我，是哪一種愛？」

Anil公主的話音一落，Pin小姐的世界像是瞬間降下了一塊黑幕，什麼都看不見，也聽不見周遭的聲音，她的心臟像是快速敲擊的鑼鼓，呼吸也跟著變得極為不順。

Pilanthita愣在原地一動也不動，盡她的所能拚命找回神智。

「我們……」Pin小姐整理好思緒後道。「怎麼能相愛？」

「這個問題的答案取決於妳怎麼定義對我的愛。」Anil公主緩緩地道。「不是我們能不能相愛的問題。」

「……」

Pin小姐習慣性地在思忖時咬緊下唇，但現在的情況已經複

雜得超出她能應付的範圍了。

「我……」

「……」

「不知道。」

「……」

「我不知道……自己對妳是哪一種愛。」

Pin 小姐盡全力忍住，但最後淚水仍傾洩而下，落在了公主細嫩的臉龐上……

Anil 公主用輕飄飄的力道抹去 Pin 小姐的淚水，接著溫柔地安慰道：

「如果從一早睜開雙眼，直到晚上闔眼睡著前，有某個人一直存在於妳的腦海裡……」

「……」

「如果有那麼一個人，每當看到她難過時，妳會比她更難過，每當被她忽略時，妳會感到心急如焚，每當在她身邊聊天時，妳會充滿了快樂……」

「……」

「如果有那麼一個人，每當她和除了自己以外的人靠得太近時，妳會心生反感……」

「……」

「這個人……」

「……」

「是我嗎？」

Anil 公主深色的眼眸散發著嚴肅的神色，使 Pilanthita 不敢說謊。

「我……」

「Pin……」由於對方表現出猶豫不決的樣子，Anil公主只好加重語氣。

「好好考慮一下再回答，我沒有急著要答案。」

「……」

「如果今天我說的話讓妳聽了不舒服，就當作是因為我生病而胡言亂語。」

Anil公主費力地說，接著又無力地閉上雙眼。

「請不要介意……」

第二十章 日記本

　　由於不想讓公主獨自一人睡覺，Pilanthita決定陪在公主身邊直到隔天一早，但更重要的是，昨晚公主失落地說自己因病而胡言亂語，聽起來脆弱得不堪一擊，不禁令她開始反省昨天說的——我不知道……自己對妳是哪一種愛。

　　Pilanthita深怕這句聽起來有點敷衍的話會使Anil公主動搖，她不停地胡思亂想，想著萬一公主離開了她的視線範圍，如夢般的畫面將會在她面前化成幻影。

　　各種混亂的思緒佔據的她的腦袋……

　　因此昨晚她全神貫注地盯著熟睡時的Anil公主，同時牽著對方的小手一刻也不敢闔眼，甚至時不時憂心地確認公主的額溫，彷彿病人體內的病毒隨時會將宿主從人世間帶走。

　　若不是因為今天要去處理學校的事，否則她一定會徘徊在公主的臥室裡不願回蓮花宮，但回去前，她特地交代Prik處理好公主的飲食並叮嚀主人吃藥，搞得像是她多年後才會回來的樣子。

　　迅速選好大學最後一年的課表後，Pin小姐回絕了Sunee和Chada的邀約，他們正打算放學後去學校附近逛逛，買點衣服消磨時間，然而Pin小姐只想以最快的速度回來照顧Anil公主。

　　但當她踏入蓮花宮的那一刻，便發現Prik已經端坐在地上等她回來了。

　　「Prik，妳怎麼在這？我不是已經千交代萬交代不要離開Anil公主了嗎？怎麼還跑來這裡玩？」

Pin小姐不悅地道，美麗的臉龐充滿了慍色，使Prik幾乎不敢看著她的臉。

「Anil公主下午就前往清邁了。」Prik唯唯諾諾地道。「所以我才趕快來告知您。」

「去清邁？」這句話使Pin小姐纖長的眉毛皺得更緊了。「怎麼去？和誰去？早上殿下的身子還熱熱的，還沒有完全退燒呢！」

Prik敵不過Pin小姐冷冽的眼神，雙眼緊閉成一條線。

「早上Alisa夫人接到Dararai夫人的電話，表示探差Chakkham突然去世了，所以所有人都趕去清邁參加葬禮了。」

Prik擔心Pin小姐聽到後，心情會變得更加低落。

「Alisa夫人原本打算後天要送Euangfah小姐回清邁，順便帶Anil公主拜訪Dararai阿姨和Chakkham姨丈，但事發突然，只好臨時改變計畫。」

一切都在意料之外，Pin小姐聞之沉默了好一會，無論是久病的探差Chakkham突然去世的消息，抑或Anil公主未提到要和Euangfah小姐一起去清邁。

「真令人難過……」Pin小姐喃喃自語道。「父親去世前最後一刻未能陪在身邊，Euangfah小姐應該很心碎吧。」

「Euangfah小姐悲痛欲絕啊，Pin小姐，她哭得都快流出血淚了，無論Alisa夫人怎麼安慰都沒用。」

一想到Euangfah小姐幾乎快跪到地上的樣子，Prik忍不住同情地長嘆一口氣。

「直到Anil公主抱抱她並幫她擦掉眼淚，Euangfah小姐才終於平復了點。」

「擁抱她來安慰？」Pilanthita 冷淡低沉的聲音令 Prik 全身起雞皮疙瘩。

「是的，這樣抱著。」Prik 邊說邊緊緊地環抱自己。「然後這樣擦眼淚。」接著像是眼前有個隱形人般，學 Anil 公主溫柔地用大拇指擦掉對方的淚水。

「這麼溫柔，難怪 Euangfah 小姐就不哭了。」Pin 小姐嘴角的肌肉突然向上提，但眼神看起來卻不太開心。「那大家怎麼去清邁？」

「隊伍拉得好長啊，Alisa 夫人和 Padmika 夫人共乘一輛大車，大王子和 Vati 小姐另外坐一輛，二王子獨自駕著自己的車，至於 Anil 公主則和 Euangfah 小姐坐在第四輛車裡。」

「我不明白……」Pin 小姐得臉色變得更加惱怒，以致 Prik 感到呼吸十分不順。「為何 Anil 公主不和二王子一起去？」

「因為公主殿下說要一直牽著 Euangfah 小姐的手。」Prik 邊說邊害怕地拚命閃躲 Pin 小姐犀利的眼神。「Euangfah 小姐今天有點任性，堅持一定要 Anil 公主陪在旁邊。」

「我明白了。」

突然間，Pin 小姐的表情平靜得難以猜透。

「不需要再說了。」

「我不想聽。」

Pilanthita 刻意停頓了一下才說。

Pin 小姐仍不知道為何 Prik 說的話會如此令人煩躁，以致對所有牽扯到這件事的人感到氣憤。

不滿 Euangfah 小姐要脾氣，很明顯就是故意要留住某人。

不滿二王子讓妹妹去坐別人的車，遙遠的路途中只能和自

己獨處。

當然，最不滿的人就是 Anil 公主⋯⋯

不滿那個溫暖的擁抱和溫柔的擦眼淚已經不只屬於她一人了⋯⋯

「既然這樣，在下就不再多說了。」

「嗯⋯⋯」

「⋯⋯」

「Prik 知道殿下什麼時候會回來嗎？」

Pin 小姐抿著雙唇，一看就知道已經焦慮到了極點，而 Prik 心裡想著：不是說不想聽了，怎麼不到一分鐘就變心了？

「Anil 公主和二王子會比較晚回來，可能是兩週後吧。」

「意思是其他大人們會先回來嗎？」

「是的。」Prik 艱難地嚥下一口黏膩的唾液。「因為之前 Euangfah 小姐曾答應過要帶公主殿下去清邁玩，而二王子要負責載殿下回來，所以二王子也要跟著留下。」

「嗯⋯⋯」Pin 小姐面無表情，令人難以猜透她的心，於是 Prik 只好膽怯地低著頭。「原來早就約定好了。」

「⋯⋯」

「果然是親密的表姊妹。」

Pilanthita 低沉的聲音無論怎麼聽都能感受到充滿了嘲諷。

「最近 Prik 就先把松宮打掃乾淨，等著妳的主人回來吧。」

Pilanthita 淡然地說道，接著轉身上樓回到自己的臥室，鎖上房門後悻悻然地坐在床旁邊的書桌前。

即便昨晚熬夜守著 Anil 公主，此刻卻毫無一絲倦怠，而且此刻她的腦袋和心臟正在高速運轉著。

『如果有那麼一個人，每當她和除了自己以外的人靠得太近時，妳會心生反感……這個人……是我嗎？』

頃刻間，Anil公主昨晚的話響徹了Pilanthita的腦海，她默默地凝視著書桌右側最上層的抽屜，接著從鉛筆盒裡翻出一把鑰匙將其打開，取出了那本陳舊的厚筆記本，心不在焉地翻了翻內頁。

突然間，某幾頁的內容抓住了Pilanthita的眼球……

3月12日

我真的很不喜歡看到妳的身邊總是圍著好多人，妳對每個人都面帶微笑，而妳的微笑是如此可愛，以致我想留著自己收藏

然而我卻做不到

我覺得很不高興，妳一直注意著Euangfah小姐（從清邁來的表姊），無論是帶她參觀皇城，或是邀請她來蓮花宮享用甜點

但Anil，妳不知道嗎？蓮花宮的甜點我只做來給姑姑和妳，沒有所謂可以給「其他人」吃的

我知道妳很可愛，但妳的可愛可以只對我一個人就好嗎？

4月30日

我盡力了……但最後眼淚仍不停落下，我只能告訴自己，妳沒有「著迷於」大使的女兒Aon小姐，以致忘了我的存在，但當我知道妳沒有在週末來找我，而是去Sawadipat大宅院參加Aon小姐的生日會後，我實在是忍不住委屈跑回來房間裡哭

就連此刻寫下這篇日記的同時，我仍在不停地啜泣

Anil，妳知道嗎？我今天從下午一直苦苦地等妳等到了深夜……

但直到筋疲力盡了，我仍等不到妳的身影……

我真的很生氣！

Pilanthita摩娑著泛黃褪色的紙張，陷入了一陣沉思。

『如果有那麼一個人，每當她和除了自己以外的人靠得太近時，妳會心生反感……這個人……是我嗎？』

就算Pin小姐發了瘋似地裝做聽不懂，最後這題的答案依舊是「Anil」。

Pilanthita無法隱藏自己如陽光般刺眼的情感……原來她終究把Anil公主視為珍寶一樣愛惜著。

尤其長大後，Anil的可愛和迷人變得越發使人淪陷於她的魅力中……

Pilanthita對公主的佔有欲變成了小時候的雙倍。

12月25日

好想妳……

Anil什麼時候才要回來？

我已經受盡等待的艱苦了

『如果從一早睜開雙眼，直到晚上闔眼睡著前，有某個人一直存在於妳的腦海裡……』

這個問題的答案更明顯了，當她無論翻到日記本的哪一頁，無論是直接提到，或是委婉地描繪出來，讀到的都是關於Anil公主的內容，有些頁面甚至滿滿地都是「Anil」或「好想妳」。

除此之外，包括痴痴地等待從倫敦寄回來的信，以及每晚睡前都要看著對方的照片，無論怎麼想，這題的答案早就明瞭於心了。

『如果有那麼一個人，每當看到她難過時，妳會比她更難過，**每當被她忽略時，妳會感到心急如焚**，每當在她身邊聊天時，妳會充滿了快樂……』

至於這題……

Pilanthita 確信，Anil 公主無數次的忽視，尤其是拒絕吃她親手做的飯菜和甜點時，曾經為此幾乎流淌成血液的淚水已經足以代表答案了。

而每當在身邊聊天時，會充滿了快樂……

就算裝做眼瞎或耳聾，每當和 Anil 公主在一起時，她還是能感受到有一股快樂就像泡泡飄在空中。

9月4日

昨晚妳睡在我的房間

妳說想在我窗戶外的那塊空地建一棟房子，但我覺得妳只是在說空話，不過這樣就已經讓我高興得不得了

雖然我不喜歡妳在我的房間東翻西找，那些都是我努力保存的祕密

但我很喜歡看妳睡著時天真可愛的臉龐，以致想讓妳常常來我房間過夜

就算我恐怕會睡不著也無所謂……

無論從哪個角度想，Anil 公主拋出的問題答案都很簡單。

真正難的反而是接受事實……

只不過所有相關的事證，全都充滿了一道又一道的傷痕。

Pilanthita 翻到日記本的第一頁，再度閱讀了一次紙上的內容。

10月16日

其實 Sawetawarit 家族內，我除了要叫父親的妹妹 Padmika 夫人姑姑外，大皇宮的王子和公主們雖然和我沒有血緣關係，但從輩分來看他們是我的叔叔和姑姑

包括住在東宮的 Anantawut 王子和正在英國留學的 Anon 王子以及 Anilaphat 公主

這位小姑姑年紀比我小一歲，身材高䠷，皮膚白皙，臉蛋甜美秀氣，最重要的是，她的臉頰上有兩顆可愛的酒窩

但 Pad 姑姑後來很幸運被蒙 Klai 收來當養女，所以自然變成了沙德的妹妹，而王子和公主們就必須跟著稱呼她為姑姑

於是我的位階也順勢升了一等

否則這樣有點好笑，我居然要叫老是愛東奔西跑的 Anil 公主「姑姑」

Pilanthita 讀完後苦惱地長嘆了一口氣，她闔上日記本，突然想起去年 Padmika 姑姑說的話。

『從英國拜訪 Anil 公主回來後，沙德一直煩惱著要替女兒找未婚夫的事。』

Pin 小姐當時原本正在將花圈放至銀盤上，準備端去拜佛，但姑姑說的話使她突然頓住了。

『為何沙德要煩惱呢？』

『殿下認為沒有男人適合自己的女兒，至於同等位階的貴族們，要不是成親了，就是已經有未婚妻了。』

『這樣 Anil 公主會跟姑姑一樣一直沒有伴侶嗎？』Pin 小姐張著水靈的大眼道。

『恐怕不太可能，我沒有成親不奇怪，因為我很小的時候就被送去當女僕了，但 Sawetawarit 家族位高權重且家財萬貫，備受眾人尊敬，無論如何 Anil 公主一定會有未婚夫。』

『……』

『妳也一樣會有未婚夫。』

『……』

『我已經替妳物色好了。』

Pin 小姐突然覺得有隻隱形的手猛然掐住了自己的心臟，那晚她整夜輾轉反側，從此以後，姑姑的一席話便時常浮現於她的腦海，彷彿成千上萬的針刺進了她的知覺，大聲宣告著「面對現實」。

然而有時候……

當無法與心中某種怦然的感覺抗衡時，她便會刻意地暫時遺忘，而姑姑的話便化成了毫無意義的雲煙。

尤其是現在，Pilanthita 完全不想想起和姑姑的這段對話。

她推開了窗戶，雙手插在胸前，愣愣地望著靛藍色的松宮猶如今日的陰雲般黯淡。

只是屋子的主人不在而已，Pilanthita 眼中的松宮就像是壟罩了一片黑暗。

＊　＊　＊

過了將近一個禮拜後，Padmika夫人在傍晚時分回到了蓮花宮，Pilanthita興奮地在門口迎接姑姑，為了聽到一些和某個她一直想念的人有關的消息。

「怎麼跑來門口等我呀！」Padmika夫人輕輕笑道，由於尚未脫離告別式的哀痛和莊重，夫人仍穿著一身黑色的合身蕾絲洋裝。

「我擔心姑姑舟車勞頓會太疲勞呀，所以出來迎接您。」看到姑姑虛弱的神情後，Pilanthita真的憂心了起來。「Dararai夫人和Euangfah小姐還好嗎？有沒有好一點？」

「Dararai夫人好很多了，我回來前看到她的臉上已經有一點笑容了。」Padmika夫人的嘴角揚起了淡淡的微笑。「至於Euangfah小姐原本看起來也快好了，但Anil公主回來後突然變得鬱鬱寡歡。」

「Anil公主回來了嗎？」Pin小姐的淺褐色眼珠赫然閃閃發亮。「Prik不是說殿下會多待一個禮拜嗎⋯⋯」

「因為王子有急事要趕回總督處理，所以公主殿下必須一起回來。」

「我明白了。」Pilanthita含著鬆了一口氣的微笑。

漫長的等待終於結束了⋯⋯

花了一整個禮拜整理好思緒後，Pilanthita此刻最想見到的人就是Anil公主。

她的眼神望向了不遠處夕陽下的松宮，自從主人回來後，松宮正閃耀著金黃色的光芒。

無論如何，今天晚上一定要和 Anil 公主見一面。

有件重要的事一定要趕快和她說……

第二十一章 髮簪

　　門縫的寬度恰巧能看見房間內穿著黑色套裝的纖瘦身軀，Anil公主正專心地盯著梳妝鏡取下耳環。

　　Pilanthita緊張地深吸一大口氣，接著鼓起勇氣用力地敲了幾下巨大的木門，好讓房間的主人知道她站在外面。

　　Anil公主疑惑地瞥過來的那瞬間，Pilanthita頓時感到呼吸困難……

　　公主將取下的耳環放進別緻的首飾盒中，照禮節來說，公主應該要請Pin小姐坐在床邊的那張長型沙發，但她卻伸手示意對方直接坐在自己的床上。

　　「Pin……請坐。」

　　公主面無表情的樣子逼得Pilanthita只好乖乖照做，接著便轉身繼續從容地取下另一邊的耳環。

　　Pin小姐目不轉睛地盯著鏡子裡反射的那道美麗身影，黑色的洋裝凸顯出對方潔白晶瑩的肌膚，緋紅的唇色使其看起來更加嬌豔動人、氣勢十足。

　　對她來說，公主的容貌有時像白天的暖陽光彩熠熠，有時又像夜空中的月光皎潔淡雅。

　　此時此刻……Pin小姐像是被施了魔法般掉進了一輪明月裡。

　　公主優雅地取下垂墜式的耳環和一條漂亮的石榴石項鍊，一舉一動皆深深吸引著Pin小姐的目光。把所有飾品都妥善收進盒子後，公主默默地坐在床鋪的另一側。

Anil公主依舊掛著微笑，然而那抹微笑已經不如從前那般甜美，而是蒙上了一層苦澀。

「沒想到今晚會看見妳。」

「太晚了嗎？」Pilanthita有些惱怒卻又生氣不起來。

「沒有，只是覺得有點意外。」

「我有重要的事想跟妳說。」

Anil公主疑惑地揚起眉頭。

「什麼事？」

「……」

不只沒有立刻回答，Pilanthita甚至不停東張西望，最後直接換了一個話題。

「妳……生病痊癒了嗎？」

Pin小姐低聲問道，隨之輕柔地挽著對方的纖纖玉手。

「已經痊癒了。」Anil公主邊說邊用拇指摩娑著Pin小姐細嫩的手背。「不會再說一些讓妳厭煩的胡言。」

公主氣若游絲的聲音加重了Pin小姐的焦慮，她知道，公主會變成這樣，一切都是因為那晚自己沒有先好好溝通，便直接給出了模稜兩可的回答。

「別這麼說。」Pilanthita用力握住公主的手。「妳也知道任何關於妳的事……」

「……」

「我從來不覺得厭煩。」

Pin小姐漂亮的褐色眼珠雖然看起來極為認真嚴肅，但當對上深色的眼眸時，反而是她無法招架地游移了視線。

Anil公主見狀不禁笑了出來，兩頰浮現出深深的酒窩，這

是這麼多天以來Pin小姐第一次看到公主露出如此燦爛的微笑。

而Pin小姐也自知，就是自己害這抹微笑從對方臉上消失……

但現在，公主又因為她而找回了笑容。

「好幾天沒看到妳了。」Anil公主用柔軟的聲線說道，並且向對方湊近了一點。

「我好想妳……」

Pilanthita忍不住害羞地嘴角微微上揚，但又忽然裝做什麼事都沒發生，就像每次接招公主的甜言蜜語一樣。

「我還以為妳決定定居清邁，不回帕那空了。」

Pilanthita淺褐色的眼珠盈滿了委屈，令公主看了不由得用力憋笑著。

「我還在生氣。」

「生什麼氣？」

「氣妳沒有跟我說要去清邁。」語氣中帶著氣憤和驕縱。「我是指早在探差Chakkham去世前，妳就已經打算要去了。」

「喔……那件事啊。」

「……」

「就算我想說，但是妳一直躲著我呀。」Anil公主像是抓到了把柄般掛起了微笑。

「不知道啦，如果妳真的有心要說，就一定找得到機會。」Pilanthita執拗地反駁道。

「那我現在跟妳說還來得及嗎？」

「……」

「我跟母親大人上個禮拜就決定要去清邁一趟了。」

「來不及了啦！」

「是喔……？」

Anil公主稱心地笑了笑，接著移到對方身邊，兩人的身體緊緊靠在一起。

「那妳懲罰我呀……」

「……」

Anil公主促狹的雙眼逼得Pilanthita不得不趕緊轉移話題。

「清邁那邊的人還好嗎？」Pilanthita戰戰兢兢地問。

「還是很難過。」Anil公主憶起現在北方的親友們恐怕仍深陷於悲痛中，因為他們深愛的Chakkham叔叔永遠不會回來了。

「Dararai夫人似乎早就有心理準備了，所以她很堅強，但Euangfah小姐看起來仍無法接受。」

「妳應該一直辛苦地**安慰**她吧。」

Anil一聽便聽出了句尾的反諷。

「不辛苦，是我自願的。」公主露出了一抹賊笑，並且毫不畏懼地直視著眼前那道冷冽的眼神。

「是嗎？」Pilanthita漂亮的眉毛打成了一個結。

「是的，因為Euangfah小姐是我的表姊，如果不是我，還有誰會安慰她？」

Anil公主依舊嘴角微翹，眼睜睜地看著Pin小姐努著嘴越來越生氣。

越來越生氣……

「只希望妳沒有從早到晚都抱著安慰她。」Pilanthita抬起下巴，高傲地睨了一眼公主，然而公主仍保持微笑。

「沒那麼誇張啦。」

「……」

「Euangfah 姊姊睡著時，我才沒有抱她呢！」

「妳們睡同一間房嗎？」Pilanthita 沉默了許久後才冷冷地問道。

「對。」Anil 公主的回覆同樣沒有帶著任何情緒。「當時有很多客人，所以 Euangfah 姊姊提議讓我在她的房間睡個幾天。」

其實仔細算一算便能發現，大大小小的房間加起來足以容納所有賓客，沒有房間不夠的問題，只是當以淚洗面的 Euangfah 小姐纏著求她一起睡時，Anil 公主實在是難以拒絕。

但 Anil 公主早就發現表姊最近的舉止有點怪怪的，無論是不經意地一直偷瞄，或是有時講話特別溫柔，甚至當四下無人時，Euangfah 小姐常表現出任性的樣子。

然而公主選擇像個聾啞的傻子般裝作沒看見。

「……」

Pilanthita 依舊板著臉，但她的心卻靜不下來，因為她非常清楚 Euangfah 小姐在盤算什麼。

所以她才這麼生氣……

「睡同一張床嗎？」Pilanthita 好不容易沉著性子拋出了下一個問題。

「沒有……」Anil 公主從容地道。「Euangfah 姊姊在床旁邊自己鋪了一個床位，不管怎麼叫她上來睡都不肯。」

Pilanthita 不爽地抿著雙唇，這已經是不知道第幾次討厭 Euangfah 小姐貼在公主身邊了。

「問得這麼仔細。」

「……」

「妳在吃我的醋嗎？」Anil公主故意挑釁努著嘴的少女，但這次Pilanthita沒有像以前一樣裝出無所謂的樣子。

「對。」

「……」

「我吃醋了。」

「……」

「而且已經不爽很久了。」

「……」

「妳也知道我吃醋了，但一直裝不知道。」

雖然眉毛的結尚未解開，但Pilanthita的褐色瞳孔正散發著堅定的眼神，而原本打算和Pin小姐開開玩笑的Anil公主，一聽到對方直言不諱的回答，不禁費力地嚥了一口黏膩的唾液。

這是第一次換成Anil公主躲避Pin小姐的眼神並另開話題……

「對呀……呃……我帶了禮物回來給妳呦！」

Anil公主開朗地道，接著在放在床尾端的行李箱內東翻西找。

「……」

Pin小姐不滿地癟著嘴，她知道公主很顯然不想談論關於Euangfah小姐的事！

公主翻找著「禮物」好一會兒後，終於拿著兩個精緻的木盒回到了床上。

「這是什麼？」

「髮簪，Dararai阿姨給了我一副金色和銀色的髮簪。」

Anil公主打開兩個盒子，第一個盒子裡的是一根精巧的寶

蓋形銀簪，尖頭處掛著一串小巧的墜飾，而第二個盒子裡裝著一根同樣十分別致的皇冠形金簪，尾端的墜飾則是象徵吉祥的香檳花。

Pilanthita一看就知道眼前這兩根精雕細琢的蘭納風髮簪價值連城，也許是因為Dararai夫人從Anil公主還小時就很喜愛這位外甥女，所以才不假思索地將如此貴重的東西送給她。

「我想要有一對屬於我們的髮簪。」

Anil公主邊說邊取出金色的髮簪遞給Pilanthita。

「這麼貴重的東西，我恐怕沒辦法收下。」Pin小姐越近一看，越發現這根髮簪價值不菲，於是不經意地說出了內心的實話。

「大人送的東西，妳能拒收嗎？」

「妳忘了妳比我小一歲嗎？」Pilanthita努著嘴。

「若以輩分來看，我其實是妳的小姑，忘了嗎？」

Anil公主開心地笑道，絲毫沒有要妥協的意思。

意識到吵不贏對方後，Pilanthita悻悻然地抿著唇，Anil公主見狀後抓起了對方手中的金簪，並給她一個甜甜的微笑。

「不要一臉不高興嘛，我來幫妳插上。」公主繞到Pin小姐的身後，兩人的身體緊靠著彼此，令Pin小姐突然感到呼吸困難。「乖乖待著不要動喔！」

Anil公主在Pin小姐漲紅的耳邊低聲道，接著輕柔地用雙手梳著對方烏黑柔順的長髮，將所有秀髮抓成一束後向上盤成一個髮髻，最後再插入髮簪固定，看起來優雅迷人。

「真漂亮。」

Anil公主在Pin小姐回頭的瞬間稱讚道，懸掛在髮絲上雅致

的吊墜凸顯出 Pin 小姐溫婉的氣質，使其看起來高貴典雅，完全超出了公主的想像之外。

Anil 公主像是中了魔咒般情不自禁地輕撫著 Pin 小姐粉嫩的雙頰，眼神中盡是繾綣的柔情。

令人意外的是，Pilanthita 竟然同樣回以深情的眼神，不再四處迴避她的雙眼了。Anil 公主的大拇指緩緩地摩娑著 Pin 小姐的雙唇。

「從今以後……」

Anil 公主吞了一口唾液，如同把某種感情壓了下去，隨後悄悄地說：

「這根髮簪只屬於妳一人。」

Pilanthita 的眼角泛起了感動的淚水，她知道送髮簪背後真實的意義是什麼，現在她滿腦子都是自己的坦白，但當公主的拇指仍不停在她的唇上移動時，

她的理智便蕩然無存了……

以致不小心把縈繞在腦中的話說了出來。

「我曾經說過不知道對妳的愛是哪一種愛。」

「……」

「當時是我說了謊。」

「……」

「其實我明白……一直都明白。」

「……」

「明白……我對妳是哪一種愛。」

Pilanthita 靜靜地看著眼前的人過了半晌，接著雙手合十靠在公主細嫩的肩上，緩緩地低頭像是對公主行了一個最敬禮，

起身後，她害羞地在公主的臉頰上落下一個輕柔的吻，並伸手環抱住對方纖瘦的身軀，隨後將臉蛋埋進公主的胸前。

　　至於此刻的公主則驚訝地定格在原地。

　　「從今以後⋯⋯」

　　「⋯⋯」

　　「這根髮簪屬於我了。」

　　「⋯⋯」

　　「但我，只屬於妳。」

第二十二章 簪定Pin

「但我，只屬於妳。」

儘管從某人甜美的聲線說出的這句話一點也不難以理解，卻使我的腦袋一片空白。

我的腦海裡迴盪著心悸的巨響，肚子裡像是有成千上萬的蝴蝶在翻攪，始終保持著冷靜的理智，此刻猶如經歷了一陣晃蕩，輕悠悠地飄到了喜悅的巔峰。

Pin上禮拜那句陰沉的話——「我們……怎麼能相愛？」彷彿一股劇毒直竄我的心房，攻擊我體內的每一顆細胞，使我承受了莫大的痛苦，相較起來，她方才說的話就像一劑解藥，令我頓時恢復了生命力。

此話雖短……卻是我這輩子聽過最悅耳、最甜蜜的話。

「妳……是誰的？」

胸前這位女孩只顧著羞赧地抱著我，我抬起了她的下巴，使其與我對視，這時我才發覺她的臉燙得像是發燒了，那雙曾經充滿躊躇的大眼現在變得格外堅決，沒有任何問題能再使她猶豫了……

「我……是Anil的。」

「……」

「一直都是妳的。」

聞言，我不禁揚起了一抹微笑，尤其當我看見她的眼神中散發著陷入愛情的光芒後……流竄在我體內的某種情愫便無法控制地傾洩而出。

「那妳呢……？」

「……」

「妳到底是屬於誰的？」

Pin澄澈的褐色眼珠現在變得很奇怪，一半呈現甜膩的撒嬌，一半則是不願妥協的期待……

眼看這個固執的人仍緊盯著我，示意我立刻給出答案，我便忍不住憐愛地撫摸著她紅撲撲的雙頰。

於是我在她的額頭上落下了一道漫長的吻，以此來代表我們彼此間的承諾。

「其實我從最一開始就把自己獻給妳了。」

「……」

Pin用淺淺的微笑和微溼的眼眶回應我的回答，她纖細的小手輕柔地摩娑著我的臉，使我的心臟劇烈地顫了一下，那雙水靈的大眼牽引著我唇周的肌肉，使我情不自禁地親了她的兩頰，柔嫩的面頰飄散著一股清香，將我迷得神魂顛倒，於是我又順著內心的感覺，在她溫潤的唇上覆上了一個吻……

然而，溫暖軟綿的觸感赫然被硬生生地切斷了，Pin紅彤彤的臉頰向後退了開來，不僅如此，她還不停伸長著手推我，試圖掙脫我的懷抱。

「Anil……可以停一下嗎？」

「怎麼了？」

「我……」

「難道妳討厭我？」

「沒有！」

「……」

「哪有人會討厭妳。」Pin張著無辜的大眼。

「如果不討厭，為何要將我推開？」我刻意裝作失落地道。

「我只是……」

「……」

「有點吸不到空氣。」

看到Pin羞赧地低頭緊抿著雙唇的樣子，我不禁放聲大笑。Pin氣惱地瞪了我一眼。

「Anil……什麼這麼好笑？」

「因為覺得妳太可愛了……」

「……」

我送了眼前這個人一個甜蜜的微笑，接著環抱住腰部將她抱到我的腿上，並在對方的肩上磨蹭了幾下，這時我才發現……Pin的心跳正在撲通撲通地狂跳……

「沒有人比妳更可愛啦。」Pin邊說邊用拇指憐惜地輕撫著我的臉，彷彿我還是個小孩。

「尤其當妳笑的時候……」

「……」

「妳的酒窩就越可愛……」

她的臉上綻放出迷人的微笑，隨即俯身在我的雙頰上啄了兩個吻，而我能感受到有股強烈的情感從她的體內竄了出來。

「我一直幻想著……」

「……」

「總有一天能親親妳的酒窩。」

不知是因為Pilanthita甜蜜的話語，還是因為殘留於臉頰上的那道細嫩的觸感……

使我陶醉地進入了飄飄然的境界。

「但我想把妳全身每個部位都吃掉……」

實在是忍不住又親了一次她的雙唇，我伸出舌頭品嚐著對方口中的甘甜，而 Pin 則被我的舉動嚇得呆愣住了……

充滿欲望的吻既炙熱又香甜……但當 Pin 回應我的吻，並勾住肩膀迎向我，彷彿不肯讓我離開時，我就越無法自拔地陷於這個深吻之中……

有某幾個瞬間我想暫時抽回自己的雙唇，但 Pilanthita 的舌頭卻趁隙鑽進了我的口腔中，使我的心臟猛烈地抽了一下。

這樣我該放任事情繼續進行嗎……

我不停反問著自己，但等不及得出結果，我的下嘴唇便已恣意地游移在淺粉色的耳根後，以及細長的脖子間。

Pin 的小手規律地輕捏著我的肩膀，她坐在我的腿上，拚命地抿著唇不發出聲音的樣子，使我的欲望衝破了極限……

「今晚……妳……」

「可以真的變成我的嗎？」

我在 Pilanthita 的耳畔低語道，並輕輕地含住了她的耳垂。

漲紅的臉頓了一下子，她嚥了一口唾液，隨後深情且堅定地說：

「我已經獻給妳的東西……」

「……」

「妳想怎麼處置都可以。」

Pilanthita 此刻的神情看似已經歷了一番深思熟慮。

因此我不需要再遲疑了……

我的手一邊顫抖一邊解開她的衣扣，每當觸摸到那細嫩卻

灼熱的肌膚時，我的呼吸彷彿也跟著停滯了。

　　我費力地嚥下黏膩的唾液，同時努力調整自己的呼吸……

　　然而每個動作都過得無比漫長……直到最後 Pilanthita 的胸部完整地袒露於我的眼前。

　　我不得不屏住了呼吸……

　　但 Pin 卻羞怯地用雙手遮住了自己的胸口，全身的肌膚紅得發燙，我對她微微一笑，希望能緩解她的緊張，接著引領她的手從交叉於胸前，變成了環扣住我的頸肩。

　　「Anil……」

　　「嗯？」

　　「我會害羞……」

　　「為何害羞……妳很漂亮。」語畢，我在她粉色的乳首上輕輕點了一個吻。「妳不願意讓我碰嗎？」

　　Pilanthita 對我投以羞澀又楚楚可憐的眼神，爾後在我的唇上落下一個真摯的吻以示回答……

　　我把插在她髮髻上的金簪抽了出來，使其烏黑亮麗的秀髮垂到纖細的後頸，我扶著她的香肩讓她倒在一顆柔軟的大枕頭上，並脫下了她的裙子和底褲，因為此刻這些布料在我眼裡都顯得格外礙眼……

　　只可惜 Pin 立刻鑽進了被子底下，她可愛的模樣不禁令我笑了出來，我伸手關掉床頭旁的大燈，只留下檯燈散發出柔和的黃光，希望這樣能讓 Pin 放鬆一點。

　　此外，我也褪去了自己身上的所有衣物，單薄的被子下，赤裸的我和 Pin 炙人的身軀交疊在一起。

　　對方嬌嫩的肌膚帶來的絲滑觸感彷彿使我陷入了昏迷。

「Pin……」

「……」

「妳愛我嗎？」

我淡定地一邊問，一邊用手指玩弄著她的乳首，但我身下的這位少女卻緊抿著雙唇不回答……於是我往下沉醉地吸吮著她的胸部，Pilanthita 大力地縮了一下，同時牢牢地環抱住我。

不回答……

是嗎……

為了將答案逼出來，我的手指緩慢地撩過她全身的每一吋肌膚，儘管我知道，每一次溫柔的親密接觸，只會使這位少女縮緊小腹，更用力地繃緊每一條抿著雙唇的肌肉。

然而 Pin 仍不發一語……只有無數個緊密的擁抱，以及落在我雙頰上的綿綿細吻。

我同樣回了她幾個吻……從泛著汗珠的額頭，往下至美麗的眼皮，以及赤紅的雙頰和下巴，接著向後磨蹭著粉色的耳根，最終將臉埋進纖細的後頸。面對如此撩人的舉動，Pin 的反應則是加倍用力地摟緊我的腰。

我呵護備至地捧著她的玉乳，溫熱的舌頭在淺粉色的蓓蕾上挑逗她的神經，使她不由自主地拱起後背，顫抖著發燙的身子接受來自舌尖的襲擊……

我細品著她圓潤的酥胸好一會，隨後將舌頭拉至白嫩且平坦的腹部，Pin 頓時繃緊了周遭的肌肉，連呼吸也跟著變得急促。

我抬頭看著緋紅的臉蛋，顯然 Pin 又在抿著雙唇強壓身體本能的反應，於是我繼續往下來到了大腿，停在某塊被她用棉被

緊緊護住的部分，她頓時渾身抖了好大一下，連忙將雙腿向內夾緊，拚命地把我的頭推離那塊敏感地帶。

「不要，Anil……那裡不行……」

「為什麼？」我任性地鬧著脾氣道。

「很害羞……妳不要鬧我嘛……」

「我明白了。」語畢，我朝她微微一笑，隨即俯首突襲她那早已溼透的私處。

「Anil！」

Pin 喊了一聲，但之後一切都靜了下來，她一隻手攫緊床單，另一隻手掐著我的肩胛，但我卻暫時忘了肌肉上的痛感，因為我正品味著從 Pilanthita 體內流出的蜜液，而我，已經期待這刻好久好久了……

我滾燙的舌頭不停地往深處探尋著，過沒多久，溫熱的身軀突然興奮地顫了一下……她彷彿溺水了般，抓住我的後背將我的身子拉向自己。

我給予她一個最深切的擁抱，而她仍微微抽搐著，過了一陣子後呼吸才漸漸平復。

「我說不能親……但妳還是親了。」Pilanthita 依舊因為我不聽她的話而感到憤憤不平。「看吧！妳的嘴都髒掉了。」

雖然聽起來有點凶……但她纖細的手指卻忙著輕輕擦拭我的嘴角。

「我說了我想把妳全身都吃掉。」我咧嘴一笑。「而且我還想懲罰妳……」

「懲罰？」Pin 疑惑地揚起眉毛。

「因為妳不願意回答到底愛不愛我……」我發自內心地擺出

無辜的表情。

「事到如今……」

「……」

「妳還不知道嗎……」Pilanthita露出一抹甜美的微笑，同時散發繾綣纏綿的眼神，她勾住我的後頸將我的耳窩拉到她嘴邊。

「如果不愛妳……」

「……」

「我就不會讓妳這麼做……」

「……」

「如果妳還是不知道……那我現在告訴妳……」

「……」

「我非常愛妳……」

「……」

Pin在我耳畔旁的柔情低語彷彿使勁地擰著我的心臟，但卻怪異地使我感到前所未有的快樂……

「但我更愛妳……」

我忍不住自豪地道，我相信我的愛絕對勝過對方。Pin回了我一個燦爛的微笑，接著捧著我的臉，獻上一個深情的吻……

我們猶如欲求不滿般瘋狂索吻著，放任我們之間的關係自然發展。我的兩隻手指恣意地在溼潤的巢穴打轉，直到沒入了更深的境界……

輕攏慢撚抹復挑……

泉流水下攤……

撥弦轉軸深……

嘈切錯雜彈……

鶯語翻紅帳……

吟吟不覺耳……

……銀瓶乍破水漿迸

第二十三章 屬於 Pin 的幸福

「Pin～」

Pilanthita 赤紅的耳旁響起了 Anil 公主輕柔的聲音，她正聚精會神地忙著尋找四散在床上各個角落的衣物們。

「嗯？」

Anil 公主從背後溫柔地環抱住她，但現在的 Pilanthita 不再將公主推開，兩人赤裸的身體緊貼在一塊，柔嫩的觸感使她陷入了沉迷。公主纖細的手向上捧著 Pin 小姐渾圓的胸部，然後開始輕輕地揉捏，Pin 小姐收緊雙唇強壓著內心的悸動，情不自禁地抬起下巴，騰出了空間好讓公主落了一個香甜的吻在她的肩上……

「怎麼這麼早就起床啦？天都還沒亮呢。」Anil 公主的雙唇從 Pin 小姐的香肩，緩緩退到了她的耳邊低語，但公主的纖纖玉手仍摩娑著她平坦細嫩的腹部不願放手。

「我要趕快回蓮花宮準備妳的早餐呀。」Pin 小姐含情脈脈地把公主的手放到自己的臉上。

「妳老是搞得好像我是餓死鬼一樣。」Anil 公主委屈的口吻惹得 Pin 小姐微微一笑。

「我怕姑姑找不到我。」Pin 小姐握著公主的手，輕輕地在對方的手背上啄了一個吻。「Anil……不要生氣嘛～」

公主嘟著嘴將下巴靠在 Pin 小姐的肩上，同時出力抱緊對方的蠻腰，像是擔心眼前的人離開後便會永遠消失……

「我還想抱著妳嘛……」

一聽見公主甜膩的聲音，Pilanthita的內心突然感到一陣小鹿亂撞，尤其當公主翹挺的鼻子在她的後頸來回磨蹭，溫熱的鼻息便使她的世界天旋地轉⋯⋯

「妳已經抱著我一整晚了⋯⋯」懷中的人聽起來有氣無力的。「還不夠嗎？」

「就算讓我一輩子都抱著妳⋯⋯」Anil公主在Pilanthita紅通通的耳畔細語道。「也永遠不夠。」

「妳的嘴真甜⋯⋯」

一直以來，Anil公主可說是出了名的能說善道，既慧黠又可愛，長大後搖身一變舉止端莊典雅，一舉一動都吸引著眾人的目光。

不禁令Pin小姐感到有點詫異⋯⋯

自從突破了親密接觸的防線後，Anil公主總是對她說著浪漫的情話，讓人聽了心跳加速。

品嘗完Anil公主口中的甘甜，以及溫軟的舌頭後，方才那句「妳的嘴真甜」便已無須贅述了。

「我的嘴甜不甜⋯⋯」Anil公主在Pin小姐的唇上印下一個真摯的吻。「妳自己很清楚。」

「妳應該這樣說⋯⋯只有我一個人很清楚。」退開彼此的唇瓣後，Pin小姐突然無緣無故悶哼道。

「只有我知道妳的嘴有多甜。」

「⋯⋯」

「如果有其他人也這麼說⋯⋯」

「⋯⋯」

「我一定會狠狠教訓妳，讓妳下次不敢再犯⋯⋯」

Anil 公主聞言後努力憋住笑靨，索性在 Pin 小姐吹彈可破的臉頰上親了一下……

不知不覺中……觸碰在 Pin 小姐乳首上的力道逐漸加大，並且反覆撥弄著尖端，使她感到渾身酥麻。Pin 小姐忘我地攢緊那雙不安分的小手，當背後被某人捏了一下時，Pin 小姐的喉中發出了止不住的呻吟……

「Anil……」

然而 Anil 公主現在完全沒有要回應的意思……

因為對方正像是在大啖甜蜜的果實般舔舐著她的脖子，每當公主嫵媚地含住了她的耳垂，Pin 便會情不自禁地闔上眼抿緊雙唇。

「可以先停下嗎……」Pilanthita 顫抖且沙啞地求道。「妳也知道我在趕時間……」

「嗯……」耐人尋味的聲音。「既然妳很趕的話……」

「我就加快速度。」

「Anil！」

Pin 小姐叫了一聲後便又緊咬著下唇，以致快滲出鮮血。Anil 公主小巧的手蜿蜒著往下方早已浸溼的位置邁進。

蜷縮於懷抱中的嬌小身軀猶如高燒般滾燙，Pilanthita 下意識地趕緊握住對方逐漸進逼的手，因為她不知道該如何發洩內心的狂熱。尤其當公主探進她體內時……緊繃的觸感伴隨著深、淺進出的節奏，從一開始的緩慢，漸漸變成了猛烈的加速，使她一而再，再而三地衝上了幸福的雲霄……

Pilanthita 顫抖著全身索求 Anil 公主溫暖的懷抱，公主的雙眼一閃一閃的，忍不住在她軟嫩的雙頰和額頭上啄吻了一遍。

「看到了嗎……」

「……」

「我加快手速了。」Anil公主壞笑著道。

「Anil！」

「怎麼啦～」

「為何老是愛開玩笑惹我生氣？」Pilanthita瞪了公主一眼。

「因為妳生氣的時候很可愛。」Anil公主倒在枕頭上，露出燦爛的微笑。

「妳繼續睡吧，時間還很早。」Pin小姐憐愛地摸了摸公主的頭。「昨天坐了那麼久的車……而且還……」

「還怎麼樣啊，Pin小姐？」Anil公主亮晶晶的雙眼在Pilanthita的眼中顯得格外討厭。

「而且昨晚……妳幾乎沒睡。」

Pilanthita邊說邊摩娑著公主稚嫩的雙頰，雖然她很清楚，這樣回答等於墜入眼前此人設下的圈套……

但如果這個答案能讓狡猾的人滿意，能換來擠出酒窩的笑容，她便會毫不猶豫地直接跳進深淵裡。

「話說晚餐妳想吃什麼？」Pin小姐甜膩的嗓音像是在跟小女孩說話。

「什麼都可以，只要能讓我今晚充滿精力就好……」Anil公主的嘴角揚起一抹狡點的笑容。

「Anil！」Pilanthita憤憤地叫道，然而她只是嘴上威脅罷了，不敢對公主拳打腳踢，因為萬一害對方留下了傷疤，自己一定會心痛、自責不已。

Anil公主依舊笑個不停，看起來煞是煩人，於是Pin小姐

只好斜睨著這個討厭鬼。過了一會，公主突然變成了一個乖孩子，一溜煙地鑽進了棉被裡，對 Pin 小姐露出了一抹甜滋滋的微笑。

「我想要妳留在這裡做一些簡單的早餐，然後跟我一起享用，可以嗎？」

「就照妳說的吧。」Pilanthita 溫柔地笑道，接著俯身吻了一下公主的嘴角。「我去洗個澡換個衣服，等一下就回來喔～」

「好，我等妳！」

Anil 公主深色的眼眸燦若星辰，令 Pilanthita 看了不禁紅了雙頰，她害羞地在公主的臉頰兩側落下兩個溫柔的吻，隨後拽著自己的意志力起身著裝，否則她滿腦子只想和公主待在一起，連一秒也不肯分開。

「我先走囉～」

「快去快回呦！」Anil 公主的微笑依舊溫雅迷人，但眼神變得無比閃耀。

Pilanthita 連忙轉移視線快步走向房門，深怕若是再多看一眼……

一整天都無法出門了……

「早安呀，Pin 小姐～」

「Prik！」

Prik 猛然出現在臥室前打了個招呼，Pin 小姐完全沒料到眼前會跑出個人影，嚇得差點魂都飛了。

「天還沒亮，Prik 跑來做什麼啊？」Pin 小姐搗住胸口，試圖平復失調的心跳。

「我一大早出現在這裡一點也不奇怪呀……」Prik 乾癟的嘴唇向上勾成一條彎彎的曲線，狡猾得令人存疑。

「但 Pin 小姐比較奇怪，這麼早跑來公主殿下的房間有什麼事嗎……？」

「我……呃……那個……」Pin 小姐的聲音和動作看起來疑點重重。「反正不關妳的事。」

「是。」Prik 再次笑得促狹，緊接著恭敬地低頭行了一個禮。

「我先回去了……」Pilanthita 高傲地抬起下巴，原本正打算像個優雅的夫人抬頭挺胸離去，但 Prik 卻笑嘻嘻地轉回來關心道：

「Pin 小姐……」

「您的衣服好像扣反了。」

「……」

Pilanthita 刷白了臉，手忙腳亂地立刻低頭查看自己的上半身，但當她發現一切都穿地好好的那瞬間，眉頭倏地蹙成一團結。

「沒有反啊，Prik！」她瞪了一眼 Prik。

「是嗎？」Prik 一副不可置信地張大雙眼。「可能是我看錯了，畢竟現在天色還暗暗的。」

「……」

Prik 現在眉開眼笑的樣子看似天真可愛，實則深褐色的大眼充滿了狡詐的眼神，令 Pin 小姐內心有股不祥的預感……

難道被 Prik 逮到了嗎……

* * *

「是 Pin 小姐嗎……？」Padmika 夫人見到 Pilanthita 踏進蓮花宮的瞬間詭異地道，嚇得 Pin 小姐的心臟差點墜落腳邊。

Padmika 夫人從來不曾這麼早起過，但今天居然天未破曉就坐在廳堂裡，不禁令 Pilanthita 懷疑為何偏偏選在今天……這個她第一次不守規矩外宿的日子。

「是我……姑姑。」Pilanthita 顫抖著道，腦中不斷煩惱著後果。

「去哪了？」夫人的聲音平靜到難以得知她現在的心情如何。

「我昨晚睡在松宮。」Pilanthita 決定實話實說。「昨天晚上我去探訪 Anil 公主，因為一直顧著聊天，聊到很晚了，所以公主請我留在客房睡一晚。」

Pilanthita 盡所能放輕自己的呼吸。

「是嗎……」

「是的，姑姑。」

「妳跟 Anil 公主很親近這點我不反對。」

「……」

「但做任何決定前，請考慮一下會不會造成人家的麻煩……」Pilanthita 的心臟聽到姑姑的話後突然莫名地一陣絞痛。

「無論如何，我們都是依附著沙德而生……」

把話全部聽完後……Pilanthita 的心碎了一地……

「是。」

在自己簡短的答案背後……她的內心就像熱鍋上的螞蟻一樣坐立不安。

雖然不知道自己正確來說犯了什麼錯，但卻覺得像是犯了

滔天大罪般難受。

她只能不斷反問自己，究竟是否能放任她們的關係繼續發展……

但最後得出的答案為——「是」。

不是因為她固執地不聽姑姑的教誨……而是因為事情已經進展到這步了，無法再違背自己的心意。

她寧願墜入最深層的地獄，也不願離開 Anil 公主——她唯一的愛。

「妳先去洗澡吧，不是還要準備公主的早飯嗎？」

「今天公主請我到松宮做早餐，殿下想吃點簡單的東西。」

Pilanthita 說完趕緊低下頭。

「我又沒有責罵妳，為何要一直悶悶地低著頭？」看到姪女突然變得一臉憂鬱，Padmika 夫人於心不忍地嘆了一口氣。「睡在松宮的事也一樣，如果是殿下的命令，我也不會有意見。」

「……」

「只要妳不主動去打擾殿下就好。」

「既然這樣……如果今晚公主又請我留下……」Pilanthita 的句尾小聲到必須將耳朵湊近才能聽見。「我可以在松宮多睡一晚嗎？」

Padmika 夫人凝視著 Pin 小姐思忖著，但當看到少女蒼白焦慮的臉色後，夫人用溫柔的嗓音慈愛地道：

「要睡就睡吧。」Padmika 夫人揚起一抹輕輕的微笑。「覺得合適的話就沒關係。」

「是的……姑姑。」

Pilanthita 向姑姑行了一個禮後轉身上樓回到自己的臥室，

而 Padmika 夫人則在背後看著她瘦弱的背影漸漸消失在視線之外。

夫人的眉頭微微皺起，彷彿在思索著什麼。

思索著某件她十分擔憂的事……

第二十四章 住口

「這樣好嗎，Pin 小姐？」

Prik 皺著眉頭，看著 Pin 小姐手忙腳亂地挑選製作巧克力蛋糕所需的食材，松宮的英式廚房中央有一張大長桌，此刻堆滿了各式各樣的器具。

「好嗎是什麼意思⋯⋯？」Pilanthita 睨了一眼 Prik，臉色微微不悅，美麗的臉龐沾滿了麵粉，看起來煞是可愛。「不好又是什麼意思？」

「就⋯⋯不太好的意思是⋯⋯您正在松宮的廚房裡，用幾個月前 Kua 少爺帶來的食譜做西點啊⋯⋯」Prik 長嘆了一口氣，無奈地搖了搖頭。「如果公主殿下知道的話⋯⋯」

「Prik！噓！」

雖然知道現在公主在大皇宮和父母吃晚飯，不可能出現在松宮，但 Pin 小姐卻下意識地將食指貼在自己的唇上，示意 Prik 立刻住口。

「我不太會做西點啊！所以才需要靠食譜，重點是只有 Kua 少爺的食譜有教如何做巧克力蛋糕⋯⋯」

「但是⋯⋯」Prik 深褐色的眼珠仍透露出憂心如焚的神情。「Anil 公主不太喜歡 Kua 少爺⋯⋯」

「如果妳不說⋯⋯我也不說。」Pilanthita 投以一道懇求的眼神，Prik 錯愕地瞪大雙眼，沒料到這輩子居然能看到 Pin 小姐變成這副模樣。「Anil 公主怎麼會知道呢？」

「但是⋯⋯我還是覺得有點良心不安。」

「既然如此⋯⋯請收下這個。」Pin 小姐悄悄地從裙子的口袋裡掏出某樣東西遞給 Prik。

那其實是一包層層包裹住的錢幣，看起來值不少錢。

「這樣好嗎，Pin 小姐？」

「妳不收嗎？」

「這件事就算是我們之間的祕密了，Pin 小姐⋯⋯」眼看 Pin 小姐想要反悔，Prik 連忙從對方手中奪走那包銀兩，熟門熟路地順勢藏進自己的布裙底下，像是已經用同樣的手法辦案好幾百次了。

看到 Prik 散發著炯炯有神的目光後，Pin 小姐只是淺淺地笑了一下。

「我來幫您吧，這樣才來得及趕在殿下回來前完成。」Prik 刻意裝作沒看見 Pin 小姐冷峻的眼神，二話不說溜到長桌旁熱心地東翻西找。

Pilanthita 長嘆一口氣，自從早上在公主的房門口遇到 Prik 後，她知道這個傢伙絕對「知道了不少」，只是沒有明確地表示出來罷了，說不定，比起始作俑者的 Pin 小姐，Prik 可能知道的更多。

想想她的主人有多麼詭計多端，Prik 肯定也不惶多讓⋯⋯

＊＊＊

「那是我的手耶，Anil ⋯⋯」Pilanthita 又氣又好笑地提醒道，紅彤彤的臉蛋充滿了羞澀的微笑。「不是蛋糕啦。」

「是喔？」

Anil公主的聲音婉轉動聽，手指仍不停挑逗地撫摸Pin小姐嬌嫩的雙唇。

「我忍不住嘛……」深色的眼眸亮得Pin小姐必須躲避那道閃光。「誰叫妳的手指比蛋糕更美味。」

Anil公主露出無比燦爛的微笑。

「妳騙我說如果我餵妳的話，妳就願意吃我做的蛋糕。」

「……」

「其實根本是想調戲我。」

Pin小姐氣呼呼的賭氣聲聽了令Anil公主快要無法克制自己，不禁在停駐於自己面前已久的小手上啄了一個吻。

「不要親啦，Anil……這裡是花園，不是臥室！」Pin小姐譴責公主如此明目張膽的舉動，一邊警惕地東張西望，她們現在所處的位置是隱藏於松宮花園裡的一座涼亭。

「沒有人看到啦，我早就雇用Prik去大皇宮做事了。」

「雇用？」Pilanthita不解地高高揚起雙眉。「Prik還需要妳雇用嗎？」

「這樣她才會認真工作啊。」話中夾著笑聲。「偶爾給她一點零用錢自己留著。」

Pin小姐聞之長嘆了一口氣，今天一早的畫面有如一波長浪向她襲來。

不禁使她猜想……

今天Prik賺多少錢了？

「咳！咳！咳！！！」

聽到Prik清嗓子的巨響，Pilanthita立刻將Anil公主推了開來，但公主卻像是無關緊要般，微笑著一點一滴放開她的手。

「喉嚨卡到什麼東西了嗎，Prik？」

「什麼都沒有，Pin小姐。」Prik膽小如鼠地揚起尷尬的微笑。「我只是趕著傳Phin的話來給Pin小姐。」

「有什麼事嗎？為何不讓Phin自己來找我？」

Prik不敢老實說，其實是因為她怕Phin來松宮會看到一些「不該看的東西」，所以她只好搶先一步跑了過來。

「我看Phin有好多事要忙，所以自願幫她來傳話。」

「Phin說了什麼？」Pilanthita纖長的眉毛蹙成一團。

「Kua少爺在蓮花宮的待客室等您了。」Prik邊說邊迴避Anil公主的視線。一聽到這句話，公主的臉色瞬間沉了下來。

「又是Kua少爺嗎……」Pilanthita不自覺地擺出一張苦瓜臉。

尤其當看到公主冷漠得難以解讀的表情後，心中一股對Kua少爺的怒火便油然而生。

「Prik……」

「是。」Prik用盡全力將身子低到地上，因為這是Anil公主有史以來吐出最冰冷的聲音。

「去邀Kua少爺來和我們一起喝茶。」

「但是，Anil……」Pin小姐突然變得十分焦躁，其實今天除了Anil公主外，她完全不打算和其他人講話。

更別提那位光是看到就令人感到厭煩的Kua少爺了……

「照我說的去做……」

「是的，殿下。」

收到Anil公主嚴詞厲色的命令後，Prik當即跪地向後爬了幾步，隨後起身往松宮的出口狂奔出去，獨留Pilanthita無聲地面對僵硬得像座石像的公主。

後來 Prik 帶著身穿白色西裝的 Kua 少爺回來涼亭，Anil 公主故作鎮定地啜飲了一小口茶杯裡的熱茶。Kuakiat 畢恭畢敬地先低頭向公主行了一個禮，再轉身合掌與 Pilanthita 問好，臉上掛著一抹甜膩的微笑。

「請坐，Kua 少爺。」Anil 公主嘴角微微上揚，張開手示意對方坐在她對面的椅子上。「您正好趕上喝下午茶的時候。」

「謝謝殿下。」

Kua 少爺趔趔趄趄地走到公主對面的位置坐下，面對公主犀利且充滿某種威嚇的眼神，他不禁感到有幾分畏懼。

Kuakiat 馬上發現到……

Anil 公主總是對大家和藹可親的，就像一顆明媚的小太陽，唯獨面對他的時候……眼前的畫面突然蒙上了一層陰影，公主的影子越變越大，直到吞噬了他的倒影，使 Kuakiat 漸漸感到呼吸困難。

「現在這種工作時間……」Anil 公主的嘴角扯出一抹冷冷的微笑，她低頭看了看手腕上的名錶。「Kua 少爺怎麼會去蓮花宮呢？」

「在下只是想順道來和 Pin 妹妹聊一下天而已。」

Kua 少爺坐立難安，原本白皙的耳朵明顯紅了一大片，看到 Anil 公主秀氣的臉上仍掛著冰冷的微笑後，Kua 少爺費力地嚥了一口唾液。

「其實今天我和二哥原本約好要去清邁城逛逛，但總督的人說突然有急事，所以把他叫回去了……」Anil 公主邊說邊用食指敲了敲中央的圓桌，像是在認真思考的樣子。「我看他一大早就趕著去上班了。」

「在下……」

「真有趣，你們明明在同一個地方工作……」

公主依舊掛著微笑，她的視線向下垂了一些。躲在一旁目睹一切的 Prik 見狀後，不知為何竟感到有點窒息。

「二哥忙到幾乎沒有時間休息的時候……他的好同事 Kua 少爺，竟然反倒有時間四處閒晃……」

Anil 公主看著 Kua 少爺的眼神犀利無比，少爺吃驚地低下頭，結結巴巴地道：

「在下錯了……請殿下恕罪。」

Pilanthita 內心默默同情眼前的男子，在她眼中 Kua 少爺老是胸有成竹，而非現在在 Anil 公主面前畏畏縮縮的模樣。

公主將臉湊到 Kua 少爺面前，語氣平穩地道：

「Kua 少爺有什麼事盡量說吧……Pin 小姐也在這了。」

「但是……」Kuakiat 瞪大雙眼，沒料到公主會這樣回答。

「但是什麼……？」

「……」

「難道是必須單獨說的事？」Anil 公主瞥了一眼正在不停搖頭的 Pilnatita，對方急切的眼神已勝過千言萬語。

「不是的，殿下……」Kuakiat 嚥了一大口唾液。「在下只是想約 Pin 妹妹參加下週總督辦的晚宴。」

「晚宴嗎……？」Anil 公主疑惑地揚起眉頭。「是那種中間會有舞池，大部分都是情侶或夫妻一起跳舞的晚宴嗎？」

「呃……」Kuakiat 僵直身子。

「Kua 少爺和 Pin 小姐是什麼關係……？」Anil 公主的眉頭旋成了一個結。「居然敢這樣來約 Pin 小姐。」

「沒有，殿下⋯⋯在下只是想說 Pin 妹妹或許想在晚宴上跳舞。」

Kuakiat 說完立刻低下頭皺著臉，絲毫不敢與顯露出慍色的公主對視。

「Pin 小姐想去宴會上跳舞嗎⋯⋯？」Anil 公主轉頭問 Pin 小姐，後者正緊咬著自己的下唇。

「我不想去⋯⋯」

「⋯⋯」

「我甚至從來沒說過想去。」

Pilanthita 的回覆使 Kuakiat 英俊的臉龐瞬間面無血色，此刻恐怕只剩 Prik 在憐惜著少爺。

「無論如何⋯⋯繼續努力吧，Kua 少爺。」迷人的嘴角在嬌嫩的雙頰上擠出了兩顆深深的酒窩。「這次 Pin 小姐不想去⋯⋯下次或許就心軟反悔了。」

「⋯⋯」

「水滴久了，石頭會怎麼樣呀 Prik？」Anil 公主轉頭問端坐在她膝蓋旁的 Prik。

「水滴久了⋯⋯石頭不會怎麼樣。」

「⋯⋯」

「因為看起來水會先乾掉，殿下。」語畢，僕人和主人皆在 Kuakiat 的面前發出了噗哧的笑聲，害對方不禁感到丟臉至極。

「Kua 少爺想跟 Pin 小姐說的事只有這樣是嗎？」

「是的，殿下。」Kuakiat 不得不這麼回答。

「要不留下一起吃點點心、喝點茶吧。」Anil 公主的聲音溫柔婉約，然而 Kuakiat 的掌心卻滲出了涔涔的汗水。

「原來躲到這裡了呀！」

正當 Kuakiat 不知該如何是好時，Pranot 輕快爽朗的聲音恰好插了進來，高大的身子帶著燦爛的微笑，毫不客氣地直接走進了涼亭內。

「今天是什麼日子呀……火車竟然碰碰碰地撞在 一起了！」

Prik 腦子裡一團混亂，但仍照履行僕人該做的工作趕緊上前接待 Pranot。

「您好 Pin 小姐、Kua 少爺。小的拜見殿下……」Pranot 泛起一抹調皮的微笑，同時彎腰伸出一隻手，等著公主一如往常地伸手讓他吻手背。

然而這次公主卻馬上將手藏到自己纖瘦的身體後方。

「不對喔 Pranot……這裡是泰國。」

公主笑道，有點膽怯地偷看繃著臉的 Pin 小姐。

「沒關係，等回英國了再說。」Pranot 大笑道，連眼睛都瞇了起來，因此沒看到 Pilanthita 眼中的怒火。

「什麼風把你吹到這了啊？」公主邊說邊張開手臂示意對方坐在已經呆愣許久的 Kua 少爺旁。

「我只是想念殿下了，所以就來找您。」Pranot 抿了一口熱茶，從容自在的儀態維持了樂天的風格。「我前幾天也有來，但殿下去清邁了。」

「想念」這個詞貫穿兩側的耳朵時，Pilanthita 瞬間勃然變色。

「我們去參加 Chakkham 姨丈的告別式，也就是 Euangfah 小姐的父親。」

「我聽說了，Euangfah 小姐應該很難過吧。」Pranot 挖了一匙

巧克力蛋糕送進嘴裡，然後朝 Pilanthita 豎起一個大拇指，然而 Pin 小姐只是微微點了一下頭來接受讚美。

「會難過也是很正常的。Pranot 覺得蛋糕好吃嗎？」因為不想害 Pilanthita 生氣，於是 Anil 公主趕緊將話題從 Euangfah 小姐帶開。

「很好吃⋯⋯Pin 小姐的手藝真不是蓋的！」Pranot 笑得燦爛，愉快的氣氛使 Kuakiat 感到放鬆不少。

「Pin 妹妹無論是泰式還是西式的甜點都很拿手呢，Pranot 先生。」Kua 少爺炫耀的語調彷彿把 Pin 小姐視為自己相當自豪的收藏品。「這顆蛋糕的食譜應該是我送給妳的對吧，Pin 妹妹？」

「⋯⋯」

Prik 聽到 Kua 少爺把她和 Pin 小姐閉口不談的祕密大肆報出來後，震驚地瞪大了雙眼，但 Pin 小姐只是靜靜地坐著，就像把 Kua 少爺的話當成一縷清風。

「Kua 少爺恐怕是搞錯了⋯⋯這顆蛋糕的食譜是來自西南宮的廚娘 Chuen 姨。」

Anil 公主感到厭煩地打岔道，在她眼裡，根本無需計較 Pin 小姐是否參考 Kua 少爺送的食譜來做這塊蛋糕，但 Kua 少爺邀功的樣子才是最令人一刻也無法忍受的。

「是的，殿下⋯⋯」Kuakiat 低聲回道，看來今天真不是他的日子，不管說什麼都會被反駁。

「其實我有事來找公主殿下。」

不知來龍去脈的 Pranot 突然提到。

「什麼事啊，Pranot？」

「我想知道殿下什麼時候要回英國。」

Pranot 不疾不徐地啜飲了一口熱茶。

然而 Pilanthita 卻與之相反，她的心有如一團火球在熊熊燃燒。

美麗的臉蛋在剎那間被吸走了所有血色，徒留一層蒼白黯淡⋯⋯

「這樣我才能跟您一起回去。」Pranot 依舊掛著大大的微笑。「您也快要正式開學了，我們下個月初回去好嗎？」

Anil 公主看向笑嘻嘻的男子，忍不住長嘆了一口氣。

這是她第一次想要狠狠打 Pranot 的嘴。

以後他才知道偶爾該住口⋯⋯

第二十五章 生日

Pilanthita已經連續做一個禮拜的惡夢了。

在夢裡……

她看見Anil公主穿著一身黑色的洋裝，雙腳交叉坐在那張落地窗旁的煙灰色單人沙發上，窗外下著傾盆大雨，厚厚的雲層將大地蒙上一層陰鬱的灰暗。

Pilanthita在對面的沙發上坐了下來，那瞬間，公主的身影竟然就像太陽升起後的晨霧般漸漸飄散，Pin小姐半信半疑地伸手捕捉剩餘的霧氣，但當她發現一切都煙消雲散後……她絕望地跪在沙發的椅腳旁，雙手捧著臉嚎啕大哭。每當故事進行到這個橋段時，Pilanthita便會突然驚醒。

醒來後……

Pilanthita發現自己的額頭上滲滿了小小滴的汗珠，而她的枕頭則浸滿了淚水，她翻了個身蜷縮進睡在一旁的公主的懷抱中，使兩人的身體不留任何一絲縫隙。

「Pin……」每次Pin小姐把公主瘦弱的身體拉過去時，即便睡眼朦朧，公主依舊會溫柔寵溺地貼在她的耳畔道：「做惡夢了嗎？」

「對……」

Pin小姐總是在簡短回答一個字的同時把臉埋進Anil公主的胸口，就像嬰兒無時無刻渴望著母親溫暖的懷抱，於是公主只好緩緩地摸了摸Pin小姐烏黑亮麗的秀髮，並深情地落了一個吻在滲滿汗水的額頭上，直到對方又進入了夢鄉。

雖然 Pilanthita 還不願闔上眼，她還想再多感受溫暖的懷抱久一點……

但今天已經算很幸運了，不像前兩三天只能撫摸著身旁空無一人的床位，因為 Alisa 夫人把女兒叫去大皇宮，從早上待到下午再待到晚上，夫人甚至把公主留在自己的臥室過夜，彷彿公主仍是個小女孩一樣。

但夫人會這麼做的原因一點也不難猜，Pilanthita 卻選擇裝作耳邊風。

其實她的心情跟 Alisa 夫人不相上下……

現在 Alisa 夫人只想盡可能把剩餘的時間拿來陪在女兒身邊。

自從上禮拜從 Pranot 口中大約知道 Anil 公主要回英國後，Pilanthita 便明白快樂的時光就像漸漸飄散的雲煙，已經進入尾聲了。關於這件事，Pin 小姐隻字未和公主提到，而公主也知道這個話題只會讓她變得更加憂慮。

即便如此，Pin 小姐的憂慮早已來到了一個連她自己都想像不到的巔峰……

她的煩惱匯集了所有大大小小的事，包括近期需要面對的，以及未來仍看不見的……

然而最令她感到憂心忡忡的，絕對是公主離開後，她該如何繼續過日子？畢竟她已經把自己的心毫無保留地獻給了對方，幾乎沒有任何一個部分留在自己體內。

或許是因為對於 Anil 公主的感情過於深長久遠，然而她們之間卻隔著社會築起的高牆，以及對於姑姑的養育之恩，所以當 Pilanthita 決定靠自己的力量擊垮那道牆時，以往她隱忍在心中的一切就如同一波充滿破壞力的滔天巨浪。

Pilanthita 並非刻意要愛 Anil 公主愛得如此一往情深……

但她們的關係已經發展至無法回頭的地步了。

從表面上來看，她們的愛情起始於五年前，但其實 Pilanthita 的愛從很久很久以前就已經萌芽了，但和現在的你儂我儂不同，當時她只是落入了「暗戀」的漩渦中。

以前就算沒有親吻她也能維持生命，無論是像蝴蝶翅膀輕輕搧動的綿綿細吻，或是熱情如火的甜蜜深吻；就算睡前沒有溫暖輕柔的肢體接觸，Pilanthita 也不會感到焦慮不安。

但現在……

她卻極度渴望來自公主的親吻和情話，彷彿這一生從來沒停止接受公主的滋養和灌溉……

她不確定在沒有 Anil 公主的情況下，自己是否能活下去。

因此對於即將發生的所有事，Pilanthita 皆感到萬分焦慮……

然而此刻她的不安暫時得到了緩解，她將耳朵貼在公主的胸口，緩慢且規律的心跳聲平復了她的情緒……神奇的是，那股屢屢使她沉醉的層層疊疊的體香，同時也起到了安撫的作用，使她再度陷入沉睡。

如果這次能再睡著……

Pilanthita 只求別再讓她被日復一日的惡夢驚醒。

＊ ＊ ＊

「又是白色的裙子嗎，Pin？」

Anil 公主慈愛地笑道，眼前的少女正認真地幫她的襯衫扣

上最後一顆扣子。

「還有扣子也是……一定要每一顆都扣起來嗎？我快無法呼吸了。」

Pilanthita 努著嘴，向上瞪了一眼 Anil 公主，接著嚴肅地道：「當然要……」

「為何一定要全部都扣上啊？外頭很熱！」Anil 公主鬧著彆扭撒嬌的可愛模樣，不禁使 Pin 小姐笑了出來。

「妳老是喜歡不把扣子扣好，大家都能看到那裡了……」Pilanthita 摸了摸公主的頭，溫柔地把一縷髮絲塞到粉色的耳根，並在公主的兩頰各啄了一個吻。

「我會吃醋……」

「……」

「不想讓別人看見。」

Anil 公主聞之開心地笑了起來。

「為何要吃我的醋啊？我平時都沒有出去，只會遇到家裡的人和 Prik 而已。」

「誰說的？明明三不五時就有男性和女性的賓客來訪。」Pin 小姐邊說邊迷戀地用拇指摩娑著公主的嘴唇。「昨天不是還和母親一起去逛中國城嗎？」

「誰會對我有興趣啊！」Anil 公主揚起甜甜的微笑道。

「妳怎麼知道……」Pilanthita 越來越受不了和公主針鋒相對，於是親了一口那對清楚浮現的酒窩。「妳一直吸引大家的注意……」

Pin 小姐的回答把 Anil 公主逗得哈哈大笑，公主深色的雙眼笑成了一條彎彎的弧線，看起來十分可愛，Pilanthita 覺得自己

正處在幸福的雲端，以致完全將心中的憂慮拋諸腦後，此刻的她們就是她夢想中的模樣……

Pilanthita曾幻想著……

如果真的能和Anil公主在一起生活，她希望自己可以在每個早晨幫公主梳妝打扮，可以一如既往地幫公主準備一日三餐和點心，可以在每個傍晚和公主談心，可以在睡前聽到濃烈卻浪漫甜蜜的情話，每當從惡夢驚醒時，只希望能有一個溫暖的擁抱來安撫她的心靈就足夠了……

Pilanthita所求的願望就只有這些，會不會奢望太多了呢……

前幾天姑姑答應她來松宮住一個禮拜，因為這是Anil公主的請求。

『我跟Pin小姐分隔好久了，有很多事想聊，非常謝謝姑姑允許Pin小姐暫時來松宮陪我。』

『若不會太麻煩您，姑姑沒什麼好反對的。』

Pilanthita後來才知道，公主絕不會讓自己的心願如同一陣風般轉眼即逝。

公主總是知道自己想要什麼，而且會毫不猶豫地用盡各種方法達到目標，例如她總是能善用自己的權力和地位。

這就是Anil公主的處世之道。

光靠這招就能贏過處處強調傳統習俗、循規蹈矩的Padmika夫人，可謂百戰百勝。

「今天母親大人也邀請Pin一起去大皇宮吃午餐。」Anil公主凝視著Pilanthita道。「我們一起去好嗎？」

「夫人從來沒這樣吩咐我去大皇宮……」Pilanthita的臉上難掩緊張和焦慮。「妳知道……夫人有什麼重要的事要跟我說嗎？」

「我不知道……」公主寵溺地摟住Pin小姐的蠻腰，將其拉近自己的懷抱中。「我只知道母親大人覺得妳很可愛。」

「……」

「她一直說想收妳為養女，我已經太常聽到這句話，都能一字不漏地背出來了！」

「……」

「其實我非常謝謝母親大人沒有真的把Pin收為養女。」

「……」

「否則現在就不會有這麼可愛的媳婦了。」

「Anil！」

媳婦？Pin小姐怎麼敢這樣稱呼！她害羞地紅了整張臉，而開啟話題者則在一旁咯咯笑個不停，惹得Pin小姐忍不住輕輕打了一下對方。

接近中午時分，Anil公主邀Pin小姐一同乘車前往大皇宮，而Pin小姐也無法拒絕，因為公主說如果她要用走的，就要一起陪她走過去，但是現在外頭艷陽高照，Pin小姐不忍心讓公主和她一起走得汗流浹背，於是只好作罷。

「妳真任性……」一關上車門，Pilanthita便嘟嚷給公主聽，但被抱怨的人則開心地望著窗外的景色。

Pilanthita忍不住想起小時候公主常躲在城門後，等著坐上Perm大哥的車和她一起去上學的日子。

那時候的小Anil和現在一模一樣，也是一直笑著不講話望

著窗外……

原來一直被她針對的陌生人，其實從來沒有改變，甚至還更加確認了自己的心意……

在 Pin 小姐神遊得更遠之前，Plai 叔已經把她們兩人載到了目的地。

Pilanthita 深吸了一口氣，今天這些不太習慣的事使她感到十分緊張，平常這個時候，她常在午餐時間和 Prik 一起製作下午茶的點心，等公主從大皇宮回來後再端去松宮。

表面上看起來是照著 Padmika 夫人的吩咐做事，實際上是為了等 Anil 公主而找點事做來殺時間……

老實說，陷入無限等待的少女，這輩子最討厭的就是等待了……

今天是星期一，因為是上班日，所以大皇宮的餐桌上只剩家裡的女性在用餐，Alisa 夫人坐在正中間的位置，左邊是大媳婦 Parvati 小姐，一旁是 Padmika 夫人，而 Anil 公主則坐在母親的右手邊。

至於 Pilanthita……

方才被 Anil 公主稱之為 Sawetawarit 家的小媳婦……

「噢我的 Pin 小姐……」Alisa 夫人的眼中盡是柔情，她朝著 Pilanthita 說道：「多吃點呦！都是 Pad 姑姑用心煮的。」

「是的，謝謝夫人。」

Pin 小姐看了一眼 Anil 公主一閃一閃的雙眼，羞澀地微微笑道，現在她才發現，公主優雅溫柔的舉止和輕柔甜美的聲音，和 Alisa 夫人完全就是同一個模子刻出來的。

「我很喜歡 Pin 小姐澎澎的臉頰，看起來就像個洋娃娃。」

Alisa 夫人揚起了一抹發自內心的微笑，並非只是在 Pin 小姐面前說說場面話。

　　兩人的一舉一動 Padmika 夫人都看得一清二楚⋯⋯然而 Anil 公主深色的眼珠卻從另一個角度觀察著 Padmika 夫人。

　　午餐時間過得比 Pilanthita 原先所擔心的還順利很多，因為 Alisa 夫人表現得十分客氣且親切。

　　但奇怪的是，午飯過後，Alisa 夫人悄悄地叫 Pin 小姐和 Anil 公主跟著她去她的衣帽間，一路上偷偷摸摸地不讓大媳婦和 Padmika 夫人發現。

　　Alisa 夫人的衣帽間有一扇門和臥室相連，室內相當寬敞且分類清楚，雖然早就預料到空間一定非常大，但實際親眼看到後，Pilanthita 覺得腦中想像的畫面簡直是太低估現實了。

　　Alisa 夫人的衣帽間本尊比她想像中更加奢華氣派好幾百倍⋯⋯

　　衣帽間的牆上環繞著大面的鏡子，唯獨一面牆壁做成了軟包牆，牆底靠著一張貴氣的金色長沙發，牆壁的背後則像是有一間隱藏式的小房間，必須輸入密碼才能看到裡面的保險箱。

　　Alisa 夫人伸手示意 Pilanthita 和 Anil 公主先坐在沙發上等，接著便消失在那間神祕的小房間，過了好一陣子才回來。

　　「終於找到了！」Alisa 夫人滿心雀躍地走向女孩們，手裡捧著一個深紅色的絨布珠寶盒，Pilanthita 看到後幾乎快無法掩飾自己的好奇心。

　　「這是一套我很喜歡的首飾。」Alisa 夫人邊說邊打開盒子。「是石榴石鑲鑽。」

　　絨毛盒蓋掀至全開的那瞬間，每一顆寶石和鑽石皆竄出了耀眼的光芒，盒子裡放著一條項鍊和一對耳環，全部各鑲著一顆巨大的石榴石和澄澈的鑽石，看起來非常精美相襯，不禁使Pin小姐看得目瞪口呆。

　　「我想送給Pin小姐。」Alisa夫人二話不說便拿起那條石榴石項鍊，將其戴到Pin小姐纖細的脖子上。

　　「夫人……」Pilanthita原先拘謹地謝絕夫人的好意，直到夫人徑直讓她坐在沙發上不動，她才乖乖地不再反抗。

　　「真可愛……」Alisa夫人心滿意足地看著鏡子裡戴著石榴石項鍊的Pilanthita。「這條項鍊果然非常適合Pin小姐！」

　　「非常謝謝夫人。」事到如今Pilanthita只好收下了，她不得不承認，夫人此刻臉上掛著的喜悅之情，證實了今天Anil公主說的話──她確實深受Alisa夫人的喜愛。

　　換言之，夫人接受她的這件事，遠比昂貴的寶石項鍊更來的有價值……

＊　＊　＊

　　「總之……我相信這件事或多或少一定跟妳有關。」兩位少女回到松宮後，Pin小姐忍不住道。「夫人不會無緣無故送我如此貴重的東西。」

　　直到鎖上房門後，Pilanthita再也無法隱忍心中的疑惑。

　　「妳跟夫人說了什麼？」她小心翼翼地抱著Anil公主。「請告訴我吧。」

　　「相信我……」Anil公主深深地吻了她一遍，隨後輕柔地

道：「母親大人只是很疼愛妳。」

「但妳一定說了什麼。」Pilanthita驕縱地將臉埋進公主的胸口撒嬌道。「雖然夫人很疼愛我，但為何今天看起來特別熱情？」

「我只是跟母親說⋯⋯」Anil公主深情款款地撫摸著Pin小姐的頭。

「最近妳的生日快到了。」

「⋯⋯」

「我發誓我沒有跟母親說要送妳任何禮物。」

Pilanthita整個人呆若木雞⋯⋯

因為公主給的答案，遠比想像中的更微不足道。

Pilanthita並沒有期望Alisa夫人如此寵愛她。

「妳記得我的生日？」

其實Pin小姐知道，Anil公主比她更清楚記得自己的生日是幾月幾號，她只不過是想換個話題聊聊天罷了。

「當然。」美麗的臉龐閃耀著燦爛的微笑。「說是我唯一記得的事也不為過。」

「⋯⋯」

Pilanthita無法反駁，因為過去的這五年以來，每到她生日時，Anil公主總是會想盡辦法準時打跨洋電話來祝她生日快樂。

公主如此認真看待屬於Pin小姐的日子，以致她不好意思地問⋯⋯

「今年我的生日⋯⋯」Pilanthita的食指摩娑著公主細嫩的雙頰，心中滿懷期待。「妳願意早起和我一起去布施嗎？」

「Pin⋯⋯」

聽到 Anil 公主遲疑的聲音，Pilanthita 的心瞬間像是墜到了地上。

「可以改成明天嗎……」

「……」

Anil 公主的話還沒說完，Pilanthita 的淚水卻突然潰堤了……

「如果等到妳生日那天恐怕就來不及了。」Anil 公主愧疚地擦去 Pin 小姐顴骨上的淚液。

「我下週前……」

「就必須回英國了。」

第二十六章 等我

「殿下不是說要趁放長假的時候把我教會打網球嗎？這樣我才能像別人一樣穿白色的短裙，為何突然改變心意提早回英國呀？」

Prik端正地跪坐在我的膝蓋旁，但她那副愁眉苦臉的樣子不禁令我感到十分愧疚，她不斷嘟嚷著我比她預期的還快就要回英國了。

「我別無選擇啊，Prik。」我無奈地回道。「大哥和Vati嫂嫂還沒去度蜜月，他想說既然都要送我回去了，就順便把行程都規畫好了。」

「無論再怎麼趕，殿下都應該要延到Pin小姐的生日後啊……」Prik癟著豐厚的嘴唇，眉毛皺成了一團。「Pin小姐最近一定是因為傷心欲絕而暈倒。」

Prik直言不諱的話就像一顆巨石無情地砸在我身上，我瞥了一眼門窗緊閉的客房，無力地嘆了一口氣。

Prik口中那位羸弱的病人，此刻就沉睡於那間房間裡。

Pin親耳聽見我說出確切的回國時間後，她的淚水就像滂沱的大雨不停湧了出來，整個人壟罩著一片厚厚的烏雲。Pin哭得上氣不接下氣的樣子深深刻在我的腦海裡，最近每當我不經意地出神時……這段畫面便會跳出來狠狠鞭打著我的心，使我痛苦得必須搗著胸口。

用盡全力哭乾了所有淚水後，Pin在傍晚時體力不支暈倒了。

白皙柔嫩的肌膚泛著一片片的紅暈，全身燙得像一團火球……

不吃飯，不睡覺，不跟任何人講話。

除了我以外……

我是 Pin 所有的例外……

我將 Pin 暈倒的事告訴 Padmika 姑姑，然後請西醫來松宮查看她的病情，經過一番仔細的檢查，醫生開給 Pin 一些退燒藥和許多補品。

在 Pin 吃了幾顆藥後有點昏昏欲睡之際，Pad 姑姑焦急地趕來松宮探視她。

「麻煩殿下照顧 Pin 小姐了。」Pad 姑姑擔憂地道。「不管我怎麼勸，Pin 小姐就是不願回蓮花宮，看來必須麻煩 Anil 公主了。」

「請姑姑放心，Pin 小姐吃過藥了，休息一會後應該就會好多了，讓我來照顧她吧。」

即便拖著虛弱不堪的身體，Pin 依舊擠出最後的力氣直敢地反抗姑姑。

「是我的不對……是我一直避而不談回國的日子。」我邊說邊望向一扇大片的窗戶外頭。

「我怕太早說她會一直焦慮不安，但拖到現在才說，卻又讓她錯愕地難以承受……」

「這件事本來就很難接受，殿下，Pin 小姐等您等了五年，快樂的日子還不到三個月，殿下就要離開了。」

「這次我不會回去太久，剩下大約兩年而已。」我猶豫了一下，不知這麼說是在安慰 Prik，還是在說給我自己聽的。

「但兩年的時間足以讓等待的人心痛不已了，殿下。」Prik

深褐色的眼珠直勾勾地盯著我。「生米已經煮成熟飯了……現在對於Pin小姐來說，漫長的等待恐怕比以前更加艱難。」

Prik的話再次猛烈地刺進我的胸口，使我差點把剛送進口中的熱茶吐了出來，究竟是誰，是誰……是誰教她講話這麼傷人！

「我命令妳！不准到處再這樣跟別人說！」

「在下只跟殿下說！」女孩立刻低下頭，額頭甚至撞到了膝蓋。「殿下天資聰穎，您知道我的意思，而且大人不記小人過。」

哼！真懂得如何求生。

Prik已經太機靈了……

「如果我能安排自己的命運……打從一開始我就不會離開這裡。」

「……」

「妳覺得我有很多選項嗎……」

「請原諒在下吧，是在下沒管好自己的嘴！」Prik看起來有點急了。

「如果妳幫我煮粥給Pin吃，我就不跟妳計較。」我長話短說，不想再跟Prik吵個沒完。

「遵命，殿下所言甚是！」

「美味的豬肉粥」，我跟Prik在日暮時分完成了這道傑作。

而Pin剛好在這時候睡醒了……

旋開客房的房門那瞬間，映入眼前的美景，是夕陽穿過了床頭旁的窗簾灑在她美麗卻蒼白的臉上，Prik端著Pin的晚餐放

到床頭邊的桌上，她憂心忡忡地看了躺在床上的病人一眼，便轉身靜悄悄地退了出去，因為她知道我想和Pin獨處……

「Pin……」

「……」

「頭會痛嗎？」

我輕輕地將手臂靠在她的額頭上，那雙淺褐色的澄澈大眼直直地望著我，但眼底卻充滿了憂鬱和悲傷，使我看了不禁揪緊心臟，彷彿墜入了深不見底的懸崖。

Pin纏綿地將我的手拉至她溫熱的臉頰上。

「只要妳在我身邊，我就好很多了。」

「我還在這裡……」我費力地將哽咽吞回喉中，因為我知道她這句話背後的意思是什麼。

「還沒有離開……」

Pilanthita聽到後立刻流下了寂靜的淚水，彷彿被觸動了傷痛的開關，我心疼地抹去她的眼淚，從沒想過我的內心也承受了前所未見的痛苦。

「吃點粥吧……等會才能吃藥，這是我親手做的，如果妳不吃我會很難過。」

「我吃……」帶著哭腔的嗓音狠狠地刺痛著我。「但我想要妳餵我……」

「好……」

「……」

「我餵妳。」

我從喉中擠出沙啞的允諾，胸口一陣一陣地顫抖著。

但我已經習慣不在別人的面前顯露自己的軟弱……

只有四下無人時才會獨自默默哭泣……

於是我強忍著悲痛移到 Pin 的身邊，她撐著虛弱的身子坐了起來，靠在床頭的大枕頭上。

我謹慎地挖了一勺粥起來吹涼，接著一點一滴地送進 Pin 的嘴中。

「小心燙喔！」我看見 Pilanthita 漲紅的臉變得有點扭曲。「慢慢吃。」

我憐惜地將她被汗水浸溼的髮絲掛至耳後根，但至少這位病人願意乖乖吃我做的粥，已經快吃個精光了，她甚至毫無怨言地把所有的藥都吞下肚，令我忍不住誇了她：

「乖孩子……」

我送給她一個甜美的微笑當作獎賞，而她也跟著笑了起來。

「我想當妳的乖小孩……」Pin 輕聲說道，同時低頭看著十指緊扣放在大腿上的雙手，兩隻大拇指不停上下交疊的樣子，代表她又在胡思亂想了。

「我……」

「……」

「不是故意要讓妳擔心的。」

我緊緊握住 Pin 纖細的手，如果悲傷能透過身體接觸傳給其他人，我願意獨自承擔 Pilanthita 所有的痛苦和惆悵……

「別這麼想好嗎？」我依依不捨地在 Pilanthita 圓潤的額頭上落下一個吻。「我知道妳很努力了……」

Pilanthita 的眼淚再度滾了下來，她緩緩地向前抱住我，彷彿輕輕一碰，我就會在她手裡化成塵埃。

默默地抱著我過了許久後，直到我的肩膀完全被浸溼了，

Pin才沙啞地道：

「妳吃過晚飯了嗎……」

聽到病人氣若游絲地關心著健康的人，我拚命忍住不讓自己的眼淚流下。

「我吃剩下的粥就飽了……」我盡可能揚起一抹大大的微笑。「剛剛也吃了一點點心。」

「那換我來餵妳好嗎？」Pin支支吾吾地道，再加上一直低著頭，我幾乎無法清楚聽見她在說什麼。

「怎麼能讓病人餵呢……被人知道了會很不好意思的。」我不禁笑了出來，寵溺地看著Pin……

「不要跟別人說就好了啊……」剛從我懷中抬起頭來的那張臉委屈地撒嬌道。「難道妳想違背病人的心願？」

「不是這樣的……」我含情脈脈地勾著Pin的手指，將其放到我的嘴唇上磨蹭。

「我從來不想違背妳的心願。」

＊＊＊

「Anil整理好所有的行李了嗎？」

這是我和Pin留在松宮的最後一晚，也是她康復後搬來和我一起睡的第三天。

「都整理好了。」

「把到那邊的機場後要穿的大外套拿出來了嗎？那裡的溫度根這裡一定差很多。」

「拿出來了。」我莞爾一笑走到Pin身後，雙手穿過她的細

腰緊緊抱住纖瘦的身子，一心想討她開心。「不需要擔心呦！」

「怎麼能不擔心？」少女漫不經心地搓了搓我的手臂。「愛之深憂之切……」

聞之，我加大了懷抱的力道，希望此刻我們兩人能合為一體。

「但我比較愛妳。」Pin聽到我的反駁，嘴角揚起了疼愛的微笑。

「就不能讓我更愛妳一次嗎？」

「我只是順妳的話接下去而已。」

Pin笑逐顏開，轉身在我的雙頰上啄吻了好多下，彷彿我還是個小孩子，她揉弄著我的雙唇，最後用不甘願的語氣道：

「睡覺吧，明天妳得早起。」

「好。」我乖乖地答應了。

「今天可以不關檯燈嗎……？」看到我一如往常地伸手要去關床頭的檯燈，Pilanthita突然問道。

「今晚我想清楚看著妳的臉。」

「好。」

語畢，我躺回了床上，而Pin則照樣縮進我身邊，和我共枕一顆枕頭。

Pilanthita清澈的褐色眼珠盯著我不放，標緻的臉蛋映著檯燈散發出來的暖黃光，同時泛著一股令人難以忽視的憂愁，她愣愣地撫摸著我的臉，纖細的手指畫過每一個部位，額頭、太陽穴、眼睛、鼻子、臉頰……最後徘徊在我的唇周。

Pilanthita漸漸迎向我，將我擁入她嬌小的身軀中，我不由自主地微笑著，想到抱著我的這個害羞的女孩從來沒主動跟我

說過一句情話。

「笑什麼呀……？」

Pin問道，但又沒有想聽我回答的意思，因為她正一點一滴地舔舐著我的雙唇，就像一隻肚子餓的貓在喝碗裡的奶。

小貓咪的小舌頭調皮地品嘗了我的下巴、耳垂和脖子，我的心在她每一口挑逗的瞬間紊亂地跳動著，我忍不住撫摸她的後腦杓，另一隻手將她白色的睡裙撩至腰部上方，陶醉地拂過每一寸細嫩溫熱的肌膚。

在我感到礙事地想解開她的內衣的那一秒，Pin的牙齒用力地咬住了我的下嘴唇，示意我停住不安分的手。

「今天換成妳不准動，乖乖聽我的話。」

Pin乾癟的聲音聽起來很任性，她解開了我的衣扣，退去了我身上的所有布料，將我再度擁入她的懷中，然而雖然她身上的衣服仍完好如初，一件也沒有少，但隱約透出的肌膚卻顯得格外撩人。

Pilanthita審視著一絲不掛的我，從頭頂直至腳底，那道眼神使我全身羞赧得發燙，不由得緊抿著嘴唇。

「Anil的身體有如一尊玉石像美麗動人……」Pilanthita的指尖劃過我的乳溝，然後往下摸至我的小腹。「請妳記住……」

「……」

「這顆美玉的主人……是我。」

在我徹底淪陷之前……Pilanthita俯首嬌媚地舔吻著我的肌膚，跟我之前捉弄她的樣子一模一樣，但她像一隻跌跌撞撞的小貓，天真無邪的模樣反而使我的心跳變得更加劇烈。

我無法預料下一秒溫熱的舌頭會覆蓋住哪個部位，只知道

現在她正開心地享用著我的身體，每當感受到炙熱的觸感時，我都會無意識地屏住呼吸。

Pilanthita眼神散發出充滿欲望的樣子，當她小小的嘴唇吸允著我的乳首時，赤裸的我便會不自覺地顫抖。我的雙手緊緊環扣住上方的人的背，情不自禁地呻吟出她的名字。

「Pin……」

Pin沒有回覆我，她撐著我的胸部落下無數個吻，接著像是個小女孩拿到了喜愛的玩具般又揉又捏地玩弄著，我出神地拱起後背接受她的雙唇，忍不住也伸手抓了她的雙峰。

Pin咬緊下唇的樣子激起了我內心最深處的欲望。

尤其她現在出奇不意地揉蹭著我下方早已溼透的私密處……當她溫熱的手不停地摳弄敏感的點，以致滲出了滑膩的液體，我全身猛烈地抖了好大一下……幸福的感覺在我體內流竄，使我不禁拱起臀部感受溼滑的觸感。

Pilanthita的手指不太順手地探進隙縫中，使我忍不住攢緊了床單，令人感到酥麻的節奏時而緩慢，時而緊湊，我努力地克制著，過不久，炙熱的身體被推向了前所未有的高潮。

Pin在上方抱著顫抖的我，臉上喜形於色，她不停在我耳畔輕輕柔柔地向我告白，最後再舔吮著我的雙唇。

「我已經在妳的全身上下都做上記號了……」

「……」

「回去英國妳就不能和其他人亂來了。」Pilanthita邊說邊寵溺地摸了摸我的鼻尖。

「妳這是在亂指控我……」語畢，我翻了一個身將其壓制在身下。「除了妳之外，我沒有其他人了……」

「⋯⋯」

「但我和妳的理由一樣。」我迅速地將她身上的衣物全部扒光。

「這次換我在妳的全身做下記號可以嗎？」

*　*　*

我一整晚都半夢半醒的，最後我決定在天還未明時躡手躡腳地爬起來坐在床邊，此時我仍睡眼惺忪，但我盡可能地放低音量，因為我怕會吵醒身邊這位低聲哭泣一整晚，好不容易才入睡的女孩。

然而在我移動身體的那瞬間，還是被 Pilanthita 發現了。

「Anil⋯⋯怎麼天還沒亮就醒了？再睡一下吧。」

身體熱熱的她坐起身，從背後緊緊環抱住我，赤裸的身體緊靠著我同樣袒露的後背，使我的胸口感到一陣溫暖。

「我睡不太著⋯⋯所以想起來去洗個臉。」我溫柔地摸了摸她的手臂。

「可以不要去嗎？」

「⋯⋯」

「我⋯⋯」Pilanthita 更用力地抱住我的腰。「不想讓妳去任何地方⋯⋯」

Pin 好不容易說出埋在心底的話後，我便感受到後背冒出了一股溼熱的感覺。

Pilanthita 已經數不清哭了第幾次了⋯⋯

「Pin⋯⋯」

「……」

「我很快就回來了……」我擔心地轉過身回給她一個擁抱。「我發誓……」

「我怕……」Pilanthita 惆悵地撫摸著昨晚她在我胸口印下的紅色記號。「在那裡有人會取代我的位置嗎……？」

「……」

「妳那麼有魅力。」

「……」

「妳會記得妳已經把自己獻給我了嗎？」

「當然記得……」說完，我忍不住把臉埋進她白皙纖細的鎖骨。「我這輩子……」

「……」

「除了妳，眼裡沒有其他人。」

我邊說邊緩緩地在 Pin 瘦弱的肩頭落下一個吻，滑嫩的肌膚帶來的溫潤觸感，以及滾落下來的淚液，使我想再用最溫柔的情話安撫她的心。

但這次聽到後，Pilanthita 很明顯有了不同的反應。

交織著淚水的吻……

痛哭而顫抖的身體……

抽抽噎噎的悲鳴……

充滿了珍惜和渴求的愛撫，彷彿十分害怕我會在她面前消失得無影無蹤。

Pin 的每個動作我都深深記在腦海中，我彎著身子緊緊地抱著她，一邊感受到她正漫步在幸福的雲端，我輕撫著她烏黑亮麗的秀髮，並在被淚水浸溼的眼皮上落下一個安撫之吻。

「我很快就回來了……」

我簡短地在 Pilanthita 的耳畔低聲道。

但我將其視為至死不渝的誓言。

「請等我……」

番外一　風車

（一）

那天下午……我愣愣地望著高聳的煙囪飄散出一團一團的灰煙，同時獨自默默地掉下眼淚，在人來人往的一大群陌生人中，姑姑一直守候在我身邊，給予我溫暖的擁抱……

我知道我並非獨自面對茫然的未來，因為失去父親和母親後，父親年紀最小的妹妹Padmika姑姑，毫不遲疑地自願承擔起撫養我的角色。

然而突然喪失生命中最重要的人，那股空虛的感覺任誰也無法填滿。

第一天踏進Sawetawarit家時，我一直感到非常格格不入，無論沙德殿下表示有多麼歡迎我的到來，我依舊覺得自己是寄人籬下。

姑姑為我準備了一間十分寬敞且布置得很漂亮的房間，並安排讓我就讀一間知名的貴族高中，除了對我充滿了關愛和善心外，姑姑還教我身為一位優雅的淑女該遵守的禮節，姑姑盡力給我許多資源，而我也欣然接受了這一切……

然而，我的心中仍有一塊無法彌補的空洞。

直到有一天遇到了我從來沒有見過面的「小姑姑」。

……Anilaphat Sawetawarit公主。

也就是沙德的小女兒，聽說備受她父親的寵愛。我不禁感到有點奇怪，因為大部分的長輩應該都是比較偏愛兒子。

直到有一天在蓮花宮旁的涼亭親自遇見她，我便立刻明白

為什麼了。

因為這位小公主的樣貌猶如天神造的雕像般完美無瑕，她的身型比大部分的小孩還要大一些，光潔水靈的肌膚吹彈可破，就像一尊精雕細刻晶瑩剔透的玉石像，美麗的臉龐點綴著彎彎的眉毛，細長的深色眼眸散發著一閃一閃的亮光，鼻子俏麗而精緻，淺淺的唇色和唇周完美的弧度就像畫筆勾勒而成的。

這位漂亮的女孩正在和大皇宮的僕人 Prik 開開心心地摺紙。

我的直覺立刻告訴我，那個女孩就是 Anil 公主……我的小姑姑。

「妳好，我叫 Anil，妳叫什麼名字？」

清澈的嗓音突然在看到我的那瞬間傳了過來，公主發現我站在旁邊觀察好一陣子了。

「在下叫 Pilanthita。」我低聲應和道，話中一點自信也沒有。「小名叫做 Pin。」

「喔～」纖長的深色眼眸張得好大，像是覺得我的回答非常有趣的樣子。「就是那位和 Pad 姑姑一起住在蓮花宮的 Pin 小姐啊？」

「是的殿下。」

「我可以稱呼妳 Pin 小姐嗎？」

Anil 公主揚起了燦爛的微笑，同時在雙頰上擠出一副甜甜的酒窩，看起來十分可愛。

「……當然可以，可以隨便稱呼我。」我低頭尷尬地盯著自己的雙腳。

「Pin 小姐幾歲了？」

「十三歲。」

「我十二⋯⋯」秀氣的臉蛋看起來暗了一階。「我可以不要叫妳姊姊嗎？因為我們只差一歲而已。」

她可愛的模樣不禁使我笑了出聲。

「想怎麼稱呼都可以。」

「那我還是叫妳 Pin 小姐就好。」嬌小的臉蛋又迸出了一道燦爛的微笑，彷彿我的世界忽然升起了第二顆太陽。「因為比起當妹妹，我比較想當妳的朋友。」

其實公主還沒意識到⋯⋯不僅僅是妹妹，她甚至是我的小姑姑⋯⋯

「Pin 小姐認識 Prik 嗎？」公主張手指著皮膚黝黑、頭髮捲翹，且正掛著大大的微笑的女孩，對方看似很期待我的回答。「Pin，這位是 Prik 小姐，Prik 小姐，這位是 Pin。」

「呃⋯⋯」

我呆呆地愣在原地，但 Prik 則翻了一個白眼，像是早就料到主人會做什麼了，最後忍不住道：

「叮！答錯了！」

「抱歉抱歉，再來一次！」小公主的嘴角往上提得更高了。「Prik，這位是 Pin 小姐，Pin 小姐，這位是 Prik。」

「妳好呀 Prik！」

我趕緊向 Prik 打招呼，深怕公主又會突然開什麼玩笑。

「不行啦這樣不行，Pin 小姐先問候我的話，蝨子[11]肯定會把我的頭啃光啦！」

「如果妳怕蝨子會把頭啃掉的話。」

---

11 在泰文中意旨行為踰矩，對主人或位階較高者不敬。

小公主用食指敲了敲自己的耳廓，臉色變得相當嚴肅，像是在用力思索的樣子。

「妳就該學學每天洗頭了，知道嗎？」

一聽到這句話，我忍不住抿著雙唇拚命憋笑，然而 Prik 則苦惱地用雙手搔了搔頭，把頭髮都抓得亂七八糟的。

奇怪的是，我心中的那塊空洞⋯⋯

彷彿正在被一片一片地補了起來⋯⋯

雖然範圍非常非常小⋯⋯

但這件事讓我明白⋯⋯

我的小姑姑是個多麼風趣的人。

（二）

「Pin 小姐～」

我的耳邊傳來了小公主悅耳的聲音，她正忙著和 Prik 一起把鮮豔的色紙摺成紙風車。

「是的殿下。」

我邊回答邊趕緊把金黃蓮花塔[12]端至 Anil 公主面前，但殿下似乎對我手中的點心一點興趣也沒有，然而 Prik 卻與之相反⋯⋯這個孩子雙眼發亮地看著金黃蓮花塔，嚥了一口口水後像是見到獵物般舐了唇周一圈。

「Pin 小姐覺得哪個顏色的風車最好看？」

「嗯⋯⋯橘色的。」

我認真地思考了一番後回道，因為 Prik 做的粉色風車不但

12　กระทงทอง (Krathong Tong)，將蓮花形狀的模具沾取由小麥粉、在來米粉、糖、鹽等食材混合而成的麵糊，放入油鍋中炸至金黃酥脆，再填入雞肉、豬肉或鮮蝦和三色豆翻炒而成的內餡。

折得歪七扭八，中央還有明顯的污漬，至於公主做的藍色風車簡直跟一朵向日葵一樣大。

只有公主現在手上在裝飾的橘色風車看起來還不錯。

「公主殿下。」Prik吞了好大一口唾液。「要不先把手中的風車放下，我們來吃金黃蓮花塔好嗎？」

「妳餓了嗎？」深色的眼眸依舊綻放著清晰耀眼的光芒。「那妳先吃吧。」

「這樣好嗎，殿下？」

Prik轉頭看到我犀利的眼神，我甚至還沒開口，她馬上就知道意思了。

「總之，必須先讓殿下吃。」

Prik的聲音極為微弱。

「好啦好啦。」Anil公主笑道。「這是Pad姑姑做的嗎，Pin小姐？」

「是我自己做的。」我害羞地低下頭。「Koi姨教我做的。」

「是喔？」Anil公主微微笑道。「那我會多吃一點的。」

「若不合您的胃口，我先向您致歉。」

「Pin小姐也一起吃吧。」

Anil公主張開手叫我過去坐在她旁邊，第一次面對有人如此熱情，使我尷尬地愣在原地，不知該如何是好。

「若Pin小姐一起吃的話，這些金黃蓮花塔一定會更好吃。」

一聽到這句話，我忍不住露出了笑容。以前我就聽說Sawetawarit家的小公主即便很愛調皮搗蛋，但卻十分熱情親切且能說善道，對待所有人都是和顏悅色，就連對自己的僕人也不例外。

「殿下都這麼說了，我也不敢拒絕。」

我在 Anil 公主對面的位置坐了下來，這時我才發現殿下不只是出於禮貌才提出一起吃的邀請，她甚至好客地夾了好多塊金黃蓮花塔給我和 Prik。

我靜靜地吃著自己做的點心，嘴角一直維持在上揚的弧度，反觀一旁的 Prik 則是瘋狂地狼吞虎嚥，使我忍不住在公主面前出手制止她。

「慢慢吃啊，Prik。」Anil 公主發現我的動作後，連忙開口叫對方吃慢點，彷彿像是在對我示好的樣子。「小心噎著了。」

「是的，殿下。」

Prik 滿嘴都是食物仍硬要回答，話都說不清了。

吃完點心後，Anil 公主又把注意力放回了那個橘色的紙風車上，過沒多久，殿下便把風車做好了。她自信滿滿地笑了一下，接著用力地對風車吹氣，使其順著氣流開始轉動。

當公主看見橘色的紙風車順利地快速旋轉後，她便將風車遞給了我。

「送妳！」

「嗯……給我的嗎？」

「對！」

Anil 公主把臉湊到我面前，在如此近的距離下，我發現她的臉龐顯得更為標緻了，尤其是那雙一閃一閃的眼睛，猶如浩瀚宇宙中的漫天星辰。

「但我不會玩紙風車……」我任性地道。

「不玩的話，收著也好呀～」Anil 公主散發一抹甜美的微笑。「只要妳收著，我就很開心了。」

「⋯⋯」

「如果妳收下我的紙風車，就當作妳願意和我做朋友了。」

Anil公主高舉著風車，使我不得不跟著抬頭向上望⋯⋯

由亮橘色的色紙製成的紙風車轉動時就像一朵太陽花，映襯著晴空萬里的藍天，簡單的線條和配色，看起來就像一幅畫家心情好時隨筆勾勒出的畫作。

「非常謝謝您，殿下。」

我收下了那個紙風車，心中百感交集。

「如果我請妳幫我一個忙⋯⋯」

「⋯⋯」

「妳願意嗎？」

Anil公主的眼睛眨呀眨的，耀眼的光線隨之鑽了出來，令我絲毫不敢提出任何異議。

「如果我做得到⋯⋯我就答應您。」

我抬頭望著眼前這位笑容滿面的女孩，眼神盡是柔情。

「太好了！」Anil公主的嘴角向上抬得更高了。

「什麼很好？」

「好在我相信妳一定做得到，因為我只想請妳單獨和我相處的時候不要說皇室敬語。」

「什麼意思⋯⋯我不懂。」

「我想要我們像朋友一樣講話，不需要說繁雜的敬語。」

公主提到了「朋友」這個詞。

而我從來沒有這種東西。

「為什麼呀⋯⋯？」

「因為好朋友之間不會說皇室敬語呀⋯⋯」

「⋯⋯」

「而且妳現在已經是我的好朋友了⋯⋯」

（三）

「為什麼妳老是喜歡到處調皮搗蛋啊？」看到 Anil 白皙的膝蓋上擦出了鮮紅的傷口後，我忍不住碎念了她幾句。「我已經說過好多次了，不要爬樹！」

「上次妳說不准爬阿勃勒，我有乖乖聽話呀。」

「我是指所有的大樹啊！又不是只不准妳爬阿勃勒。」Anil 公主鬼靈精怪的回答令我感到有些惱怒。「別無理取鬧地說這次從欖仁樹上摔下來不算做錯事。」

「是嗎？」Anil 笑道。「我又不是故意的，不要生氣嘛～」

「⋯⋯」

「拜託⋯⋯」

看到 Anil 深色的眼眸閃爍著撒嬌的光芒時，我冷酷的表情貌似不經意地揚起了一抹微笑，更別提到嬌滴滴的臉頰上，那對我最喜歡的酒窩，簡直令人無法招架。

無論如何，我總是會敗給 Anil⋯⋯

「不氣就不氣嘛。」我只好裝作認真為她處理膝蓋的傷口，彷彿自己是一位手到病除的醫生，藉此來躲避身高比我高一截的人的雙眼。「如果下次妳再從樹上摔下來，我保證我絕對不會管妳。」

「意思是就算我很痛。」Anil 露出促狹的笑容。「妳也會連一眼都不看我是嗎？」

「對！」

我知道自己的聲音和語調聽起來非常嚴肅，但我依舊低著

頭，因為我必須閃躲某人笑得十分得意的眼神。

「但 Anil 知道。」每當向人撒嬌時，她總是愛用自己的名字來當人稱代名詞。「Pin 小姐一定不會那麼狠心。」

「走著瞧！」我自負地抬起下巴，向眼前這位固執的女孩發下戰帖。「看看妳是否能真的能贏過我⋯⋯」

（四）

這件事說起來有點讓人抬不起顏面，因為在我嚴屬地制止 Anil 公主不准爬樹後，她依舊「我行我素」，還是能看見她的身影穿梭在大大小小的樹上。只要聽到沙德殿下特別喜歡某棵樹，Anil 公主就會一直跑去那棵樹附近玩耍。

Anil 公主繼續調皮搗蛋，老實說我一點也不意外。

但反而我恐嚇說不再在乎她，這件事是我出爾反爾了⋯⋯

⋯⋯因為只要她從大樹上摔下來，搞得身上到處都是傷口和瘀青時，我真的無法視而不見。

「妳這次真的傷得很重。」我蹙緊雙眉。「血都流出來了。」

我忍不住嘟囔道，這天 Anil 爬到蓮花宮旁一顆盛開的紫薇樹上，不小心又摔了下來。

「因為紫薇花很漂亮。」公主揚起一抹可愛的微笑。「所以我想上去摘一串花送給妳。」

「為何要送我禮物？」

Anil 把臉湊近我，然後用清澈明亮的聲音道：

「需要理由嗎？」

「⋯⋯對。」

「Anil 只是覺得 Pin 小姐很適合粉紫色的花。」深色的眼眸散

發著動人的光芒。「Pin 小姐不喜歡花嗎？我看妳下午才說想要把一些還沒全開的紫薇花插進花瓶裡。」

Anil 天真無邪的話令我不禁揚起了眉毛，一邊望向她手中那一串掛滿了紫粉色和白色的紫薇花。

「如果這些花讓妳受傷了，我也無法喜歡。」

這是我第一次沒有多想便把心中的話說出來，回過神時，Anil 美麗的臉蛋變得紅彤彤的，而我的臉也不知為何開始發燙。

「總之，希望妳喜歡這束紫薇花。」Anil 溫柔地含笑著道。「我都已經受傷了，妳就不能喜歡一下嗎……？」

「……」

「我只是想看到妳笑。」

不知怎的，一聽到 Anil 的請求，我的內心突然流過一股暖流，就像火山爆發後的岩漿，瞬間掩蓋了乾枯的大地。

如果不把姑姑算在內…… Anil 是第一位對我這麼好的人。

「既然這樣，這束紫薇花就當作例外吧……」我微微露出了笑容。「我會把它插在臥室的花瓶裡，從早到晚一直欣賞它。」

Anil 聞之甜甜地對我笑了一下，但下一句卻讓她差點來不及闔嘴。

「但是……」

「嗯？」

「下次妳絕對不能再爬樹摘花給我了！」

「……為什麼？」

這個孩子一頭霧水地歪著脖子，使我不得不說出下一句。

「因為我不想再讓妳受傷了……」

「我很擔心。」

番外二 幼小的心靈……受委屈了

（一）

今日下午的天氣十分悶熱，但我和Koi姨還是決定在蓮花宮的陽臺刻芒果梅，為了做芒果梅甜湯給姑姑。愣愣地刻了好多顆後，回過神我才發現，原來自己一直在引頸期盼著某個人，因為平常這時候我常遇見某人和「她的同夥們」晃來蓮花宮的池邊溜達，有時她們只是碰巧經過，有時則是特地繞過來。

但今天卻連一點影子也沒看見……

「今天聽說Dararai夫人來大皇宮拜訪Alisa夫人。」Koi姨突然毫無征兆地道。「夫人帶著她的小女兒一起來，名字叫Euangfah小姐。」

「是喔？」我不以為意地道，因為我沒有想介入大皇宮一家人的事。「為何Koi姨突然提到這件事？」

「因為我看您一直在等Anil公主呀。」

「我有那麼明顯嗎？」我揚起眉頭，對自己的舉動感到疑惑。

「對呀，Pin小姐。」Koi姨慈愛地笑了一下。「您的脖子伸得好長好長呀。」

我的臉突然變得滾燙，連忙抿著雙唇東張西望，因為不敢直視著Koi姨。

「話說，Anil公主也得迎接親戚們嗎？所以今天才不像平常跑來蓮花宮玩。」

我的好奇心在一番掙扎後終於戰勝了沉默，於是我忍不住

262

問了 Koi 姨。

「對呀，Pin 小姐。」Koi 姨一邊回答，一邊手起刀落，熟練地刻著手中的芒果梅。「Euangfah 小姐是和 Anil 公主關係很好的表姊，而 Dararai 夫人也很疼愛她的外甥女，每次來都說想見到殿下。」

「看來大家都很喜歡 Anil 公主呢，Koi 姨。」

一想到我的小姑姑臉上那抹如同豔陽般燦爛的笑靨，我便不自覺地露出微笑。

「是呀，Anil 公主活潑開朗，每個人看到都喜歡她。」

我笑了一下，接著繼續埋首認真地刻芒果梅。

「Euangfah 小姐……已經長成一名少女了嗎？」

彼此沉默了好一會後，我突然問起 Koi 姨。

「已經是名亭亭玉立的少女了，她長得很漂亮，尤其穿著蘭納的服飾時，看起來更加清新脫俗，白皙的皮膚吹彈可破，臉蛋甜美可愛，而且舉止非常端莊優雅。」

我心不在焉地點了點頭。

「Pin 小姐也非常漂亮可愛，言行舉止完全不輸給 Euangfah 小姐。」

「是嗎？」

我高高地抬起眉頭，Koi 姨應該只是怕我感到委屈才趕緊這麼說罷了。

「是呀！」Koi 姨像是怕我不相信她的話般連忙點頭。

「Euangfah 小姐和 Anil 公主誰比較漂亮呀？」

「唉呦……和 Anil 公主比的話太難了，各有各的美。Anil 公主美得像一尊雕像，身材高䠷纖瘦，皮膚光滑細嫩，臉蛋像是

一幅畫，只是有點調皮而已。」

「Koi姨口中的兩位美人好像走去那裡了。」

我說不小心看到她們是騙人的，因為我的視線一直停留在Anil經常走來蓮花宮的那條路上。

於是便看見了Koi姨讚不絕口的那位少女，正肩並肩地和Anil公主走在一起，互動看起來十分親密，就像親姊妹一樣。

使我看得目瞪口呆……

因為眼前的畫面，就像大藝術家筆下的名畫一樣美不勝收。

雖然漂亮……但卻令我感到非常反感。

Euangfah小姐的身材苗條纖細，即便今天沒有像Koi姨盛讚的打扮成蘭納少女的樣子，但穿著現代長裙的她仍顯得風姿綽約。我遠遠的就看見她一路上和Anil有說有笑，不禁使我皺緊了眉頭。

呿！

幹嘛對Anil笑啊！

（二）

「Pin小姐、Koi姨，在刻芒果梅啊？」Anil走到蓮花宮的陽臺時，神色開朗地問道。「可以讓我和Euangfah姊姊嘗嘗嗎？」

我先了一眼Anil，再看了一眼她身旁的少女，越是近距離看，就越能感受到Euangfah小姐比我想像中更加美麗動人，嬌小的臉蛋十分精緻，淺褐色的大眼清澈明亮，豐潤的淺粉色雙唇和高挺的鼻子非常相襯。

「有玫瑰花餃[13]可以先吃，殿下。」Koi姨急急忙忙地道。「在下趕緊去端來，稍等一下。」

「不用那麼急，Koi姨。」我冷冷地打岔道，連自己都能感受到有股寒意從我口中竄了出來。「小心等一下摔得頭破血流。」

「是的，Pin小姐。」

Koi姨不忘轉頭來應了一聲，隨即三步併成兩步跑回大皇宮的廚房裡。

「我來介紹Euangfah姊姊給妳認識一下，Pin小姐。」

Anil湊近我，眼神中充滿了嬌滴滴的神情，但不知怎的，現在的我不像以往那般覺得Anil好可愛。

「好……」我簡短的回道。

「這位是Ueang姊姊，或稱Euangfah小姐，她是母親大人的外甥女。」Anil張開手指向Euangfah小姐。「至於這位是Pilanthita小姐，也就是Pad姑姑的姪女。」

「您好～」

Euangfah小姐不僅臉蛋甜美，聲音更是甜上好幾倍。

「您好，Euangfah小姐。」

我雙手合十向她行了一個禮，心想對方的年紀一定比我們大不少，因為她的身形已經是一名發育完全的少女了，不像我和Anil還介於女孩和少女之間。

「我帶姊姊來這裡，是因為我一直向她稱讚蓮花宮的點心非常合我的胃。」

---

13 ซ่อม่วง (Chor Muang)，外形成花形的皇室點心，蒸餃的餡料可鹹可甜，例如雞肉、豬肉末、魚蝦等等，和香菜、大蒜、辣椒拌炒，外部的麵糊塗有蝶豆花（藍紫色）、墨紅玫瑰（紅色）或香蘭葉（綠色）等顏色。

Anil 滔滔不絕地說著，然而我的耳朵竟容不下她說的每個字。

「是喔⋯⋯」我的聲音聽起來非常冷漠。

「是呀！」身形瘦高的女孩依舊笑得天真爛漫。

「是真的，Pin 小姐，妹妹一直稱讚蓮花宮的點心很好吃。」

「沒錯沒錯！」

Prik 堅定地附和道，我突然嚇了一跳，為什麼剛才都沒有發現 Prik 在旁邊？

「好吃的話就多吃一點吧，殿下。」

「⋯⋯」

「可惜我做的不多。」看見那張笑得令人厭煩的嘴臉，我立刻補充道。「不知道殿下會來⋯⋯更不知道還跟著一位賓客。」

「但我本來就每天都會來蓮花宮呀。」

「那您今天跑去哪了？」我用同樣的態度回道。

「我帶 Ueang 姊姊在皇城裡四處逛逛。」

Anil 公主眉開眼笑，但她卻不知道這樣做反而讓我的心情變得很差。恰巧此時 Koi 姨端著玫瑰花餃回來了，Prik 一個箭步衝上前幫忙，一邊伸出舌頭舔了唇周一圈，使我不得不向她狠狠使了一個眼神。

「對不起⋯⋯」Prik 縮著脖子尷尬地笑了笑。「我看了實在是忍不住。」

「看起來這麼好吃，我也想現在就大快朵頤呀，Pin 小姐。」

「對呀！」Euangfah 小姐邊說邊向 Anil 露出一抹甜膩的微笑。「這是 Pin 小姐自己做的嗎？」

「我和 Koi 姨一起做的。」我自豪地抬起下巴。「Euangfah 小

姐多吃點呦。」

「好～」

Euangfah 小姐甜甜的聲音彷彿有股催眠的魔力，要不是因為眼前的畫面實在是令人看不順眼，否則連我都差點掉進一片恍惚中。

Euangfah 小姐用小叉子將一顆玫瑰花餃切成四份，接著叉起其中一塊輕輕地吹涼，然後送到 Anil 的嘴邊。她的動作極為緩慢優雅，連我的眼球也被深深吸了過去。

「很燙呦，Anil 妹妹……慢慢吃呦！」

（三）

Euangfah 小姐和 Anil 回去大皇宮好一陣子了，但我的心情仍盪到谷底，整個人悶悶不樂的，這種感覺就像一個大熱天，天空積了厚厚的一層雲但仍遲遲不下雨，空氣中充滿了又悶又熱的溼氣。

幸好我已經回到臥室獨處了。

但不幸的是，我不知道該如何解決自己現在的負面情緒。

我找不到答案，為何今天看到 Anil 在享用我做的點心時，明明她吃得津津有味，我卻完全開心不起來。

更令我感到煩躁的是，Anil 對著 Euangfah 小姐笑咪咪的樣子，彷彿全世界只有她們兩人。

於是我只好翻出日記本，把我此刻的心情全部發洩出來，因為日記本就像我的好朋友，無論發生好事或壞事，它都會無條件地聽我傾訴。

3月12日

　我真的很不喜歡看到妳的身邊總是圍著好多人，妳對每個人都面帶微笑，而妳的微笑是如此可愛，讓我想留著自己收藏

　然而我卻做不到

　我覺得很不高興，妳一直注意著Fuangfah小姐（從清邁來的表姊），無論是帶她參觀皇城，或是邀請她來蓮花宮享用甜點

　但Anil，妳不知道嗎？蓮花宮的甜點我只做來給姑姑和妳，沒有所謂可以給「其他人」吃的

　我知道妳很可愛，但妳的可愛可以只對我一個人就好嗎？

　寫完這些後我就把日記本闔上了，因為我不知道該再做些什麼比較好。

　直到現在，我依舊不怪Anil害我變成這樣，我只怪自己沒能處理好自己的情緒。

（四）

　學校裡，一直待在Anil身邊的不是我熟識的Prik，而是一名叫做Aon Alisara的女孩，也就是駐英國大使的二女兒，她不但長得明眸皓齒，而且對面的男校有許多男生爭相搶著要追求她，人氣完全不輸大明星。

　結果……她卻一直和Anil形影不離。

　如果問我習慣了嗎……我習慣了。

　但如果問我喜歡嗎……我一點也不喜歡。

　尤其最近我更不喜歡。每天中午到食堂吃飯時，雖然都會看到Anil一如往常地被許多人包圍，但只有Aon小姐總是黏在

Anil身上。

　　Anil的那群朋友常常坐在一棵大雨樹的樹蔭下，這棵樹的樹枝向四面八方延伸，形成了一大片的陰影。每次和朋友在一起時，Anil看似幾乎都不太講話，她只是笑笑地當一位安靜的聆聽者，但看起來卻顯得鶴立雞群，就像一顆太陽星周遭圍著許多小行星。

　　而我和我的好朋友Wilaiporn常坐在室內最角落，陽光幾乎照不到的位置，我習慣坐在看得到Anil的那側，雖然我曾多次對於自己這樣的舉動感到怪異，但最後還是會照著我的心去做。

　　每次Anil發現我在偷看她時，她都會掛著開朗的微笑向我揮揮手，而我總是會變得手足無措，因為她的朋友們（包括Aon）會一齊向我投以詭異的眼神，害我只好假裝視而不見。

　　但就算我假裝忽視Anil……

　　並不代表我想讓她每天放學都和Aon一起回去。

　　有一陣子，我都會在校門口等Anil和我一起坐「老爺車」回家，結果我卻不滿地看見Anil反而邀Aon坐上她的車，這種事不只發生一次，而是好多好多次，我努力隱忍著，從每個星期一至星期五，但最後Anil依舊每天放學都和Aon一起回家……

　　即便如此，Anil每天傍晚都會來蓮花宮，好像已經變成了她的例行公事了。

　　除了今天這個假日……

　　無論我如何翹首期盼，仍然等不到她的身影，只等到Prik照樣跑來找點心吃。最後我終於忍不住問了Anil的去向，Prik說Anil去參加Aon小姐的生日宴，而且會在她家過一夜。

Prik的話使我聽了感到十分恍惚和委屈，但我的臉色依舊沒有任何變化，毫無懸念的，那晚我選擇再度找我的日記本「聊聊」。

4月30日
　　我盡力了⋯⋯但最後眼淚仍不停落下，我只能告訴自己，妳沒有「著迷於」大使的女兒Aon小姐，以致忘了我的存在，但當我知道妳沒有在週末來找我，而是去Sawadipat大宅院參加Aon小姐的生日會後，我實在是忍不住委屈跑回來房間裡哭
　　就連此刻寫下這篇日記的同時，我仍在不停地啜泣
　　Anil，妳知道嗎？我今天從下午一直苦苦地等妳等到了深夜⋯⋯
　　但直到筋疲力盡了，我仍等不到妳的身影⋯⋯
　　我真的很生氣！

　　我把日記本闔上，一遍又一遍地反問自己。
　　為何每件關於Anil的事，對我來說都非常重要？

番外三 情書

（一）

每天早上上課前，我都會看見 Anil 站在那裡……意思是綜合禮堂內的舞臺的最角落。在圍繞著 Anil 的眾人之中，我的視線卻只看得見 Anil 一人，彷彿金黃色的陽光只灑落在她燦爛的笑靨上。我的這種偏見一點也不尋常，但我從來不曾想過要去找到為何這麼想的原因……

……為何我的眼中永遠只看得見 Anil？

「Anil 公主真的很可愛對吧，Pin？」我的同班同學兼千金小姐 Wilaiporn 悄悄地貼在我耳邊向我說道，這天早上我一直躲在某個角落偷看身材高䠷的 Anil。「在家裡穿著家居服的她應該更可愛對吧？」

「就……」我有禮貌地向後退了一點，接著用連我都快聽不見自己的聲音回答，腦中浮現出昨晚二王子的歸國宴上，Anil 穿著一襲白色蓬蓬長裙的模樣。「很可愛……」

「我已經想好了，改天一定要去皇城找妳玩，說不定就能順便看到除了穿制服以外的公主。」Wilaiporn 咧嘴笑道，看起來煞是討厭。「話說，妳不舒服嗎？妳看，臉紅得跟番茄一樣。」

我趕緊用手背摸了摸我的兩頰，這時我猜發現自己的臉燙得像是發燒了，我知道我的身體很健康，不太生病，但我不知道為何會有這種發燙的症狀，同時伴隨著心跳加速。

「或許是因為天氣太熱了。快回到隊伍裡吧，Wilai，時間快到了。」

我打斷了這段沒什麼意義的對話，然後又看了一眼 Anil 站著的那個角落，沒想到那位身材高駣的女孩也同樣看著我，Anil 將手舉至與肩同高，簡單地打了個招呼，並送給我一抹擠出酒窩的甜笑，然而……我卻無意識地努起嘴巴，斜著眼瞪了回去。至於 Wilai 依舊抓著方才的話題不肯結束。

　　「妳看妳看，妳的臉超級紅的，比剛才還紅呢！」

　　「總之，我很健康，不需要多管閒事！」

（二）

　　「Pin，這是有人要送妳的信。」

　　某個準備要上英文課的下午，Wilaiporn 小心翼翼地拿著一封淺褐色的信封給我，她的動作看起來有點不太自然，我一頭霧水地看著這封不知從哪裡來的信，但並沒有要伸出手收下的意思。

　　「誰送的信呀？我可以不收嗎？」

　　「不行，這是我哥哥要送妳的，他特地請我幫忙。」

　　無奈我和她的座位連在一起，所以無法輕易躲掉和她的對話，因為就算我把注意力放在前方的黑板上，Wilai 還是會窮追不捨地直接把那封信推到我桌上。

　　「妳哥哥寫的信，為何我一定要收下？我又不認識他。」

　　「就是因為妳不認識，所以哥哥才要寫信來讓妳認識他呀！」

　　「那為何一定要認識？他又不是我的親戚。」

　　我的臉色現在看起來應該很臭，因為這位好朋友異常的舉動真的惹得我不太開心，我和她之所以會變成好朋友，就是因

為她是個性情很好的女孩，不像我寡言少語，她從來不曾介入我的生活或逼我做任何事，因此我才對她糾纏不休的舉動感到很反感。

「就算不是親戚，但是妳的好朋友的親哥哥耶！不能看在我的份上就收下嗎⋯⋯先認識看看嘛，如果不喜歡不要理他就好。」

「我說不就是不，不要再跟我提到這件事了，不然我真的會生氣！」

幸好我一說完，老師剛好進教室了，就像最後一刻救了我一命的響鐘。我用指尖把那封信從我的桌上推了出去，Wilaiporn的臉色看起來猶如期望落空般難過。

即使如此⋯⋯那封信害我一整個下午都心煩意亂，直到Perm大哥開著老爺車來載我回家，我的心情才又好了一點，因為打開車門的那瞬間，我便看到Anil公主已經笑著坐在車子裡等我了。

「今天怎麼來坐老爺車呀？不像上禮拜那樣帶著Aon小姐一起回家嗎？」

我忍不住帶著有點失落和埋怨的語氣。

「上禮拜是逼不得已的，因為來接Aon的車出了點狀況，所以才需要請Plai叔順道載她，其實我比較想和妳一起坐老爺車。」

「不需要解釋沒關係。」我對於自己仍在生Anil的氣感到意外。「反正我總是只能傻傻地等妳一整天。」

「不對喔～」小公主朝我靠了過來，臉上掛著甜甜的微笑。「今天換成我等妳很久了。」

「哼……」

我不禁對坐在旁邊的這個人努了努嘴。Perm大哥緩緩發動車子，絲毫不在意我和Anil之間的對話，回皇城的路上，我一直望著窗外發呆，因為我知道這位小公主從頭到尾不斷緊盯著我。

我敢這麼篤定，是因為我的餘光瞄到了Anil的臉。

而且不僅如此，調皮的Anil還不停用指尖摳我的手指。

然而，待在車子裡的時間一下子就過去了，彷彿學校的圍籬和Sawetawarit家的城門是連在一起的，Perm大哥一下子就把我們載到了大皇宮，但Anil卻沒有多想便擺了擺手叫Perm大哥繼續往前開。

「送我們去蓮花宮。」

Anil說完後又露出了那抹賊笑，我隨即將雙手插在胸前斜瞪著她，但內心又因能延後和她道別的時間而暗自竊喜，因為只要現在Perm大哥把她帶到蓮花宮，依照習慣她都會待到夜深了才回去。

「今天妳可以教我寫作業嗎？」

Anil的聲音嗲嗲柔柔的，臉上堆滿了笑容，使我不自覺地跟著笑了起來，忘了自己現在的劇本是在對她生氣。

「什麼科目的作業？」

「都可以。」

「……Anil！」

「哪個科目好呢……？」Anil用食指敲了敲太陽穴，臉上笑盈盈的，看起來可愛極了。「不然數學好了。」

「妳在捉弄我是吧！」

　　我邊說邊背著書包帶 Anil 走向蓮花宮的涼亭，而 Koi 姨看到小公主從老爺車下車時，立馬趕去廚房端了許多點心出來給殿下。

　　「謝謝 Koi 姨～」

　　Anil 看了一眼盤子裡的油炸鍋巴 [14] 後，乖巧可愛地向 Koi 姨道謝。

　　她總是這樣……

　　總是不分對象皆對人家散發迷人的魅力，就像淅瀝的雨珠潤溼了乾涸的大地。

　　我很喜歡……又很不喜歡 Anil 的這項特質。

　　「請問今天數學天才想讓數學傻瓜教哪一題呀？」

　　當涼亭裡只剩下我們兩人時，我將雙手抱在胸前道，但小公主一點也不怕冷漠的我，反而笑笑地從自己的書包裡掏出一本課本，接著把手掌伸到我面前，像是要求什麼東西的樣子。

　　「可以跟妳借一枝鉛筆嗎？我把它忘在學校的抽屜了。」

　　「妳在我的書包裡找吧，裡面有一個筆袋。」

　　我把厚厚的書包遞給小公主，結果她又開始調皮搗蛋了，顯然不只是想找筆袋而已。

　　「妳的書包裡有一封信耶！」

　　Anil 把那封淺褐色的信件塞到我面前，我全身頓時像是被滾燙的熱水從頭頂淋到腳底，腦中只想著一定是 Wilaiporn 趁我不注意，而且未經我的允許偷偷把信放進我的書包。

　　「對……」

14　ข้าวตังหน้าตั้ง，將曬乾的米餅放進油鍋裡炸一下，配上一碟由椰奶和豬肉末或蝦肉熬製而成的蘸醬。字面上的意思為「抬頭米餅」，有一種說法是因為怕醬汁滴下來所以要抬頭吃，另有一種說法是早期在農田玩耍的小孩肚子餓時，常常抬著頭搶著吃飯。

我回了一聲後便像個啞巴般不發一語。

「什麼信呀？」Anil的眼睛射出一道我沒見過的犀利眼神。「看起來像是情書……」

「……」

我們之間降下了一陣沉默，花了好一段時間我才又開口。

「妳說得好像很常收到情書一樣。」

「我有收到過幾次。」Anil閃動著水靈的大眼。「但不代表我很開心。」

「收到誰寫的信？」

我嚴肅地問道。聽到她樂天的回答後，我的心臟突然漏了一拍，我無法解釋為何自己現在會如此惴惴不安。

「學長、學弟和一些朋友們，還有其他學校的男生。」

「……」

「但我都讀了一遍就撕掉了，並沒有留著。」

「……」

「但妳卻把這封信當作珍寶一樣收在書包裡。」

看到Anil的臉色突然沉了一階時，我的胸口頓時心如刀割。

「我沒有收著，是有人趁我不注意塞進我的書包裡！」

「妳讀完後覺得不喜歡嗎？所以才不想留著。」

「不是……我根本連打開讀都沒興趣。」

「那我可以讀給妳聽嗎？」

「那是妳的事，反正我不覺得它有什麼重要的。」

「意思是我得到允許了嗎？」

「對……」

既然Anil想看就讓她看吧，但我不覺得那封信裡能有什麼

重點，反正每次 Anil 想要什麼，我的責任就是滿足她的要求不是嗎？

但為何我會這麼想……其實我也得不到答案。

Anil 靜靜地盯著眼前的褐色信封許久，以致我不自覺地跟著屏住了呼吸。

「我不敢看……」Anil 把信推回我面前，沮喪地看著我。「因為這是妳的私事。」

「那就把它撕了吧？」我一把抓起那封信，豪不在乎地將其撕成了碎片。「反正我也不想知道內容寫了些什麼。」

「說的也是。」

一看到 Anil 的笑臉，我就知道自己做了最正確的決定。

「我只會讀我想讀的信。」

（三）

「又有一封信了呦，Pin～」

午休時間的食堂裡，Wilaiporn 依舊沒有放棄當一位雞婆的媒人婆，她又拿來了一封用褐色信封裝著的情書。但這次我堅定地拒絕了，我收下信後直接在她的面前將其撕成四片。

看見我「無禮」的舉動後，Wilaiporn 驚愕地瞪大雙眼，我朝她豎起了一根拇指[15]，隨後揚揚得意地拾起撕碎的信紙還給她。

「天啊 Pin 小姐，真是無情。」

「如果我不這麼做，妳就會又偷偷把信塞到我的書包裡。」

我不滿地板著臉。

「吼……真的很對不起嘛。」Wilaiporn 抓著我的手臂前後晃

---

15 以前泰國的小朋友跟朋友絕交時會朝對方比大拇指，若想和好的話則會伸出小拇指。

動，就像小女孩在求媽媽給她吃零食的樣子。「是我太輕率了，我只是想成全哥哥的初戀而已。」

「我不喜歡被人逼著做不喜歡的事，不喜歡被人窮追不捨。」Wilaiporn的回答使我忍不住握緊雙拳。「而且我不喜歡認識沒有見過面的人，妳懂我的意思嗎？」

「我現在懂了，不要生氣了好嗎？我會叫哥哥別再這樣接近妳，我們和好好不好……」

「除非妳發誓不會再這樣做，否則我們不可能和好。」

我氣憤地雙手抱胸，但Wilaiporn非常內疚的表情已經讓我氣消了不少。

「我發誓……」Wilaiporn膽怯地向我伸出小拇指。「和好嘛……」

「好吧。」

我輕輕勾住對方的小拇指，但奇怪的是，這時我後方的座位區突然傳來一陣學妹的喧鬧聲，轉頭一看，我便看見在那群女孩中，有位長相甜美的女孩在眾目睽睽之下，大步走向位於長桌另一頭的Anil，並遞給她一封信，而Anil身邊正圍繞著她的好朋友們，其中也包含了Aon小姐。

雖然小公主高高揚起了眉毛，臉上充滿疑惑，但她還是很好心地親手接過那封信，並且對著那位大膽的女孩微微笑了一下。

我和Wilaiporn兩眼發直地看著眼前的這一幕，各自暫時忘了彼此間的不愉快，然而在我平靜的外表下，其實我的心像是墜到了腳邊，胸口突然感到一陣恍惚和空虛。

尤其當那位女孩轉身回到自己的座位後，其他人的對話傳

入了我耳裡……

頓時我的雙耳嗡嗡作響，彷彿有成千上萬的石頭塞住了我的耳窩。

「Pailin真會算時機啊！」

「就是說呀……竟然敢在公主的朋友都在場的時候送情書給公主，Pailin妳真不簡單。」

「現在送也好。」應該是來自Pailin的甜美嗓音自信滿滿地道。「我聽說公主心腸很好，無論如何，她一定不會在所有人面前拒收我的信。」

哼……

看來這個女孩的個性並不如她的外表那般天真無邪。我不經意地聳了聳肩，並在喉嚨裡輕蔑地笑了一聲，以致Wilaiporn不禁轉過來問我：

「怎麼了嗎，Pin？」她竊竊私語道。「話說……我們兩個真的和好了對吧？」

「這麼說也行。」

「……」

「但如果妳再犯一次，我真的會和妳絕交！」

（四）

「今天妳有什麼要跟我分享的嗎？」

我趁Anil求我在蓮花宮的涼亭教她寫作業時，抓準機會問出讓我整個下午左思右想，甚至完全沒有注意力好好上課的問題。

「有很多喲！」Anil依舊笑咪咪的。「今天上體育課的時候我

跑了第一名，物理課的時候，Wimon 老師教訓了上課偷睡覺的Pimonphan，還有⋯⋯」

「我比較想聽在食堂發生的事⋯⋯」

我先雙手抱胸，然後語帶沙啞但又十分嚴肅地打岔道。

「嗯⋯⋯」

Anil 疑惑地微微歪著頭，深色的眼眸稍微張大了一點，看起來十分可愛。

「妳想知道我的午餐吃什麼嗎？」

「不是⋯⋯」意識到對方又在開玩笑的那瞬間，我的眉頭蹙成了一團。「我想知道關於信的事。」

我們的對話終於直接切入了重點。

「喔⋯⋯」Anil 毫不猶豫地點了點頭，然後從她精巧的書包裡挖出一封粉紅色的信。「妳是指今天中午的時候，學妹拿來食堂給我的這封信嗎？」

「嗯⋯⋯」我的眉毛皺得更用力了。「妳一天都收到幾封情書啊？」

「今天的話有兩封。」Anil 說完後吞了一口唾液。「有時候一封也沒有。」

「是喔？」

我將胸抱得更緊。

「是的。」

不知為何聽到她天真無邪的答案後，我竟然覺得更煩躁了。

「那妳把那兩封信都讀完了嗎？」

「還沒，我沒有時間。」小公主依舊用純真的眼神看著我。「妳想看嗎？」

這下換成我費力地嚥下一口唾液，因為我的頭腦裡分出了兩派勢力。

「妳願意給我看？不覺得那是私事嗎？」

我試探性地問。

「對於妳，我沒有所謂的私事呀。」女孩笑容可掬，嬌嗲地道。「沒有什麼關於我的事是妳不能知道的。」

「那我可以看Pailin給妳的信嗎？」

「可以呀。」

Anil乖乖地把粉紅色的信遞給我，雖然忍不住癟起嘴巴，但我還是迅速地把那封信抓了過來。

然而我遲疑了一會，不知是否該把它拆開來看，但最後好奇心戰勝了一切，這封漂亮的粉紅色信件被我這個毫不相關的人給撕開來了。

Anil公主尊鑒：

首先，很抱歉這封信打擾您了，包括佔用了您的時間，以及我不太擅長使用皇室敬語，若有些用詞不太恰當，煩請殿下原諒Pailin。

其實這封信最主要是想告訴Anil公主，您對我來說真的「很重要」，您是我每天來上學的動力，因為只要看見您美麗的臉龐堆滿了笑容，並且朝氣勃勃的模樣，回到家後我便能酣然入夢。

在我的眼中，殿下美若天仙，沒有任何人能和您媲美，您的美貌使我心跳加速，使我甚至作夢都會夢到您的容顏。除此之外，殿下的個性十分討喜，人人都能看見您的笑靨和可愛的酒

窩，您總是如此和藹可親，而且對於每個人皆舉止溫文爾雅。

　　老實說，寫這封信時我並沒有想要殿下做什麼，但倘若您對我懷著良善之心，下次只要見面時對我微微一笑，我就非常感激不盡了。

愛您
Pailin

　　我的眼睛掃視著內文反覆讀了好多遍，最後才按原本的摺痕將信對折兩次。我忍不住長嘆了一口氣，信裡流露出的情感，和我對於Anil的情愫一模一樣。

　　但無論如何，我都不會寫情書給Anil……

　　想都別想。

　　我絕對不會這樣做……

　　別做夢了……

番外四 兩者之間

（一）

冬季的降臨，帶來了越來越多熱情擁吻的人們，不只是在老舊的巷子內，連熙來攘往的公園，和圖書館某些堆積著晦澀難解的書的角落，都能看見人們正在接吻的身影。

彷彿這裡的人能在任何地點公開地擁吻，不禁使我好奇……

親吻的味道是多麼香甜？

Pin 小姐呢……是否曾經和我一樣好奇

親吻的味道是什麼？

我從來沒想過親吻的味道是什麼，而且應該永遠不會知道，Anil 也一樣吧，現在妳是不是在忙著讀書？以我看來，妳應該要盡快完成學業。

我希望妳能趕快回來這裡

回來這個我每日每夜都在等妳的地方。

「Annie！」Emma 婉約且低沉的聲音將我從恍神中拉了回來。「不要每次看到有人在親吻就停下來看啦！」

「為什麼不行？」

「很沒禮貌。」Emma 習慣性地微微聳起肩膀。「妳這樣是在把平凡的事變得很反常耶。」

「是喔……」這次換我聳了聳肩。「我不是故意的……只是覺得很好看，所以就停下來看了。」

「如果妳是正在接吻的人，旁邊有人在看，妳應該也會不開

心吧？」

「這麼說也對，但是……」

Emma看似緊張地在等我把話說完。

「沒有但是了。」我噗哧笑了出來。「我只是在想我有沒有機會和人接吻。」

「當然有機會啊！」Emma也跟著咧嘴一笑。「妳這麼炙手可熱。」

「炙手可熱？」從Emma口中吐出來的這句話使我笑個不停。「說得好像我是個商品一樣。」

「看來不只這樣。」Emma再次抬起肩膀。「妳知道奢侈品嗎？」

「嗯？」

「妳總是能讓大家陷入妳的魅力之中。」

「胡說什麼啊！」我用笑聲來回應Emma別有深意的話，隨即換了一個話題。「今天下午我們要去哪裡？」

「我想去以前的高中的圖書館一趟。」

「為什麼？」

「我記得那裡有大學圖書館找不到的書。」

其實我跟Emma的大學求學之路很不一樣，我在一所知名的大學就讀建築系，而Emma則就讀一所藝術大學的美術系，Emma的畫作很有自己獨特的畫風，世上找不到第二位和她一樣的畫家了，我可以毫不厭煩地看她握著鉛筆畫畫一整天。

「但去圖書館也好。」我同意地點點頭。「每次去那裡都能坐在我最喜歡的椅子上。」

「哈哈。」Emma又聳了聳肩。「那位叫做Helen的圖書館員

可喜歡妳了。」

「怎麼樣？」我笑著道。「妳老是一張嘴說個不停。」

這次我們兩人一同哈哈大笑，我們不疾不徐地走在漫天飛雪的路上，雖然倫敦依舊陰沉寧靜，但我卻覺得覆蓋上一層白雪的灰色建築們顯得格外迷人。

「Emma……」

我叫了好朋友一聲，雙腳不停加速試圖跟上她的腳步。

「嗯？」

「不畫一下現在下雪的感覺嗎？」

「什麼意思？」成功了……Emma停下腳步，轉過來看著我沉思了一會，她的藍綠色眼珠裡彷彿浮現出好多問號。「要畫下雪的樣子，還是畫出讓人感覺到正在下雪？」

「都可以。」我微笑著。「讓人一看就想到雪的東西都可以。」

「那妳看到雪的時候有什麼感覺？」

Emma繼續專心地朝著高中的圖書館邁進。

「有什麼感覺喔……？」我思忖著。「我的腦中有很多答案耶。」

「……」

「例如第一次看到下雪的時候，我這個來自熱帶國家的人想著那是什麼漂亮又奇怪的東西，每次看到雪花飄舞都能讓我感到很興奮，但當衣服上的雪漸漸融化後，冰涼溼黏的水滲進了我的皮膚，反而讓我覺得雪像是變成了一位陌生人。」

「嗯……」

「我腦中的雪比現實世界中的雪還要乾燥無味。」我笑個不停。「妳不懂啦。」

「我真的不懂。」

「總之，我覺得下雪跟下雨很不一樣。」我輕輕地聳肩，模仿Emma經常做的動作。「而且我喜歡看到皚皚白雪把一切都覆蓋住的樣子，但不喜歡摸到雪的時候那股『溼溼的感覺』。」

「聽起來有點難以理解。」Emma嘟囔道。

「我也這麼覺得。」我不解地點了點頭。

「坦白說，我也不太習慣雪，因為倫敦不太下雪呀，而且就如妳所見，有時候好幾年都沒下雪。」Emma的表情看起來非常困惑。「總而言之，總有一天我會把它畫出來的。」

「……」

「我會畫出讓妳感覺到在下雪的畫……」

（二）

「妳們好呀～」

這裡是我和Emma所就讀的高中，圖書館員Helen小姐笑臉盈盈地向我們打招呼，她是一位優雅大方的英國淑女，我覺得用「女士」（madam）這個詞來稱呼她再適合不過了，因為她無論是外表、舉止和禮儀都完美得令人無法挑剔。

「好久沒見到妳們了！」

「是啊。」

Emma簡短地回了一句，而我則在一旁微微笑著。

「我已經幫妳們準備好座位了。」Helen小姐親切友善地笑道。「我帶妳們去好嗎？」

「好。」Emma的回答依舊十分簡潔。

Helen小姐仍掛著淺淺的微笑，纖細修長的身影帶著我們來

到了一個有著米色長型沙發的角落。我很喜歡這裡，雖然這個角落很隱蔽，但卻緊靠著一扇大窗戶，無時無刻沐浴著戶外的陽光。

　　彷彿表面上特別內向，私底下卻十分外向⋯⋯

　　使我不知不覺沉浸其中。

　　「謝謝。」

　　Emma道謝的同時放鬆地坐在那張沙發上

　　「不用客氣呦～」

　　Helen小姐笑了一下後便轉身走回自己的崗位，但過沒多久，她又走了回來，手上還端著熱茶和許多看起來非常可口的餅乾。

　　「校友的招待禮。」

　　「謝謝。」

　　我依舊一個字都不用說，Emma就代替我回答了。

　　「看來我們收到太多額外的招待了。」Helen小姐經過身邊時，Emma轉過頭來對我笑道。「我聞到了一股味道。」

　　「味道？」我把熱茶倒進茶杯裡，然後拿起一大塊餅乾大口咬下。「妳是指餅乾的味道嗎？」

　　「如果是這樣最好！」Emma又聳了一下肩膀。「我先去找我要的書喔～」

　　「嗯，請便，我要坐在這裡等妳。」

　　「有想看的書嗎？我可以順便拿來。」

　　「都可以。」我笑了一下。「但最好是有圖片的。」

　　「哼⋯⋯要求真多啊妳。」

　　「拜託嘛～」

「好啦我去幫妳找。」

「謝啦，親愛的朋友！」

「不需要加後面那句……」

（三）

　　我很喜歡倫敦的雪，尤其當大雪如豪雨般紛飛時，典雅的灰色建築和整座城市幾乎都覆蓋於皚皚白雪底下，更是徹底令我深深著迷。Pin 小姐是否也曾經如此喜歡某樣東西呢？但每次一想到雪，除了喜愛之情外，我也感到十分寂寞，因為一直下個不停的雪，有時給我一種既壓迫又難以忍受的孤獨。

　　我想家了……

　　而且比我預期的更加思念……

　　妳知道妳是其中一個使我的心變得脆弱的原因嗎？

　　如果不知道的話，現在妳明白了，妳對我來說有多麼重要。

　　我太離題了對吧？

　　或許是因為我現在太想念某人了，不知道為什麼，也不知道這股思念之情從何而來。

　　我好想Pin 小姐……

　　沒想到，望著茫茫的大雪竟然會使我感到不曾體會過的興奮和悲傷，我不知道該如何處理這兩股相異的情感，但每當我感到迷茫時，對於Pin 小姐的思念總會無法克制地突然插入兩者之間。

　　難道是我太軟弱了嗎？

　　Pin 小姐覺得呢？

Anil

（四）

Anil 最近的那封信，內容有點太艱澀難懂了，但為了理解並寫出這封回信，我特地去圖書館找了好久關於雪的資料，好不容易才終於明白一點妳說的感覺。我想，我想像中的雪景，應該和妳腦海裡的相同。

當然，我還是希望總有一天能我們能一起欣賞雪花飛揚的美景，只要有我在身邊，孤獨便不會再無情地侵蝕妳。

Anil 同意我說的嗎？

不僅如此，等到雪停了，到處都堆滿了厚厚的積雪時，我想和妳一起跳進那些雪堆裡，儘管那樣會把全身搞得溼答答的，我還是想邀請妳一同把身子栽進雪裡，盡情地在雪中翻滾後，我想再和妳一起去堆好多雪人，我深信我的雪人一定會比妳的可愛好多倍。

讀到這裡，Anil 有覺得比較不孤單一點了嗎……？

我知道妳很想家，但我不知道自己對妳來說有那麼重要。

我只知道對我來說……妳在我心中無可替代。

以前妳在我心中佔據多重要的位置，無論時間過了多久，現在妳的重要性依然不變。

至於思念著我這件事，我想告訴妳，其實我也一樣想妳，但恐怕難以較量誰的思念比較深，不像我上述所提到的堆雪人比賽那麼簡單。

雖然我對妳的思念無法用肉眼所見，但請相信我，我能感受到它存在於我的每一寸呼吸裡，但我唯一能做的，只是默默地等待妳回來……

在這期間……

請您認真學習，盡快完成學業，這樣我們就不必再因思念彼此而痛苦了。

沒有一分一秒不想念您

Pin

番外五 次夜

（一）

我的初吻在一個雨下不停的夜晚被 Anil 奪走了。

每當彼此滾燙的舌頭纏繞在一起時，炙熱濃烈的吻幾乎快使我心跳驟停。

口腔裡瀰漫著一股甜甜的香氣……

抓準了每個雙唇分離的縫隙又鑽了進來……

和我的每一口呼吸緊密地融合……

尤其當她緩緩地將唇瓣退回去，並在我的耳畔低語時，我的心跳差點完全停止跳動。

「這個叫做 French kiss。」

「……」

「情侶間藉此來傳達欲望。」

那時候……我彷彿失去了理智，什麼都記不太起來了。

只記得腦袋裡一片混亂，我匆匆忙忙地衝回松宮的客房裡，一心只想以最快的速度逃離我的初吻對象。

我關上門並緊緊上鎖，深怕我的某種情感會偷偷溜出去讓 Anil 知道了。

在房裡……我將自己埋在柔軟的床鋪中，來回撫摸著自己的雙唇，同時「不應該」這個詞不停地在我腦中翻攪著……

初吻帶給我的恍惚和茫然大到我必須盡可能遠離 Anil，但其實我並不想這麼做，從後來得知 Anil 生病而變得極度焦急不安就能看出來了。

沒想到……Anil 竟然在生病的那天直率地向我告白，而我卻畏怯地回答：

「我們……怎麼能相愛？」

明明自己已經動搖了，但還是說了出口。直到 Anil 和 Euangfah 小姐去清邁參加探差 Chakkham 的喪禮，我才終於下定決心要跟隨自己的內心，而非繼續堅守所謂的對或錯。

於是在我說出「但我，只屬於妳。」這句話後，我們的初夜便順勢發生了。

昨晚……Anil 透過我的身體將她所有對於「初戀」的沉醉都釋放了出來。

想不到揮去所有的煩惱和憂慮後，我的身體似乎能輕易地吸收初夜的快樂，無論 Anil 的指尖碰到了哪個部位……我的身體好像都會不自覺地放大那些撩撥。

奇怪的是，我顫抖的身軀無止境地索求著 Anil 的擁抱，於是好不容易才在她綿綿不絕的情話下度過了漫長的黑夜。

隔天一早，我原本打算以最安靜的動作穿好衣服溜回蓮花宮洗澡換裝，深怕會把熟睡中的 Anil 吵醒，但最後還是難逃她緊密又熱切的懷抱。

那段令人不可置信的、源源不絕的幸福，彷彿漸漸隱身成一隻魔鬼，正在恥笑我只是在做夢罷了……

（二）

「Pin 小姐跑去哪了？Anil 等妳等了好久。」

接近中午時分，我的前腳剛踏進松宮的客廳時，Anil 立刻問起我的去向，一副我消失好久的樣子，但明明我們才分開沒

幾個小時而已。若仔細觀察便能發現，剛才她說話時用「Anil」來代替「我」這個主詞，聽起來充滿了撒嬌的意味，令人忍俊不禁。

「我剛才不小心睡著了。」

我沒有和Anil說今天清晨回蓮花宮時遇到了姑姑，因為不想讓她像我現在一樣焦慮，尤其看到她笑得燦爛，兩側的臉頰上都浮出了甜甜的酒窩時，我努力抑制住內心翻騰的不安，轉而向她微微一笑。

「我在等妳回來一起吃早餐。」嘴角上揚的她抬頭挺胸指著廚房裡的餐桌道。「我都準備好了。」

「妳又自己下廚了嗎？」我噘著嘴。「妳也知道我從來不需要妳自己來。」

「又沒關係～」甜美的嗓音混合著爽朗的笑聲。「我只是想為妳做一些事。」

身形較高的她溫柔地還住我的腰，接著在我耳邊細聲說道：「這樣妳就會很愛我。」

Anil的情話使我不經意地淺淺一笑……

像是無法再掩飾內心的情感……

「我現在就很愛很愛妳了呀……」

「是嗎？」

「對……已經愛到不知還能怎麼更愛妳了。」

Anil牽著我的手帶我來到廚房一張布置得很溫馨的小桌子前，這張小餐桌緊鄰著一扇巨大的落地窗，窗外的景色是松宮綠意盎然的花園，望之令人增添了不少食欲。

「今天的早餐有蕈菇湯、麵包、茄汁焗豆、泰北香腸，還有

柳橙汁呦！」

「煮這麼多，會不會累啊，Anil？」

勞煩了我心愛的人，依然使我感到十分內疚。

「一點也不，我很喜歡！」

「下次妳一定要等我喔！」我任性地道。

「好啦，今天妳就先嘗嘗 Anil 的手藝好嗎？」Anil 像個撒嬌鬼般張著水汪汪的大眼。

「好……」我依舊擺出鬧彆扭的樣子。

沒想到，Anil 做的早餐竟然如此美味，我突然覺得有點丟臉，當初信誓旦旦地為公主做西式早餐，結果實際上，她的手藝比我好太多了。為了讓對方開心，我一口氣把盤子裡的食物吃個精光，但 Anil 仍然只吃了一點點。

「妳還是吃這麼少。」

「或許是因為天氣太悶熱了。」

Anil 這麼一說……我就更討厭泰國的氣候了，尤其現在外頭陰沉沉的，伴隨著陣陣雷聲，天氣就顯得更加悶熱。然而 Anil 依然笑容可掬。

「如果雨下很大……我可不會輕易讓妳走回蓮花宮喔！」

我一聽便懂了她的意思，但為了保持態度，我故意裝出聽不懂的樣子。

雖然內心知道這麼做已經為時已晚了……

因為最後屋外降下了傾盆大雨，從 Anil 最喜歡的那張煙灰色單人沙發旁的落地窗望出去，天空陰暗得像是已經邁入了夜晚，雨聲淅瀝，打在厚厚的玻璃上的聲音窸窸窣窣，聽了讓人昏昏欲睡。

Anil走到壁爐旁的架子上拿了一片唱片，優美的西洋歌曲從留聲機的金色喇叭飄了出來，高挑的她轉過身給了我一抹甜甜的微笑，然後抓住我的身子使我轉了一個圈，最後落在她緊緊的懷抱裡。

「Pin小姐……」

「……」

「和我跳支舞好嗎？」

「好……」

我簡短的答覆令Anil揚起一抹大大的笑容，她的左手和我的右手相扣，而她的右手則輕輕地摟住我的腰，公主領著我隨著柔美的旋律翩翩起舞，彷彿我們兩人正飄浮於半空中。

「我們小的時候。」Anil溫柔地在我的額頭落下一個吻。「也曾經這樣一起跳舞。」

「那天妳問我……」我費力地嚥下一口唾液，腦中閃過了那段令我心痛的回憶。「如果有一天妳不能和我一起玩了……我會不會感到孤單。」

「那時候妳說妳不知道……」

「對……那時我真的不知道。」

「那現在呢……？」Anil的額頭靠在我的額頭上，我們的臉龐可說是交織在一塊，彼此能感覺到對方的呼吸。「妳知道答案了嗎？」

「現在我知道了……」我微微踮起腳尖，深情地在Anil的雙唇印下一個柔柔的吻。「我知道，無論何時何地……」

「……」

「……我都無法失去妳。」

Anil 深色的眼眸聞之頓時散發出一閃一閃的眼神，她用力摟緊我的腰間，趁我重心不穩之際迎向我的唇，並落下一個深深的吻，而我，則忘情地暫時迷失於她的擁吻之中。

只知道……

如果能將 Anil 吞下肚……

我一定會毫不猶豫地這麼做。

（三）

那天下午，我們把時間都花在窩在壁爐旁的長沙發上聊天，那個孩子一直吵著叫我分享大學的朋友們，說是因為我不常在信裡提到關於他們的細節。

或許是因為 Anil 的撒嬌太柔媚可愛，使我忍不住乖乖地照做。但當我談到 Sunee 和 Thanit 時，Anil 的舉動變得有點怪怪的，直到把一切都說完後，Anil 的注意力看似移到了我身上。

她先扣上了我的手指，然後漸漸迎向我，使我有點無奈地拱著背向後倒在沙發上，看到我躺在寬大柔嫩的杏色沙發後，Anil 露出了滿意的微笑，她將我的髮絲撥到耳根處，指尖在我的雙頰上徘迴，最後緩緩地用溫潤的唇瓣覆在我的雙唇上。

「這麼明目張膽的好嗎，Anil……？」Anil 意猶未盡地將唇瓣退去後我擔心地問。「小心等一下 Prik 進來剛好看到了。」

「Prik 不可能看到啦。」Anil 笑道。「我叫她去門口待著了。」

「妳真是詭計多端。」我皺著眉頭。「這樣 Prik 就知道我們之間的事了呀！」

我邊說邊想起今天早上原本正努力悄悄地溜出 Anil 的臥室，結果卻在門口撞見 Prik。

那傢伙跟她的主人一樣狡猾，竟然有膽子跟我開玩笑說我的扣子反了，害我明顯露出慌了手腳的樣子，光是想到這就令人生氣。

「總該讓她知道一點……因為如果她不知道的話。」Anil像是把我當成小女孩般，溫柔地擦拭我額頭上的汗珠。「還有誰能幫我們呢？」

「總之，妳一定要好好警告她。」我不禁有點惱怒。「有時候她會捉弄我，害我很尷尬！」

「是～我會管好她的，別跟她計較了好嗎？」

Anil對我莞爾一笑，而我依舊癟著嘴。但無論如何，她們這對主僕已經彼此無法分割了，連我也沒辦法干涉。

Anil為了使我消氣，不停在我的臉頰和脖子間啄吻著，我忍不住開心地笑了出來。於是我只好將Prik的事拋諸腦後，因為現在我只想享受Anil的調情。

「Anil！」我提高音量，但依舊咯咯笑個不停。「夠了……我累了。」

「累了嗎？」這個孩子咧嘴笑道，露出了我愛的那副酒窩。「我看妳一直笑，以為妳很喜歡。」

「不喜歡……我只是很怕癢而已。」我反駁道。

「是喔……」

Anil抬起嘴角，隨後低下頭輕輕合住我的耳垂，使我的臉瞬間燙得像是發燒了般，不小心呻吟了一聲。

「嗯……」

Anil的嘴角抬得更高了，不知該怎麼說，但我既喜歡又討厭她的那抹微笑，不禁深情款款地摩娑著壓在我身上的人的雙唇。

「想睡了嗎……眼睛都垂下來了。」

「或許是因為昨天睡太少了。」

Anil恣意地親吻著我的手，接著像是在撒嬌一樣慢慢往下，將臉埋進我的胸口裡。

「我可以聽著妳的心跳聲入睡嗎？」

「睡吧，我會一直這樣抱著妳。」

我邊說邊撫摸著Anil烏黑亮麗的秀髮，女孩用力地抱緊我，過不久便傳出了規律的呼吸聲，代表她真的睡著了。

我凝視著胸前這個人濃密的睫毛和吹彈可破的雙頰，不禁長嘆了一口氣，因為我知道，我已經深深陷入了愛情的漩渦……

我很愛Anil……

我愛她現在睡著後平穩的呼吸聲。

愛到開始擔心未來的日子……

愛到想這樣抱著她，一起消失在這張柔軟的杏色沙發裡……

愛到永遠不想讓人找到我們。

（四）

「我想知道……妳是如何說服姑姑的？為何她會同意最近讓我來松宮過夜？」

我忍不住問道，此刻已是夜深人靜，我和Anil一同待在她的臥室裡。

「我只是老實地向姑姑請求而已。」Anil露出微笑。「我說最近我一直夢到一些奇怪的東西，所以不敢自己一個人睡。」

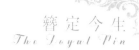

「呵……」我乾笑了一聲，立刻搞懂發生了什麼事。

「嗯……」她故意裝出疑惑的樣子。

「妳真壞啊。」我嘟囔著，看起來確實不太開心，但手卻無法克制地將Anil的髮絲撥到耳後，以免擋住了她那美若雕像的臉龐。「我有點同情姑姑了。」

「那妳怎麼知道我沒有夢到？」女孩笑咪咪的，看起來非常可愛。「我每天都做惡夢，妳不知道嗎？」

「對。」我不自覺地也笑了起來。「做惡夢就做惡夢……不想跟妳吵了。」

公主給了我一抹甜膩的微笑，然後靠過來緊緊抱住我，將額頭靠在我的肩膀上，每次撒嬌時她總愛這麼做。

「我真的做惡夢了嘛。」Anil用甜美的聲線說道，並在我的肩膀上落下一個輕輕的吻。「我夢到下雨的時候坐在陽臺上等妳，但最後妳還是沒來……」

「……我到現在還是覺得很對不起。」我摩挲著懷中的人纖細的手臂。「原諒我好嗎？」

「我從來沒有生妳的氣。」Anil嫣然一笑，隨即趁我不注意大口親了我的臉頰。「只是覺得有點委屈。」

我也同樣親了親對方的臉來回應她的失落，並且用鼻尖來回磨蹭她細嫩的脖子。

「我發誓絕對不會再讓妳那樣淋雨……」

「如果再有下次……」女孩揚起閃亮的微笑。「我可以懲罰妳嗎？」

「妳狠得下心懲罰我嗎？」

我配合著Anil正在「懲罰」我的劇本顫抖道，而我受到的

懲罰，就是被輕輕地嚙住耳廓，她知道這正是我的弱點。

「我要用把妳『吃掉』來懲罰妳！」

Anil 放出狠話的同時緊緊抱住我，灼熱的手鑽進了我的衣服底下，接著探向我的背部，使我不自覺地屏住呼吸，而她的另一隻手正熟練地解開我的衣扣。有時候我不禁懷疑為何 Anil 這麼擅長說情話，但我的意識裡有股力量不讓我問出來，或許是怕答案可能會白白破壞了興致。

因此我放任自己掉進了不清不楚的境界⋯⋯

唯一清楚的，是此刻肌膚間的接觸⋯⋯

最後一顆扣子被徹底地解開時，溫熱的手依舊不疾不徐地輕撫著我的背，我別緻的衣服一下子便滑落至床鋪上，就像微風一吹，花朵便輕飄飄地落到了土地上。

而我完全無法張口制止⋯⋯

因為我的嘴唇，正緊密地和 Anil 美麗的雙唇貼合在一起。

炙人的舌頭像是浸泡在溫熱的糖水中，我不禁欲求不滿地細品這股滋味。

緊接著，我的長裙在不知不覺中被脫了下來，堆在床尾的衣服堆裡。

然而當我的背被推著倒在軟綿厚實的床墊上時，我立刻明白⋯⋯

我們之間的故事會如何發展。

Anil 溫潤的舌頭迷戀地舔舐著我的耳朵，只可惜這是我最致命的弱點，當她深情地徘徊在我的耳後根時，我的身體立刻起了反應，尤其當她挑逗地含住我的耳垂，我越是無法抑制自己，以致呻吟出令人害臊的嬌喘聲。

　　屬於我們的第二個夜晚過得比第一夜更漫長，因為 Anil 貌似更加仔細地品味著每一次的接觸，尤其是我的蓓蕾，溫熱的舌尖意猶未盡地在頂端來回舔咬著，使其變得堅挺，而我則寵溺地撫摸著她烏黑亮麗的秀髮。

　　「喜歡嗎……？」

　　Anil 撐起身子看著我的臉，眼神盡是如癡如醉。

　　「稱之為愛比較正確。」

　　女孩露出了一抹壞笑，隨即又低頭享用著我的乳珠。

　　我吃力地咬緊下唇壓抑著千百個感覺在我體內亂竄，直到 Anil 的舌尖緩緩「嘗試」於我的腹部，我再也忍不住內心的悸動，雙臂緊緊擁住對方。

　　當 Anil 的舌面不停逗弄著我的肚臍時，我不禁用力地縮緊小腹，然而她並沒有止於這裡，溫熱的舌頭繼續往下來到了下半身的中心點。

　　總覺得一方面想把她推開……

　　一方面又渴望火熱的舌頭能繼續在那裡旋繞……

　　無謂的抵抗持續沒多久，次夜的幸福又被完整地填滿了。Anil 在我最溼潤且最脆弱的點來回揉弄，盡情地留下愛的印記……

　　我彷彿懷著燃燒的渴求牢牢抱住 Anil……

　　接著又開始了無止境的甜言蜜語……

——《The Loyal Pin 簪定今生》下集待續

高寶書版集團
gobooks.com.tw

GSL015
The Loyal Pin 簪定今生　上
The Loyal Pin ปิ่นภักดี

作　　　者	Monmaw ม่อนแมว
譯　　　者	椒麻雞
封 面 繪 圖	VISC
編　　　輯	賴芯葳
美 術 編 輯	彭裕芳
排　　　版	彭立瑋
企　　　劃	黃子晏

發 行 人	朱凱蕾
出　　版	三日月書版股份有限公司
	Mikazuki Publishing Co., Ltd.
地　　址	臺北市內湖區洲子街 88 號 3 樓
網　　址	www.gobooks.com.tw
電　　話	(02) 27992788
電　　郵	readers@gobooks.com.tw（讀者服務部）
傳　　真	出版部　(02) 27990909　行銷部 (02) 27993088
郵 政 劃 撥	19394552
戶　　名	英屬維京群島商高寶國際有限公司臺灣分公司
發　　行	英屬維京群島商高寶國際有限公司臺灣分公司 / Printed in Taiwan
	Global Group Holdings, Ltd.
法 律 顧 問	永然聯合法律事務所
初 版 日 期	2024 年 9 月

Copyright © 2023 by Monmaw
Published by arrangement with Lily House Publishing Co., Ltd, through The Grayhawk
Agency

國家圖書館出版品預行編目 (CIP) 資料

簪定今生 / Monmaw 著；椒麻雞譯 . -- 初版 . -- 臺北市：
三日月書版股份有限公司出版：英屬維京群島商高寶國
際有限公司台灣分公司發行, 2024.09
　　面；　公分 . --

譯自：The Loyal Pin ปิ่นภักดี

ISBN 978-626-7391-34-1 (上冊 : 平裝). --
ISBN 978-626-7391-35-8 (下冊 : 平裝). --
ISBN 978-626-7391-36-5 (全套 : 平裝)

868.257　　　　　　　　　113013915

三 日 月 書 版

三日月書版